圖書館革命

有川 浩
Hiro Arikawa

Illustration
徒花スクモ
Sukumo Adabana

前情提要

正化三十一年。有鑑於媒體擾亂善良風俗、違反社會秩序暨侵害人權，「媒體優質化法」通過並實施至今，已過了三十年。眼見媒體優質化委員會的審查行徑逾越法規，圖書館在十五年前設立了圖書隊，抗衡於審查，同時保護所有「被狩獵的書籍」。

曾受某位圖書隊員在危急時相救，笠原郁為了當年的憧憬而加入了圖書隊，並以女性少有的卓越體能獲得提拔，被編入圖書特殊部隊，成為堂上班的一員。

接連歷經「情報歷史資料館」攻防戰、圖書藏匿、「茨城縣展抗爭」等事件，郁漸漸成長，得到許多無可取代的好伙伴。無意間，她得知「白馬王子」的真實身分，但也在同時發現自己喜歡上了堂上。

正化三十三年十二月十四日，創設圖書隊的稻嶺辭去司令之職。圖書隊就此進入嶄新的時代……

主要登場人物介紹

熱血笨蛋 **笠原郁** 圖書特殊部隊・堂上班班員／圖書士長

易怒的矮子 **堂上篤** 圖書特殊部隊・堂上班班長／二等圖書正

笑著說大道理 **小牧幹久** 圖書特殊部隊・堂上班副班長／二等圖書正

固執少年 **手塚光** 圖書特殊部隊・堂上班班員／圖書士長

包打聽 **柴崎麻子** 圖書館員／圖書士長／實驗中的情報部候補生

火爆中年人 **玄田龍助** 圖書特殊部隊隊長／一等圖書監

稻嶺和市 關東圖書基地顧問／前・特等圖書監

手塚慧 圖書館員／一等圖書正／日本圖書館協會內研究會「未來企畫」會長／手塚光的哥哥

折口瑪姬 《週刊新世相》記者／玄田的女友

中澤毬江 小牧的女友／國三夏天時因病失聰

目錄

導讀

大森 望

有川浩旋風席捲出版界！二〇〇四年二月，在輕小說海平面上形成的這個颱風，挾著一股強大力量漸漸增強，在一般文學書單行本的平台上登陸。接著更輕而易舉超越原有的分類及媒體架構的高牆，以壓倒性的姿態睥睨日本文藝娛樂界。

談到撰寫逼真的懸疑冒險小說，當然還有其他名家。至於擅長寫扣人心弦的青春小說、或是喜感十足的逗趣愛情，日本小說界也不乏優秀作家。不過，能將這三項要素以如此高水準呈現在長篇小說的，就屬她一人！尤其是她筆下描寫那些在團體中努力不懈的專業男性們，個個英姿煥發。這類獨特的文風至今無人能仿效。

她從將現代寫實的「怪獸小說」具體化的《鹽之街》、《空之中》、《海之底》（通稱「自衛隊三部曲」）出發，在接下來的《圖書館戰爭》系列作品裡，一舉將創作領域拓展到「軍事愛情鬧劇」的新天地。對於一般讀者，有川浩也以嚴肅的愛情小說或文學小說來證明自身實力。在此，先以各個系列來簡單回顧有川浩的創作歷程。

榮獲二〇〇三年第十屆電擊小說大賞，相當值得紀念的初試啼聲代表作。二〇〇四年由電擊文庫以《鹽之街wish on my precious》的書名出版，更在二〇〇七年加入四篇番外短篇後重新修訂，以《鹽之街》為名出版精裝單行本小說。

故事背景架構在近未來（或可稱為平行世界）的日本。某天，直徑五百公尺的白色隕石狀物體以迅雷不及掩耳之勢墜落在地球上。同一時間，發生了人類變化成鹽柱的詭異現象（一般稱之為「鹽害」），光是日本地區的死亡人數便估計多達八千萬人。文明社會在一瞬間崩潰，劫後餘生的人們逃到農村，過著自給自足的貧乏生活……

小說的前半段淡淡地描寫因鹽害失去家人的女孩和同住的男子生活的情景，然而，故事到了後半段，男子真實身分揭曉後節奏一變，一口氣帶動起有川風格。

重新拜讀後，才了解到本書已幾乎包含所有有川浩作品的特色——科幻背景的設定；比起解開危機的科學之謎更著重在因應面；大團體旗下一群專業男子大顯身手的英雄式小說；不擅言詞、個性笨拙的腳踏實地型主角搭配圓滿周到、伶牙俐齒的配角；讓人看了心焦的超緩慢戀情發展……唯一稍嫌薄弱的逗趣愛情要素，也由收錄於精裝本的幾篇番外短篇（首見於《電擊ｈｐ》誌）精彩補足，堪稱有川浩的原點。

《空之中》

基本上可說是「沒有超人力霸王（註：ウルトラマン）的超人力霸王」，或是將金

子修介導演在電影「卡美拉 大怪獸空中決戰（註：電影「ガメラ 大怪獣空中決戦」，一九九五年）」中所呈現出的意象（摒棄過去怪獸電影制式化的描寫，改以具體懸疑情節敘述的手法）在小說世界裡重現的科幻冒險鉅作。

故事發生在四國海域高度兩萬公尺的高空中。民營超音速噴射機開發小組的測試機和自衛隊軍機相繼在同一片領空發生了神秘的意外，似乎有相當巨大的不明飛行物飄浮在上空。民營事故調查委員會委員——春名高巳造訪自衛隊基地，與失事當時駕駛同一小隊另一架軍機的女飛行員武田光稀一同前往事故領空展開調查。

另一條故事線的主角是住在高知市近郊的高中生——齊木瞬。瞬在海邊撿到了類似水母的不明生物，將其取名為「費克（FAKE）」。費克擁有任意操縱電波訊號的能力，透過瞬過世的父親留下的手機，以生澀的語言和他交談……這部分就成了「E．T」風格的青少年科幻路線。以使用方言的筆法鮮活重現高知當地的氣氛，充滿青春小說的寫實風格。

雙線故事夾雜敘述，在後半段合而為一時展現出一幅雄偉浩大的景象。這部傑作在現代小說中，讓人鮮活地感受到兒時首次看到「超人力霸王」瞬間的感動與激情。

《海之底》

主角為海上自衛隊，敵人則是神秘的巨大螯蝦群，人稱「帝王蝦」。在有川作品中少見地以密室發生的緊湊故事為主軸。

主要的故事舞台為停泊於美軍橫須賀基地的海上自衛隊親潮級潛艦「霧潮」。在接獲命令準備啟航時，卻因不明緣故陷入無法航行的狀態。於是艦長做出決定，要艦上所有人員撤退；然而當艦組人員步出霧潮艦時，目睹的竟然是一群體型大如人類的甲殼類生物捕食基地人員的淒慘畫面……

小說主角是海上自衛隊的一組年輕自衛官，夏木大和與冬原春臣。兩人雖然帶領十三名參加基地教學觀摩活動的兒童逃進了霧潮艦，卻也因此而行動受限。另一方面，地面上則由神奈川縣警官和警政廳參事組成特勤小組，為擬定因應帝王蝦來犯對策而奔走……是一部描寫現場一群男子拚盡全力奮鬥的災難科幻小說，情節緊湊，一氣呵成。有如以「大搜查線」加「卡美拉2 雷基歐來襲（註：電影「ガメラ2 レギオン襲來」，一九九六年）」為主軸，探索理想的英雄形象。

《クジラの彼》、《ラブコメ今昔》

兩部都是聚焦在自衛隊隊員的戀愛小說集。《クジラの彼》收錄的六篇故事中，「ファイター・パイロットの君」是《空之中》的支線短篇。描寫的是春名高巳和武田光稀的「後續發展」。此外，書中同名短篇以及「有能な彼女」中也出現了《海之底》的人物（冬原春臣與中峰聰子、夏木大和與森生望兩對情侶）。

《ラブコメ今昔》同名短篇，講的是習志野第一空艇團的大隊長，被一名新任公關部軍官無理要求：「讓我採訪你結婚的經過啦！」兩人展開一逃一追的輕鬆喜劇。至於另一篇「青い衝擊」，敘述一名妻子對於隸屬Blue Impulse小組一員的丈夫感到不安，是有川浩對於心理懸疑風格的全新挑戰。

圖書館戰爭系列

《圖書館戰爭》、《圖書館內亂》、
《圖書館危機》、《圖書館革命》、
《別冊圖書館戰爭1》＋《雨林之國》

系列作品總計熱賣一百二十五萬冊，成為超級暢銷大作，並已改編成動畫躍上電視螢幕，堪稱有川浩的代表作。

構想起源於日本圖書館協會於一九五四年通過的「圖書館的自由宣言」（一九七九年部分修訂）。一、圖書館有收集資料的自由。二、圖書館有提供資料的自由。三、圖書館必須保守使用者的秘密。四、圖書館得以拒絕所有不當的檢閱。圖書館的自由被侵犯之時，吾輩必團結力守自由。

《圖書館戰爭》系列作品以平行虛構的日本社會為背景。在此，五項「宣言」不單單只是理念，而是賦予武力行使正當性的基本法，架構出一部圖書館動作推理（也包含愛情喜劇）鉅作。

故事從正化三十一年的日本揭開序幕。昭和最後一年，為取締擾亂公共秩序、善良風俗而制定了「媒體優質化法」。反對人士對此期待將前述的「宣言」提升為圖書館法，以作為對抗支持審查圖書館一派的核心勢力。三十年過去——總部設在法務省的優質化委員會，在各都道府縣都配置了合法審查的執行部隊，也就是優質化特務機關。另一方面，圖書館方面也增強防禦力，編制警備隊。

「時至今日，兩組織的抗爭本身已具有超越法規的特性。只要抗爭不侵害公共物品以及個人的生命與財產，司法也不會介入。」在這樣的狀況下，「圖書館也擁有了設置在全國十個區域裡用來訓練圖書防衛員的根據地——圖書基地」。

……在這些說明下，看來像是嚴肅的社會寫實類情節。然而，故事一開始就是新進圖書館員女主角（衝動魯莽型）被魔鬼教官嚴格操練的趣味新兵訓練喜劇。整個系列的基本架構就是兩人讀來令人難為情的戀情發展，以及周遭極具吸引力的人物們所交織出的青春喜劇（同時可見圖書隊與優質化特務機關的對峙）。

本篇在《圖書館戰爭》、《圖書館內亂》、《圖書館危機》及《圖書館革命》四冊告一段落。之後由番外短篇系列接棒發展，目前描寫笠原與堂上甜蜜關係的《別冊圖書館戰爭1》已經出版。二〇〇八年的春天播放的動畫「圖書館戰爭」則是以《圖書館戰爭》為原作。至於漫畫版，已有弓黃色的《圖書館戰爭LOVE&WAR》以及《圖書館戰爭SPITFIRE！》兩冊單行本出版（註：以上為日本出書時間）。

此外，《雨林之國》（註：原書名為《レインツリーの國》，新潮社出版）則是將《圖書館內亂》裡出現的虛構小說實際出版的支線長篇故事之單行本，是有川浩作品中唯一一本純戀愛長篇小說。

《阪急電車》

以關西大型民營鐵道公司阪急電鐵所擁有的路線中規模最小，全長僅有九．三公里的阪急今津線為舞台，描寫在電車中上演的種種人生風貌。

從寶塚到西宮北口，單程不過十五分鐘，「載著每個人的故事，電車駛在不往任何地方的軌道上」（摘自本文）——就這樣，由偶然搭乘同一列電車的人們交織出的一個個小故事填滿往返旅程。

與在圖書館遇見過的心儀女孩，於列車上再度重逢的二十多歲上班族。在籌備婚禮時遭前男友劈腿，於是穿著白紗闖入男友婚禮的豪氣粉領族。還有帶著伶俐孫女、個性堅強的時江。空有帥氣臉孔卻腦袋空空的暴力男，和遲遲無法分手的女人……

由於搭乘時間短暫，無法鋪陳出太長的情節，每一個場景鮮活切割出人生的一小格，展現有愛、有笑、有淚的人生百態。沒有華麗的打鬥、超帥氣的男主角，也沒有甜蜜的逗趣愛情，這本小說可說將有川浩向來擅長的技巧完全封印，卻更能藉此清楚體認到有川浩的實力所在，同時也獲得輕小說及科幻類作品之外的廣大讀者群支持，更進一步拓展個人創作領域。

以上簡略介紹有川浩至今已出版的著作。進入文壇僅僅四年就躍升為娛樂小說界一線作家的有川浩，其日後的精彩表現將值得矚目！

大森 望

Ohmori Nozomi

一九六一年生。
譯者、評論家。
主要著作有《現代SF1500冊》、《特盛！SF翻譯講座》、《ライトノベル☆めった斬り！》（三村美衣 共同著作）、《文學賞メッタ斬り！》（豊崎由美 共同著作）等。

關於圖書館自由的宣言

一、圖書館有收集資料的自由。
二、圖書館有提供資料的自由。
三、圖書館必須保守使用者的秘密。
四、圖書館得以拒絕所有不當的檢閱。

圖書館的自由被侵犯之時，吾輩必團結力守自由。

序章

*

正化三十四年，一月——

就在情人節的零售業大戰提前為這世間渲染示愛色彩之際，事件發生了。

十五日深夜，福井縣的敦賀核能發電廠遭受大規模攻擊。

『各位觀眾，這就是天亮之後的敦賀核電廠！』

儘管被直昇機的螺旋槳聲掩蓋，女記者仍將嗓門拉到最大，甚至無懼於機艙滑門大大敞開，只為了入鏡而將半個身子探出機外。

趁直昇機盤旋時，鏡頭先給這位敬業的女同仁來一個大特寫，接著從傾斜的機艙帶到高空外，俯拍出下方的險峻地勢和皚皚白雪。

在接近九十度正上方的俯視畫面中，只見大半廠區已被燻得焦黑處處，甫於若狹灣畔興建完成的三號與四號發電機還在冒著熊熊濃煙。

其中最引人注目的景象，莫過於那兩架半毀的迷彩直昇機。在拉近的鏡頭下，可以看見它們的機首直撞進廠房，主旋翼和尾旋翼全毀，機身也泰半扭曲變形。

鏡頭繼續照著這個怵目驚心的現場，攝影棚內的主播開始讀起新聞稿：

『今天凌晨三點左右，畫面中的這兩架戰鬥直昇機低空衝撞敦賀三號機、四號機，三號機被嚴重撞毀。但這只不過是整起事件的開端。』

『三號機與四號機的安全裝置立刻起動，機房停止運轉。核電警備隊同步聯繫警察和自衛隊，布署戰鬥防禦，隨即與直昇機內的襲擊者展開槍戰。』

『然而就在同時，敦賀半島尾端的敦賀二號機也遭到了攻擊。』

畫面轉為地圖特寫。

敦賀半島的立石岬方向是敦賀一號機、二號機，以及核能研究機構「富源」所在的舊核電廠，與新設於若狹灣的三號及四號機隔著一座山，其間以隧道相通。

『為求方便起見，面海的這一區向來被稱為舊電廠。舊電廠的「富源」和一號機雖已不再使用，不過二號機一直都還在運作。據推測，襲擊者採取聲東擊西的策略，目的是占據這座二號機的控制室，使反應爐的核心融毀。所幸核電廠的發電機安全裝置正常起動，結構強度也經過特殊設計，所以輕型飛機的衝撞不至於破壞它，也因此沒有造成更嚴重的意外。』

『這一點也同時證實，襲擊者的目標很可能就是敦賀二號機。事實上，就在天亮之後，舊電廠附近的海岸發現數艘兩棲突擊艇，顯示襲擊者對入侵舊電廠的行動格外要求隱密性。兩個廠區的襲擊者已經全部死亡，無人生還。』

『就敦賀核能發電廠的聲明，目前並沒有輻射外洩的情形，但為了安全起見，已下令附近居民撤離。據判斷，撤離命令將在今天午夜之前解除，到時居民可以自行返家。』

『接獲通報後，最先出動的是福井縣警機動隊。據該隊表示，襲擊者似乎是「訓練極為精良的特殊部隊」。另外，無論是遺留在舊電廠附近的兩棲艇、墜毀的直昇機，或是襲擊者所使用的隨身武器，目前暫由警方扣押。有專家指出，這些軍火以舊蘇聯或共產國家所生產的居多，容易被恐怖分子取得。』

『由於襲擊者的武裝包括無後座力砲、重機槍和手榴彈等等，鯖江屯駐地的陸上自衛隊立刻就出動了，目前和縣警機動隊輪流擔任防禦工作。內閣發表聲明，由於事態緊急，該縣知事曾以災難救援的名義請求自衛隊出動，但也因為戰況的轉移太過迅速，使得在野黨提出質疑，認為陸自的出動完全流於臨場判斷，而不是等待知事的申請。』

『再者，由於襲擊者全數死亡，致使有關單位無法取得供述，不少人也批評為行動疏失……』

『以下是縣警總長的說法：「根據追捕襲擊者的自衛隊員報告，全體襲擊者最後是咬緊牙關後倒地不起，驗屍後才發現他們的牙齒都藏有毒藥。遺憾的是，在對方並未放下武器的情況下，我方實在無法阻止他們自盡。」』

『此次事件若與近年來接連發生國際恐怖攻擊有關，那麼這將是日本首次成為攻擊標的。日本的反恐政策將如何研擬並因應……』

一、開端

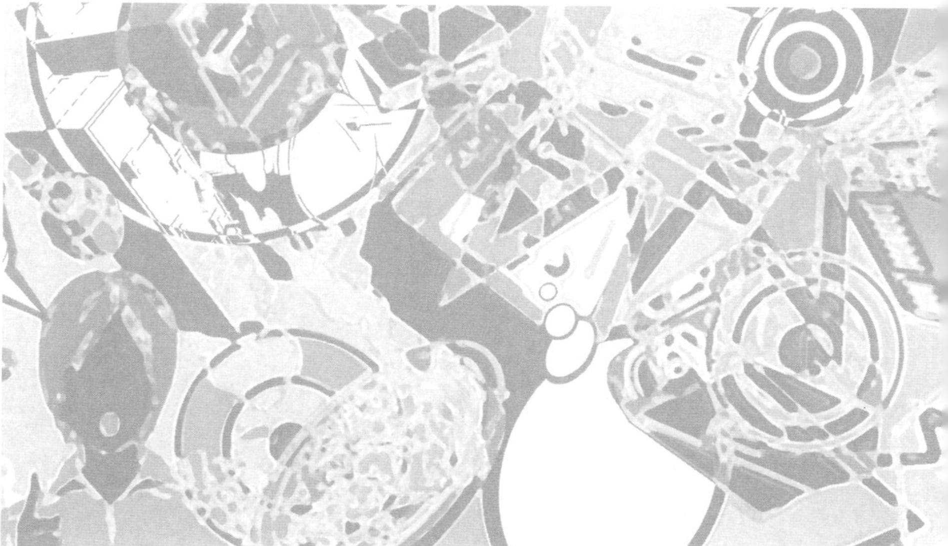

＊

「……天啊……」

六點半的起床時間，在這個時節裡天都還沒亮。郁在開著燈的寢室裡看見這條新聞，驚愕得喊出聲來。柴崎兩眼緊盯著電視畫面，看得更是出神，連這種天氣裡慣例將衣物塞到暖爐桌下的溫衣功課（暖爐桌下的衣物擺到出勤時間，就會暖得恰到好處）都忘了做。

「……好想請假在電視機前巴上一整天……」

對著迷於情報的柴崎而言，這麼大的事件自是不容錯過，但講出這種話也太放肆了點。

「我看今天來感冒一下好了。」

柴崎那一點兒也不像玩笑的口氣，讓郁忍不住在她額頭上拍了一記。

「不像話，哪有人為了追電視新聞而裝病請假的。」

「但這可是大規模的核電廠恐怖攻擊事件啊！而且接下來一定是每分每秒都會有新資訊，網路上一定也會引發討論，難道妳不想逐一追蹤那些消息嗎!?」

「不想。要是大家都用這個理由請假不上班，世界就大亂啦。」

哈，好痛快。郁不禁暗想。平常總是自己使性子而被周遭的人訓斥，竟也有輪到她向別人說教的一天。

「只有我一個人這樣，又不會造成大亂。」

「別以為妳的嗲聲嗲氣對我管用。何況，妳不覺得這種心態也不應該嗎？守備軍有人送命了耶。」

「我當然會為犧牲者祈求冥福，但那跟我對事件的興趣是兩回事嘛～」

「『嘛』什麼『嘛』，妳再適合裝可愛也別亂發嗲！要是事件跟圖書隊有關，我還可以勉勉強強睜一隻眼閉一隻眼，可是現在根本八竿子打不著關係！」

說這話時，郁的記憶中突然有一絲牽動。她隱約覺得自己其實也有理由要巴在電視機前關心這條新聞，但歪頭思索了一會兒，沒想出個所以然來。郁不否認自己也有那麼一點八卦個性，但可不像柴崎那樣為了看電視而寧願蹺班。

「好了好了，去吃早飯了。話說回來，今天要是我們立場對調，換成我想為了這種理由而裝病不上班，妳還不是一樣會對我說教。」

「才不呢。遇上這麼大的新聞，要是妳想緊盯著電視消息，我就不會阻攔妳啊。怎樣？妳要改變說教的宗旨嗎？」

「不換！走了啦，我們去餐廳啦。」

「什麼嘛，自己跟堂上教官約好了休假要去約會，就這樣催我。」

「妳……！」

柴崎出其不意的這一記奇襲，犯規得直教郁杏眼圓瞪。

「同一班的人一起休假有什麼好奇怪的？而且我們才不是去約會，是之前就跟他約好要去找東西而已！」

「那不叫約會要叫什麼?」
「才不是!」
郁漲紅著臉反駁,柴崎卻不為所動。
「哼,平常休假就賴床,今天就起得特別早。唉——要是我在今天這種大日子輪休,我一定全天候守著電視機跟網路,可是妳卻跑去跟長官逛大街!蠢死了,我真搞不懂妳~~~~」
「我才搞不懂妳!少囉嗦了,快點吃早飯去!妳還要工作哪!」
「不要~~~~人家不要吃早飯,人家要在這裡看電視到最後一刻~~~~」
「受不了,隨便妳啦!」
看她大概已打消了裝病請假的念頭,郁於是自己一個人去餐廳。柴崎的食量本來就小,少吃一頓早餐應該也沒什麼大礙。
不過,郁忘了提醒柴崎該把衣服拿去暖,以致於吃飽回寢室時要邊聽著她那驚天動地的尖叫聲邊換衣服——也算是柴崎為這種白痴藉口使任性所遭到的報應吧。

今天起得特別早。
其實柴崎戳中了。一起去喝洋菊茶的這個小小約定,他們訂在十一點的武藏境車站前碰頭,會合之後再到立川去找花草茶店。
從茨城回來不久,堂上主動提起這件事。
對了,也該去找茶來喝了。他說。

在茨城縣立圖書館的溫室裡親眼見過洋甘菊的花，似乎讓他更好奇。

等柴崎去上班，郁才打開衣櫥，然後陷入苦思狀態。她一面想像著各種搭配，一面忙著穿了又脫，仗著暖氣夠強，忙了半天還是只穿著內衣褲站在鏡子前，腳邊卻是攤了滿地的衣服。平常她大多穿運動內衣配運動衫，今天卻難得地把「普通的」成套內衣褲拿來穿，讓它們也派上點用場。好歹是個大女孩了，能托高、集中或者樣式可愛的內衣總有個幾件。

儘管在柴崎眼裡，那些內衣仍是「太不誘人」，郁卻不像她或其他女館員敢大大方方的自己去買那種女人味十足的——好比綴著性感蕾絲或奢華緞帶的內衣褲，所以手邊有的淨是些顏色好看卻簡樸的款式，還堅信「裝飾少才能把上圍線條襯得更漂亮」！

誰叫她是個身高一七〇公分的戰鬥部隊女金剛，穿那種精緻華麗的內衣褲根本就不搭調，要到哪一天才穿得到啊？每次選購時，她的客觀考量總是這麼踩剎車。

就這樣，郁現在穿著的淡綠色半罩式胸罩上只有可愛的印花，卻沒有半點裝飾。特地穿上成套的內褲，算是她「看不見的考究」。其實她還滿希望這小小的用心，能得到柴崎的嘉許。

以下半身的衣著來說，雖然衣櫥裡也有幾件裙子，牛仔褲卻佔了大多數。上衣部分則有不少是較有女人味的設計，無奈她不知該怎麼搭配。

「……打扮得太刻意，絕對會嚇到他的。」

所以裙子不列入考慮了。她決定穿牛仔褲，上衣搭多層次剪裁的細肩帶背心和正月時特價搶回來的針織衫，再挑一件顏色最亮的淺藍色薄羽絨大衣當外套。

選好包包站在鏡子前，總算是滿意了。

進入化妝階段，郁是既不熟練又不習慣，所以化個淡妝便算了事。柴崎出門時雖交待郁可以用她的化妝箱，但見箱裡的化妝品和工具千奇百怪，郁也沒有那個本事運用。她以前試著用過睫毛夾，結果夾到眼皮，痛得哀哀叫。

「好。」

再來選低跟的鞋子就行了——跟手塚慧吃晚飯的那一次，那個人來把郁接回去時曾埋怨她「沒事穿什麼高跟鞋」——郁一面想著，不經意瞄向時鐘。

「呀啊——!?」

竟然已是非出門不可的時間了。下意識地往手錶看了看，果然沒錯。（當然，今天的錶是特地為外出遊玩所準備的，可不是平常那粗獷無比兼陽剛味十足的軍用錶。）

怎麼會這樣！跟上班日起床的時刻一樣，時間應該很充裕才是！

沒時間收拾散落一地的衣服，郁只好先將它們全都丟到床鋪上，拉上床邊的簾子，隨即飛也似的奔出寢室。

她在走廊上邊跑邊想，希望今天能比柴崎早一步回來。

要是讓柴崎看見自己在那兒收拾衣服，她就會知道先前翻箱倒櫃的盛況，到時鐵定取笑她「這麼費心選衣服呀」外加那副招牌奸笑，當作今早說教的報復。

＊

踩著平底短靴，她幾乎是一路從基地跑到車站。十一點過五分，堂上已經在車站玄關處的售票機前面等了。

「我、我遲到了，對不起！」

郁氣喘吁吁的舉手敬禮，換來一聲怒罵。

「穿著便服別敬禮！而且又是在外頭！別人會以為我們是幹嘛的！」

「啊，是。」

她趕緊放下右手。

「……妳也真是的，難得打扮，何必跑成這副德性。又不是出任務，遲到一下也沒什麼，況且女人在這種場合多少都會遲到吧，這點雅量我還有。」

突然被他當成個女孩子對待，令郁的兩頰一熱。幸虧跑步原本就讓她的臉紅通通，否則就被看出來了。

「可、可是讓長官等，我覺得不太好。」

「我的心胸有那麼狹窄嗎？不上班還要擺長官架子。」

堂上的口氣有點兒不悅。

「妳又不是經常打扮得這麼……時髦，萬一半路跌跤，豈不是毀了。」

「我可沒有特、特別用力打扮時髦，不勞你費心。」

聽她胡亂答得結巴，堂上的嘴角微微牽動——看起來是在笑。

「至少我看得出妳跑得很拚命，想也知道妳是邊看錶邊趕路。抱歉，是我把妳拖出來作陪。」

不行——！不可以笑得這麼溫柔——！她很沒用的在心底哭喊起來。堂上當然聽不見。

「堂上教官穿成這樣也很難得，我頭一次看你穿便服呢。」

快點換個話題吧，她想。瞥見堂上穿著的那條牛仔褲竟然（說「竟然」倒有些失禮就是了）是個以質感為口碑的品牌，整個人因而顯得有型又英挺。他平日的便裝勤務大多是以西裝為基本，在宿舍裡也跟郁一樣都穿著運動衣褲走來走去，今天的休閒裝扮實在很少見。

「我不像小牧那樣愛逛街。他會四處挑選比較，我嫌麻煩所以都買同一家的，搭配起來也不至於失敗。」

「是哦——像我就很失敗。每次遇到打折就亂買，以為穿得到，結果總是後悔。貪小便宜卻花了冤枉錢。」

「年輕時難免會那樣，到了我們這個年紀就想買質感好一點的東西，可以用得久。」

這樣的對話沒什麼內容，卻充滿輕鬆的氣氛。聊著聊著，郁的氣息總算勻順下來。

「對了，車票要買到哪一站？」

「啊，到立川……」

「妳等著。」

堂上說完便逕自朝售票機走去，回來時遞出一張票卡。

「啊，不好意思。」

原來他是在等我調整呼吸啊。察覺這一點，郁的心臟又亂跳了。

「怎麼辦?要先吃午飯嗎?」

「哦,那家店也有供餐的……餐後飲料就有花草茶。」

郁選的是一家標榜天然香草風味的簡餐店,那兒的餐飲連甜點都含有花草成分,樂於此道的人大可以盡情享用。

這一天不是假日,又還不到正午,店裡沒什麼客人。服務生便將他們領到窗邊的角落席去,那兒是最好的座位。

「有什麼比較推薦的嗎?像是飯類的。」

「啊,煎香草嫩雞滿不錯的,份量很夠。」

「那我就點那個。」

兩人看著菜單商量,然後把店員找來,已經是常客的郁開口點餐:

「不好意思,我們要兩客嫩雞套餐,附餐是白飯。餐後飲料一個是洋甘菊茶,我要蛋糕套餐的蘋果慕斯和洋甘菊茶。」

「蛋糕套餐的飲料換成花草茶,您還要補一五〇圓差額。」

「沒關係。」

就在郁準備闔起菜單時,堂上的手舉了起來。

「抱歉,我也想換成洋甘菊茶的蛋糕套餐……」

吃驚到愣住的郁,就這麼張著嘴看他加點了一份起司酥芙蕾。

「……幹嘛?有意見嗎?」

堂上沒好氣的瞪著郁。

「沒……只是好意外。」

「口感清爽的甜點我就喜歡啊。」

「啊，不過選擇起司酥芙蕾是對的。洋甘菊的味道很細緻，味道太重的甜點或許會蓋掉茶的風味。」

「別說得那麼開心啦！」

堂上氣鼓鼓的支著臉頰撇過頭去，那模樣害她笑了出來。

「堂上教官，其實你還滿可愛的。」

沉默了一會兒，堂上才斜眼朝郁一瞪：

「妳還不是。」

「我？」

「臉啊，跟平常都不一樣。」

心頭一驚，郁不由自主的用雙手遮臉。

「怎、怎麼會？哪裡不一樣？」

「比平常看起來更有女人味。」

「這……廢話！」

這一回換她臉上掛不住了。

「休假日出來街上，當然會化點妝！可是我又沒畫得很濃……！很怪嗎？我看起來很奇怪嗎？」

畢竟是對自己的化妝技術沒自信，郁這會兒心情七上八下的。的確，今天的口紅比便裝執勤時要稍微紅一點，還刷了一點淡淡的腮紅——該不會是刷得太濃了吧？她突然坐立難安了起來。

「我去廁所看一下……」

郁說著就要起身，卻被堂上抓住了手腕。

「又沒人說奇怪。」

哇啊。

被他一扯，郁又跌回椅子上。

腿軟了。

犯規啦。郁低著頭悄聲囁嚅道，直到臉上的紅熱感退去了才敢抬起來。

然後重頭戲洋甘菊茶上桌了。

端出了一人一壺由花瓣沖泡的茶。

「光看顏色還滿像綠茶的。」

堂上邊說邊往自己的杯裡倒，一面嗅著茶的氣味。

「跟妳之前送我的那瓶油好像不太一樣……」

「那是萃取過的精油，專門給人聞香的，味道難免有些改變。」

「不過，嗯，這味道不太嗆，好像滿好入口的。」

「味道怎麼樣？」

「別催我。」

堂上聞了好一會兒才端起杯子。

「我頭一次喝花草茶，也無從比較，但這味道確實清爽。我還是覺得它很像綠茶……」

「它有鎮定心神的效果，聽說有人管它叫晚安茶。」

「明天在辦公室擺一些，妳給我每天都喝一杯。」

「幹嘛挖苦我！」

郁嘟著嘴為自己斟茶，一面又問：

「你不吃蛋糕嗎？」

為了回敬堂上的挖苦，她故意問得帶點調侃語氣，堂上卻沒有上勾。

「難得讓人帶來這種地方，第一杯要好好品嚐它的原味才行。」

「不用吧……以後隨時都可以再來啊，你都知道地點了。我也——」

也可以隨時奉陪——她把話尾嚥進了肚子裡。

「讓妳帶路，這還是頭一遭。」

首次讓郁帶路，所以第一杯要仔細的品飲。堂上說得如此理所當然，也讓郁再一次發現，自己喜歡的正是這樣的他。

來時的路上可以聊這家店和洋菊的事，用餐時可以聊餐點的口味，如今進展到令人放鬆的品茶階段，柴崎謔稱的「約會」氣氛終於掩不住了。郁反而緊張起來。

跟心儀的對象一對一喝茶，而且這茶裡還包含了兩人對同一位老長官的一份敬意——這樣的情境就是會令人產生錯覺，彷彿他們之間有著特別的關係。

不是，絕對不是！喜歡對方的只有我而已！

一面反駁自己，郁一面找話題，免得被少女心錯帶到小鹿亂撞樂園去。接著她想起來，今天不就有個特大號的話題嗎？

「對了，今天早上的新聞好誇張。」

堂上果然也看到了。

「哦，敦賀啊。」

「柴崎甚至嚷嚷著要裝病不上班，想在電視機前守上一整天呢。」

「哎，那傢伙是有可能。」

堂上苦笑著倒了第二杯茶，開始吃起酥芙蕾。

「堂上教官，你有看到完整報導嗎？」

「有啊。」

「不知道為什麼，我總覺得這個事件有點耳熟，好像在哪裡聽過或看過似的。以前有發生過類似的事情嗎？」

郁又自顧思索起來，卻見堂上稀鬆平常地答道：

「是《核電危機》吧？當麻藏人寫的。」

書名和作者名一出，郁馬上就想起來了。

「啊——就是那個！跟那本書的故事好像！」

「豈止是像，根本就是照抄。十點多的特別報導講得更聳動，懷疑恐怖分子可能把那本書當成了參考文獻。妳沒看到？」

「呃……那時我哪有空看電視，煩衣服都來不及了。」

慘，這下子不就揭穿自己直到出門前一刻都還在拚命打扮的事了嗎？她下意識地掩住嘴巴。

「剛才這個不算！是柴崎去上班了，我就把電視機關了而已！」

卻見堂上抿了一口茶，又是苦笑：

「拚命打扮又不是壞事，不用這樣否認。妳穿得很合襯，不會太搶眼，很好啊。」

被他看穿，郁的腦漿熱到都快要沸騰。

「我、我沒有煩到那個地步啦！而且我平常出來玩就是穿這樣！」

「哦？我倒是煩得很呢。」

聽他淡然說道，郁不禁一愣。

「期待已久的外出，我當然也會為了服裝而傷腦筋。」

「期待……真的嗎？跟我出來逛街。」

這是郁自己一廂情願的解讀，不料竟脫口而出，她只好很窘的硬拗回來。

「啊，不，我是說洋甘菊茶！」

「洋菊當然也是。」

媽呀，這話也說得太模稜兩可了！現在她根本不敢正面看堂上的臉，低著頭的鼻尖都快要戳到面前的蘋果慕斯裡去了。

「那個……我也很期待。」

「怎麼說？」

顯然是明知故問。郁發覺他的調侃，俯著臉給了堂上一個白眼。

「應該就跟教官你差不多。」

「彼此彼此，不錯。」

話題帶過，堂上改了個口氣接著說：

「妳會看當麻藏人的書，倒是滿讓我意外的。他寫的東西很硬，又以謀略為主。」

「可是謀略之間還有若隱若現的男人友情跟勾心鬥角，還有跟女主角的戀愛，那些他寫得太棒了！主角一度決定不再出現在情人面前時，簡直是催淚彈！那個系列的我全部看完了呢！」

「……我猜猜看，妳根本不記得故事的主軸吧。」

「對！艱澀的部分我全部跳過，從頭到尾都只在看人物描寫而已。怎麼了？」

「沒有……看那個系列還有辦法只看人物描寫，真訝異於妳這番才能。」

「我看神秘或推理類型的書籍都是這樣讀的，最後謎題大揭曉時才會有『唷——原來是這樣的啊——』的心情。這樣讀起來還挺有趣的啊。」

但見堂上一臉沉痛，伸手按著眉間。

「小牧聽到了大概會絕望……」

「咦——可是我們這種人讀到最後一定會『哇啊！好厲害！』地打從心裡懾服，你不覺得作者會比較喜歡我這種讀者嗎？而且故事裡的機關絕對不會被拆穿，這樣讓人放心的讀者上哪去找。」

「也許是啦！」

大概是他自己也喜歡看神秘推理，這會兒似乎跟著絕望了。

「堂上教官都看哪些類型的呢？」

「我？小說的話，大多是謀略或動作類吧。受到小牧的影響，也有看一些神秘小說。再來就是非小說類跟實用書籍。」

「這倒讓我想到，我們在隊裡都沒聊過誰喜歡看哪種書。我也喜歡看動作類的。」

「妳不准說喜歡！想到一堆名作都被妳那樣亂看一通，我的壯志豪情會滅亡的！」

「少、少瞧不起人！要講壯志豪情，我也讀得懂啊！大概……」

「就是那個『大概』才讓人緊張！唉——對了，像柴崎她們呢？」

堂上刻意逃避，似乎不想進一步探聽郁的閱讀偏好，郁只好悶悶答道：

「那傢伙居然還滿愛看愛情小說的，但她老是邊看邊罵：『天啊——為什麼我這樣的好女人就沒有像樣的男人為我痴狂呢？』此外就是財經類書籍吧，她最愛看那種解析資產運用跟金控整合的書了；業界再編地圖（註：記載企業購併、分裂或更名等最新異動的年誌）之類的也是年年都買，真不懂那種書哪裡有趣。」

「要說像，這倒也滿合乎她的喜好。」

「手塚呢？」

「他好像喜歡懸疑類。最近偶爾看他拿著圖畫書走來走去。」

八成是昇遷考試時的苦頭讓他受到了教訓。這麼看來，手塚不只工作能力強，讀起書來也是個勤勉家。郁這才又想起來，這陣子有小朋友來跟他講話時，手塚都會蹲著和對方交談。

「小牧教官呢？除了神秘以外？」

「那小子幾乎不挑食，搞不好涉獵最廣，現在連輕小說都下手了。他喜歡跟毬江互相推薦書籍，大概也是原因之一。」

「哇——好甜蜜哦。」

郁暗暗羨慕著，一面從杯緣偷瞄堂上。

戀情有所成，不知道會是什麼感覺？真希望我實現的第一份戀情是跟這個人。但再想想，對方也有選擇的權利……

「玄田隊長跟稻嶺……顧問，他們喜歡時代小說。」

堂上在講到稻嶺的新職稱時頓了一下，也許是改不了口，又像是不捨得改口。

「那兩個人常常聊小說。稻嶺顧問又因為工作的需要，也常看行政和法律方面的書。」

「對了，玄田隊長差不多要轉院回來了？」

「唉……」

堂上往桌面上一趴。他難得有這種舉止。

「都一把年紀的老伯了，為什麼恢復力會這麼好呢……照顧他的折口小姐也只陪了一個月就被他趕回來了。」

「把隊長叫做老伯，不大好吧？」

聽見郁的玩笑話，伏著的堂上狠狠地瞪過來。

「只有我跟妳的時候，就讓我發發牢騷吧。」

只有我跟妳。短短幾個字，讓她的心臟狂跳。

郁不曉得要怎麼搭腔，只好猛點頭，拿杯子湊近唇邊做做假動作。

完蛋，少女心模式開啟，再發現自己挖蘋果慕絲時變得小里小氣，頓時又是一驚——本性早就穿梆，這時還裝什麼秀氣。

茶快喝完時，堂上開口了：

「再來要做什麼？」

「呃，我想想。」

換作平常，應該要打道回府了——其實郁也想不出別的選項。見她側著頭思索，堂上看了看手錶說道：

「才剛過兩點，難得的休假就這麼回去也可惜吧。要不要去看電影？」

哇——這樣就變得好像普通正常的約會了！而且——

他說是為了不想提早結束跟她共同消磨的休假日，更教人高興。

郁猛點頭。她又答不出話來了。

「喜歡哪種電影？」

「嗯，場面大一點的那種。動作片、大爆炸或是CG特效很棒的。」

「真像妳。」

堂上笑著拿出手機，開始搜尋電影資訊。

就在這時，兩人的手機同時響了。

「喂，我是笠原。」

討厭，誰呀？選這種時候打來！心中暗罵之際，郁在電話那頭聽見柴崎的聲音。

「對不起呀，打擾了你們的約會。」

一開場就是個觸身球，惹得她立刻提高嗓門：

「我們才不是！」

「我們才不是！」

對桌而坐的堂上傳來一模一樣的怒吼，聽來活像立體聲道。兩人聽電話時的表情都帶著疑問。

「我猜，打給堂上教官的是小牧教官吧？你們兩個被人家消遣時的反應也不用這麼一致吧？唉唷——感情幹嘛這麼好啊——」

照柴崎的說法，小牧大概也讓堂上挨了一記類似的悶棍。

「又不是那樣……」

嘴裡咕噥著，臉也紅了。郁是一時難為情才吼回去的，不知道堂上是出於什麼心情。

「總之，還是抱歉啦。你們得馬上回來，有緊急狀況。」

「緊急狀況？」

「回來了再講吧，事情很複雜的。」

丟下這兩句話，柴崎就自顧自地掛上了電話。

「……電影只好延到下次了。」

聽到堂上這句話，郁那失望的心情立刻恢復了昂揚。咦，有下次嗎？

「至少洋菊茶能悠哉的喝完，也不錯。」

堂上說著就拿起帳單往收銀櫃臺去。聽見他對收銀員表示要一起結帳，郁緊張的搶上去道：

「啊，我的自己付！」

「今天就不用了，算是嚮導費。還讓妳為了我耽誤一天休假。」

「我可不覺得是耽誤！而且我也一直期待跟堂上教官來這裡！」

付完帳的堂上穿起大衣，淺淺笑道：

「妳啊，被逼急時反而老實坦白。」

同時伸手在郁的頭上輕敲：

「那就下次再各付各的。」

「——好！」

郁也披上淺藍外套，跟在堂上身後走出了茶店。

＊

從武藏境車站到基地的這段路，氣氛變得和上午截然不同。

來來往往的行人之中，不時可見難掩肅穆氣質、卻刻意要融入群眾的「假老百姓」。

愈靠近基地，這種狀況愈明顯。入隊第三年，郁憑直覺也能分辨出他們是優質化特務機關，還能從年齡和服裝看出是相當高階的隊員。

「教官……」

她從未在完全便裝、兼非公務的狀態下與這些人打照面，想到此刻毫無裝備，萬一對方設有埋伏——在那些人的西裝或夾克下，肯定是有武器的。

「放心，這種陣仗絕不是為了堵我們這種小角色。綁架基層的圖書隊員，對他們也沒好處。」

說著，堂上緊握住郁的手，像是要安撫她。

「自然一點，太緊張反而會被盯上。」

手忽然被握住讓臉頰變得火熱。被牽住的手也許把這股緊張和僵澀全傳了過去，堂上便要轉過頭來看。

「不……」

郁反射性的舉起另一隻手臂擋住自己的臉。

「拜託別看我。」

「好，我沒看到。」

堂上難得有這樣富調戲意味的口吻：

「包括妳臉頰紅通通也沒看到。」

「討厭，你很故意！」

羞憤之餘，她不假思索地在堂上的背後劈了一掌。

「白痴，妳下手也輕一點！」
罵歸罵，但直到溜進基地的正門——甚至到走進行政大樓為止，堂上的那隻手都抓得一樣緊。
「換個衣服再去，會不會比較好？」
眼見堂上直奔特殊部隊辦公室，郁隱約裹足不前。就這麼趕去，豈不是擺明了兩人偕同出遊？
卻聽得堂上斷言道：
「沒關係。小牧叫我們早一刻趕到，哪還有什麼時間管衣服——輪休的日子，愛怎麼運用也是我們自己的事。」
可惜堂上算錯了。
「……這個……很好，兩位之間的距離似乎拉近了？」
一踏進辦公室，小牧就率先發難，還曖昧地在用詞上斟酌了一下。
另有一個吊兒郎當的口哨聲，那是柴崎吹的。
還沒意會過來的堂上一臉不解，郁也不知所措，只好悄聲提醒他：
「那個、手……」
驚覺自己忘記在進辦公室前放開郁的手，堂上慌張地甩開。
「這……都是這傢伙走太慢了！」
「但論腿長顯然是笠原勝出啊。」
今天的手塚居然有膽對長官施展毒舌。堂上立刻仰著頭反擊：

「要你管！腿長了不起啊？」

此時在場的只有堂上班、柴崎和緒形代理隊長。緒形開口問道：

「沒輪休的班都就地加強警備去了。外頭的情況怎麼樣？」

問的雖然是公事，緒形的聲音卻一如往常悠哉。

「單就回程的這一段路，我們看到不少高階的優質化隊員。」

堂上改回執勤時的公務聲調，方才的調侃氣氛立刻大為收斂。

「到底出了什麼事？」

郁如此問道。就在這時，隊長室的門開了。代行隊長職務的緒形不肯使用那間辦公室，所以現在的隊長室只剩下接待會客的功能。

便見折口從裡面走出來，像是領著一名中年男子——

「當麻藏人？」

一時驚愕，堂上竟連名帶姓地叫了出來，而且隔了不算短的一會兒才補上一聲「老師」，擺明是忘記使用敬稱來稱呼對方了。

「咦，就是他？」

郁也不由得提高了嗓門。他們剛才在約會（如果可以算是的話）時曾聊過這個作家。

「堂上教官，你怎麼會認得他？」

「妳白痴啊，作者近影……每一集的書衣都有印，妳的書真是白看了。」

想起郁的認人記性之差，堂上嘆了一口氣。話說回來，單憑作者近影就能認出本人，堂上應該也稱得上是個頭號書迷了。當麻年近六十，頭髮略長，但除了滿頭白髮和一付粗框黑眼鏡以外，模樣根本就不起眼。

「而且當麻老師經常接受媒體訪問，看過他的人也不少，堂上老弟會認得也不奇怪呀。」

折口添道。郁於是慚愧的抓了抓頭：

「不好意思，我不擅長記別人的長相，不過我是您的書迷。」

「不要自稱書迷！妳算哪門子書迷！圖書特殊部隊會被當成一窩白痴的！」

惡狠狠的罵完，堂上轉頭去看著折口，料想折口會負責解釋事情始末。

「敦賀核電事件已經被認定是國際恐怖行動，國會趕在今天中午通過了反恐特措法，這個速度快得不尋常。之後各報社都與我們連絡——正確的說，我們是當麻老師著作往來的主要出版社，情報自然就往我們這兒集中……」

眼見兩位賓客都站著，柴崎不動聲色地挪來椅子，順勢請他們坐下。

見她將椅子搬給當麻，手塚也自動拉了其中一張椅子給折口。看著這一幕，郁忍不住想，這兩個人幾時變得這樣聲氣相通？

「想當然耳，這次的特措法決定了幾個得以擴大權限的政府組織，主要是警察和自衛隊。」

消息當然不只是這樣，否則別家媒體也不會特地通知新世相了。

「其他則是內閣的內部組織，當中卻包含了媒體優質化委員會。」

「……為什麼？」

郁又提高了聲調。她完全想不通。

「是什麼道理要讓他們再擴大權限啊？現在已經夠大了！」

相對於郁的忿忿然，堂上只是沉吟道：

「因為《核電危機》？」

這起恐怖事件的發生過程酷似書中的內容，使人懷疑恐怖分子是否拿它作為參考——偏偏它也的確詳實縝密得足以供作參考。

要是恐怖分子真以此書當作範本——

郁直視折口，盼她給個否定的說法。

「也不知他們的主張是從哪兒來的根據，總之官邸對策室認定《核電危機》是危險書籍，為恐怖分子提供行動準則，所以不准它的作者從事自由著作。」

「怎麼可以這樣！這套說詞要是搬出來……」

「就是說呀。」

折口無精打采的點頭道：

「要是當麻老師落到他們的手裡，後果可想而知。」

除非當麻願意放棄自由著作，否則不得獲釋。優質化委員會就是為此而被放出來的獵犬。

「有了當麻老師開先例，他們八成會接著對其他作家下手。評論家當然也包括在內。」

說來諷刺，在維護治安的旗號下，反恐特措法很可能開啟大規模的言論箝制行動。

當麻若被帶走，言論與著作自由就輸了。郁歸導出這個簡單的公式。對她而言，公式愈單純愈好，太複雜會令她失去爆發力。

「在我認為，媒體同業願意向我們透露這個消息，可見還有一絲希望。我們把車開到老師府上，避開優質化隊員的耳目逃到這裡來，卻也是千鈞一髮。優質化委員會畢竟無權攔查一般車輛或一般市民，但若在基地外被他們發現，只怕他們會冒險越權，強硬架走當麻老師……在抵達基地之前，我們甚至沒時間向老師說明原委。」

「不好意思，給你們添麻煩了。」

直到這時，當麻才開口出聲。他的聲音偏高，帶點兒沙啞。

「請別在意。我們所秉持的『圖書館的自由法』也是為了這種情況而設立的。」

緒形淡然答道，但這番話並不是真的，而場中只有堂上班的人明白這一點。這樣的狀況以前從未發生過，就算是視檢閱抗爭為家常便飯的圖書隊也不曾料想過。將此事解釋在「圖書館的自由法」的適用範圍內，顯然是為了安慰當麻的白色謊言。

「當麻老師的人身安全就請交由本基地保護。基地內的生活有所不便，還請您多多包涵。」

說完，緒形轉向折口：

「不過，要把一個人永遠藏在圖書基地裡是不可能的，總不能請當麻老師把戶口都給遷過來。我們先開會討論根本的解決方案，到時再請教您的意見。堂上！」

被點名的堂上立刻挺胸立正加敬禮。

「當麻老師的護衛工作就交給你們，等我向彥江司令報告之後就準備開會。特殊部隊的調度隨你安排。」

「是。」

他裝得這麼冷靜理智，其實心裡亂緊張一把吧——郁正如此想著，卻見堂上厲目瞪來。

「妳在奸笑什麼？」

「報告，沒有！」

當前的情勢可不好笑，此刻的堂上卻令她忍不住想笑。奉命保護自己喜歡的作家，神經緊繃成這樣的堂上顯然是惶恐已極。想歸想，郁也沒那個膽子揭穿，免得腦門又要捱一記惱羞成怒的鐵拳。

「狀況就由部隊各班和柴崎掌握吧。」

「包在我身上，保證萬無一失，絕不會走漏到其它單位。」

見柴崎笑得自豪，堂上順勢向她討了一個人情：

「那麼，妳找個地方讓當麻老師和折口小姐休息一下。他們剛到不久。」

隊長室只隔了一扇門，會議過程要是稍微大聲一點，裡面的人肯定聽得見，再加上堂上自己的緊張，當然希望他們不在現場。郁揣摩到這一點，又忍不住嘴角微揚。

機靈的柴崎當然明白，遂端出業務用的招牌微笑起身說道：

「對面的會客室應該是空著的，我去安排。老師、折口小姐，這邊請。」

待柴崎領著兩人走出辦公室，堂上才深深地呼了一口氣，舒肩駝了駝身子。

「好緊張——」

「你從以前就是他的書迷嘛，堂上。」

小牧笑著打趣道：

「現在是工作了，你要快點習慣哦。」

「我知道！一回來就這副陣仗，我只是嚇了一跳！」

見堂上齜牙咧嘴，郁也吃吃笑了起來。

「我來泡茶吧。緊張了這麼久，喉嚨一定乾了。」

大概是這副悠哉的口氣讓他不爽，堂上將砲口轉向郁：

「妳不也自稱是他的書迷嗎？為什麼像個沒事人……」

「我不是說了？我全都只看人物描寫，對作者沒有這麼大的興趣呀。頂多有點兒意外罷了，沒想到是個這麼平凡的大叔。」

料想柴崎大概很快就會回來，郁泡了五杯茶。正將茶杯端給每個人時，柴崎果然回來了，一開口卻是：

「唷，堂上教官已經冷靜下來啦？」

「妳少囉嗦！」

完全被摸清的底細和這句羞憤的怒吼，引得眾人一陣爆笑。

瞥見堂上的滿臉通紅，再想到回來的路上被他看見自己的難為情，郁暗暗覺得他們扯平了。

不過，堂上畢竟是老鳥，很快就把情緒收拾妥當。

喝口茶潤潤喉之後，他問道：

「當麻老師要在基地避風頭的事，有哪些部門知情？」

這個問題沒指名由誰回答，不過搭腔的自然是柴崎。小牧和手塚沒接話，想來是基於讓賢，也知道她素來喜歡這類話題。當然，柴崎總能在極短的時間內網羅到令人意外的情報，也是屬實。

「基本上是圖書特殊部隊、彥江司令、稻嶺顧問還有我。彥江司令徵詢了稻嶺顧問的意見，決定不讓管理階層的知道。」

「好。那麼，暫時讓當麻老師住宿舍的客房，由警衛人員在隔壁房全天待命。白天的警戒由別班人員輪值，大夜班每組兩人，小牧手塚一組，笠原跟我一組，每日一輪。」

哇，深夜溜進男生宿舍——郁知道這會兒不是說俏皮話的時候，便像另外兩人一樣，只是默默點頭。

「不過，副隊長說要用『圖書館的自由法』的擴大解釋來保護作家，具體的解決方式會是如何呢？」

聽到手塚發問，郁大為意外地盯著他。

「……幹嘛？」

「沒……想不到你也有不懂的事啊。」

手塚立刻氣沖沖回罵：

「我警告妳，別把我跟妳混為一談！這個問題本來就有點難度！」

「柴崎妳懂嗎？」

郁只是順口問問。柴崎輕輕聳肩道：

「我也只能大概抓個方向而已。彥江司令已經派車去接稻嶺顧問了，開會的班底大概就是他們再加上緒形副隊長，決策模式可想而知。」

「哇哈，手塚你輸了。」

「若要比消息管道，同梯有誰比得上這女人的包打聽？沒人贏得了的對手，我輸了有啥可恥。」

「哎呀──多謝你這番『精彩』的讚美。」

柴崎所謂的「抓方向」，兩名長官似乎也已想到。

「不過，開這個會需要法務專家。但就剛才的說法看來，這個消息不會透露給圖書隊的法務部，這一點要怎麼解決？」

堂上問道。小牧回答：

「借重世相社的法務部就行了。這一次是對方有求於我們，他們的人搞不好已經出發，說不定會跟稻嶺顧問一起來。」

「呃，那會從什麼方向去處理呢？」

郁趕緊把握機會插嘴發問。堂上皺眉苦思了好一會兒才回答，措詞也不像平時那樣俐落明快。

「在這個情況，就是憲法第二十一條第一項……以表現自由遭到侵害為訴求，循民事提起行政訴訟──大概只有這一招了。這是憲法明訂的國民權利，媒體優質化法不能與之牴觸才是。」

小牧也點頭附和：

「八成如此。蒐集證據要花點工夫就是了。」

說到難處，他嘆了一口氣。跟媒體優質化委員會打官司，勝訴的機率微乎其微。他們得掌握確切證據，證明作家遭到跟監、人身安全受到威脅。

「不論如何，我們的工作就是保護當麻老師。除了他的人身安全，他的住家大概也需要。」

堂上說得理所當然。為了和當麻交涉，對方極有可能抓他的家人作為談判籌碼。

「小牧，你來排班表。連同本班在內，排三個班來輪值當麻老師的護衛。」

「ＯＫ。那我也排三個班去老師府上站崗，一排好就佈哨。」

「剩下的班就排基地警備吧，宿舍外圍也排一些假哨。」

工作於此分派完畢時，柴崎提了一個令人意外的建議。

「那麼，請恕我在太歲頭上動土囉——」

柴崎笑容滿面地對著當麻說道。當麻所坐的會客室沙發前擺了一面全身鏡，身旁及地板上鋪著大片的塑膠布，儼然是個簡易理髮室。而柴崎一手拿著梳子，另一手拿著理髮剪，就這麼俐落地喀嚓喀嚓，一綹綹白髮也隨之飄落。

「想得真周到哇。」

看著柴崎手上的動作，折口佩服不已。

「我想，敵人當然會用望遠鏡之類的東西觀察基地內的情形，總不能把當麻老師關在宿舍或辦公室裡，一步也不讓他出去吧？改頭換面一番，或許是最保險的。」

這個時候，優質化特務機關應該已經拿到當麻的照片，掌握了他的長相才是。變裝被識破或許是遲早的事，至少能爭取些時間。

「況且，我也不希望圖書隊裡傳出謠言。當麻老師畢竟是個名人，認得他的圖書館員可不在少數，就算我們把他藏得再好，也難保有幾句無心的謠言來壞事。與其提防這個，還不如整個改變老師的形象，直接請他假扮成偏遠分館來本館進修的職員更能掩人耳目。哎，說來說去，都是當麻老師現在的模樣太顯眼了。」

柴崎邊說，手上的剪刀可沒停過。許多女孩會自己動手修剪瀏海和鬢髮，柴崎的技術又是箇中翹楚。每當郁沒有時間上美容院，她就會叫柴崎幫她修頭髮——當然是要付錢的。

「老師的頭髮過長了些。就一個年近六十的長輩而言，這樣的髮型雖然顯得比較年輕，可是您的頭髮已經全白了，看起來反而不搭調，這就引人注意啦。對了，笠原。」

突然被她點名，郁驚得跳起。她看柴崎剪頭髮看得太專心了。

柴崎拿起當麻摘下的眼鏡交到郁的手上，並且吩咐道：

「妳跟堂上教官負責去採購去。眼鏡的度數按著這一付去配，鏡架就請眼鏡行的人選一付樣式普通、適合長輩配戴的。進出基地的人大概也會受到監視，所以妳或堂上教官也買付平光眼鏡來戴，裝成是你們之中的任一人去配眼鏡吧。反正你們在街上打情罵俏時看起來就像笨蛋情侶。」

「妳、妳講什麼話！什麼笨蛋情侶！」

「你們剛才回來時就像足了笨蛋情侶啊，放心，外人一定看不出來的。而且你們都穿著現成的便服，不找你們找誰？」

「啊唷，小郁跟堂上老弟開始交往了？」

折口這麼一問，郁幾乎要暴躁起來。

「不是！」

一面否認卻一面臉紅，她根本掩飾不了自己的心情。

「只在輪休的日子約好一起出去，然後手牽手回來而已啦。」

「柴崎——！」

要不是柴崎還在替當麻剪頭髮，郁一定衝上去揪住她的衣領了。卻見柴崎仍是一派理直氣壯，繼續對她下令：

「還有，順道去超市買瓶染髮劑。要黑一點的。」

郁已經無力反駁，只能乖乖走出會客室。

「柴崎真的在剪當麻老師的頭髮？」

郁回到辦公室，堂上劈頭就問，似乎很擔心。

「是剪啦。放心，她的手可巧的。」

「果然是女性心思細膩。高招，高招。」

小牧讚揚起這個主意的合理性，堂上擔心的卻是當麻是否因此而不快。

「不用擔心，老師也不像是個多麼注重外表的人。柴崎向他提議時，他可是一口就答應了。」

說到這裡，她頓了一會兒，有些難以啟齒。

「那個，還有柴崎的命令，叫我跟堂上教官出去買東西。她說我們還穿著便服，正好。」

看起來又像是一對現成的笨蛋情侶——這話她當然說不出口。

「買什麼？」

堂上不解，郁便拿出當麻的眼鏡給他看。

「她想替當麻老師換一付眼鏡。要我們請眼鏡行挑一付適合長輩身分的鏡架，用同樣的度數重新配一付。還有，我們可能也受到監視，所以我們之中的一個也要買一付平光眼鏡。」

「哦，原來如此。偽裝成情侶外出購物，是吧？」

討厭！我都努力避開這一點了，你還要提！郁恨恨地朝小牧瞥了一眼。

「再來是要在超市買染髮劑，把白髮染黑用的。」

「我知道了，那走吧。」

堂上竟然乾脆起身就走，完全沒拗脾氣。郁匆匆跟上去。

走出基地正門，他們果然發覺有人明顯監視，令氣氛大為不同。堂上笨拙地裝作不理會，回頭向郁伸出一隻手。

「來。」

「咦……」

「柴崎那張嘴，想也知道，她一定叫我們盡量偽裝成笨蛋情侶吧。妳要是不喜歡牽手，那就勾手臂好了。」

「不！兩者我都不討厭！」

郁幾乎是想都沒想就回答，隨即羞紅了臉低下頭去，但還是怯怯地伸手去牽。堂上一把抓住，趁勢就往自己的夾克口袋裡塞。

「我忘了帶手套。」

聽他補上這麼一句，像是為此舉解釋，郁卻無暇應答。她想著柴崎的採購命令，甚至把優質化特務機關的事都拋到腦後去了。

……她知道我們的外出行程被打斷，所以才特意設想的吧。

「妳的手好像小孩子。」

「啊，那是什麼意思？」

「好暖，這個季節正合適。」

這會兒就算撕爛嘴巴，她也不敢怪他說：「都是因為被你握著才會這樣。」

眼鏡行替他們物色的「長輩鏡架」是金屬鏡框，鏡腳的部分是仿玳瑁材質，看起來非常「德高望重」，因此價格也相對的「有份量」。堂上以信用卡付帳，之後大概會轉向世相社請款。

接著，他們決定讓郁來戴平光眼鏡。她先試了幾款一般樣式，聽見在一旁端詳的堂上沉吟道：

「有沒有戴眼鏡還真有點差別。」

猜想這是稱讚自己，郁正在竊喜，卻聽他淡淡地接著說：

「看起來倒是聰明了點。」

她若像平常那樣反唇相譏，旁人聽起來大概就更像笨蛋情侶在打情罵俏了。算了，既然都豁出去了，乾脆好好享受自己扮演的角色，否則也是白白吃虧。

「堂上教官覺得哪一付合適？讓你決定好了。」

於是她帶點兒裝傻意味接腔，想不到堂上竟認真的挑選了起來。

「……這付會不會比較好？」

他遞來一付淺駝色的塑膠框，光面無紋飾，戴起來果然適合郁的臉型。她忍不住開心，原來他很用心的在看嘛。

「那就選這個囉。」

鏡框的價格平實，又不用配度數，加工起來也快。她請店員拆掉標籤，好讓她回程時就可以戴。

堂上說要買給她，她婉拒了。

「我剛好也想要，我自己付錢就好。難得你說我戴起來合適。」

她說完笑了笑，卻見堂上忽然沉著臉轉向一旁，嘴裡咕噥著「偶爾……」之類的不知什麼話，郁也猜不出他想說什麼。

當麻的眼鏡還要一會兒才好，沒事可做的堂上就在店裡四處閒逛。他和郁的視力都很好，沒什麼機會到眼鏡行來，這會兒大概覺得處處稀奇，就隨他去吧。郁這麼想著，自己也坐在沙發上對著鏡子把玩剛買來的眼鏡，戴上去又摘下來，感覺很是新鮮。

「啊，還要那麼久啊？」

堂上和店員的談話聲傳了過來。看來還要等上四、五十分鐘才會好。接著又聽見店員建議他們不妨先去別處逛逛。

「好，那我們待會兒再來拿。」

堂上答完，就往郁走來。

「眼鏡沒那麼快好，先去買染髮劑好了。」

「也好。」

郁戴著眼鏡起身就要走，卻見堂上努了努下巴，叫她摘掉眼鏡。

「咦——為什麼？」

「我們進這家店就是為了配眼鏡的，妳現在就戴上，待會兒就沒藉口再進來一次了。」

「啊，對哦。」

郁便依言摘下眼鏡，遲疑著將它放進外套口袋裡。裡布的質料是羽絨，大概不致於刮傷鏡片。

來到店外，他們果然又感受到監視也似的眼光。堂上再度牽起郁的手，像剛才那樣伸進自己的口袋裡。這個時節的日落來得早，這會兒的天色已經相當暗，氣溫也低了許多，光著手牽在外面確實會冷，堂上這麼做倒也更加合乎情理。

如此而已，沒別的理由。郁一面在心裡說給自己聽，一面在衣袋裡摸索。

「妳在幹嘛？」

堂上訝異問道，郁有點兒支吾。

「沒有，是……沒有牽的另外一隻手也會冷，就……」

「所以怎樣？」

「眼鏡，我想換到另一邊的口袋去，反正兩個口袋都是空的，不然怕鏡片會沾到手上的油。反正天色這麼暗，監視的人應該也看不出來我在做什麼吧？我看他們也只是到處站著，好像只是裝樣子似的。」

她一面講，一面悄悄把眼鏡換進另一側的口袋。

等她弄完，堂上才繼續走，往車站前的大型超市去。

若無其事地把貼著黑標籤的染髮劑丟進購物籃，郁接著又放了洗髮精和潤絲精，裝成真正來採購生活用品的模樣。反正也差不多可以買新的了。

「教官，你那個太不相干了。真的！」

「不要囉嗦，宿舍販賣機只能一瓶一瓶的買，太不划算。順便嘛順便。」

堂上在籃子裡放的竟是一手啤酒。

「唉唷，重死了——」

「我自己提就是了，妳別管！」

繼續喊著順便，堂上又跑去下酒零嘴區，捧了好幾包肉乾之類的扔進籃中。

啊——就像我們會在寢室裡擺餅乾和茶食一樣吧？男生宿舍的生活，郁彷彿能窺見一二。

結帳完畢，堂上看了看時鐘。

「好，走回去就差不多了。」

「等等，我買的那些東西的錢——」

「才幾百圓而已吧？不用了，銅板太多很討厭。」

他說這話時的模樣，令郁不由得噗嗤笑出。

「幹嘛？」

「很多男人都討厭身上帶太多銅板。我爸跟哥哥們也都是這樣，想到就覺得好笑。」

沒料到會因此被她笑，堂上不高興的解釋：

「錢包太鼓，褲子的口袋會變形，拿進拿出的也會撐壞。我們的錢包又不像妳們女人那樣什麼都能塞，而且妳們出門一定會拎個包包，絕不會兩手空空吧。」

「這倒是。」

「錢不用給我，不過妳的東西妳自己拿哦。我的已經很重了。」

「知道啦，誰叫你要買啤酒。」

「妳管我。」

回到眼鏡行，當麻的眼鏡已經好了。堂上去櫃臺取件，郁在沙發坐著等。這次是負責顧東西。

「好了。」

他們買的是高價眼鏡，店家因此附送了一個眼鏡盒。堂上將當麻的新眼鏡放進上襟的內袋，舊眼鏡則塞進空著的側口袋裡。

「妳可以把眼鏡戴上了。」

「哦，好……」

郁從衣袋裡取出那付平光眼鏡，一面想著是否要買一個眼鏡盒。

「那個——我可不可以去買一個眼鏡盒？」

「改天再買吧。」

這時的堂上已經毫不猶豫地牽了郁的手，仍舊揣入自己的口袋裡，同時邁開大步往前走。相較之下，郁倒像是被他拉著走。

走了幾步，堂上鬆開郁的手，好像嫌郁的腳步拖拖拉拉。接著，他在購物袋裡掏出一個眼鏡盒，外包裝都還沒拆。
那是個萊姆綠色的金屬硬盒，樣式新穎。
「給妳。」
「啊？可是——」
「恰好顏色配得上，順便而已。這個可以嗎？」
郁不住點頭。
「謝謝，我好高興……可是為什麼——」
「不要問！」
莫名其妙的捱了一聲吼，郁的手又被堂上扯去牽住，這次他卻忘了放進口袋裡。

*

「唷——看起來變聰明……」
「夠啦，我都聽膩了！」
繼堂上、柴崎、折口之後，手塚是第四個做此感想的人。郁忍不住叫他閉嘴。
「很適合妳嘛。是妳自己選的？」
只有小牧的意見還像話。
「呃，這個……」

郁只這麼含糊了一下，小牧竟然就明白了。他朝堂上瞄了一眼，然後小聲地對郁說：

「那小子的品味挺可靠的。他選得不錯啊。妳就當作買了個飾品吧，以後出去玩可以戴，也滿有意思的。」

郁不禁臉紅。堂上連眼鏡盒都買給她的事，這下子更不敢說了。

「當麻老師在染頭髮了嗎？」

「是，就在淋浴間。柴崎說上色要等半個多鐘頭，叫我們趁這段時間去張羅圖書隊的工作制服，還有運動外套或換洗衣物之類的。」

「那手塚你去，大致弄個幾件。」

聽到小牧指示，手塚立刻走出辦公室。

「對了，高層跟世相社法務部開會的結果如何？」

堂上向已經回到座位的緒形問道。

「嗯，等全體到齊了我再說明。當麻老師和折口小姐也一併在場比較好。你的警備計畫也等那時候再公布。」

「是。」

他們估計七點鐘以前就能把當麻安頓好，便決定七點時召集特殊部隊開會。提前結束勤務的班員們陸續回到辦公室，對堂上和郁那身不搭調的外出服當然要嘲弄一番。堂上只是面無表情地擋回去，沒怎麼發作。

大伙兒應該都知道當麻的事了，為什麼還能這樣悠哉地開玩笑呢？在努力避開他人的嘲弄之際，郁也一面在心裡思考。想來想去還是要歸功於玄田的教育，雖然他現在不在這兒。

不久，折口、柴崎和當麻一同現身。當麻已換上圖書隊的工作服，看來和書本上的作者近影完全不同，活脫脫是個普通的資深公務員。修剪整理過的簡單髮型，加上染過的一頭黑髮，也讓他年輕了好幾歲。

除了已被派去當麻家站哨的那一班，特殊部隊全體到齊。圖書隊員就是圖書隊員，讀的書自然不在少數，許多因好奇心驅使而回頭的隊員都認了出來，並向他鞠躬致意。

「給大家添麻煩了。」

當麻也一一回禮，隨後在折口與柴崎的引導下，坐到最後一排的位子去，免得一直引來隊員們的注目。

開宗明義的，緒形先公布高層——彥江和稻嶺——與世相社法務部的會議結果。果如堂上等人所料，他們決定以侵害自由之名提起訴訟，首先就要掌握確切事證。

「要怎麼確切掌握？」

一個隊員發問。緒形平靜地回答：

「要按部就班。總之，我們先在基地頂樓用長鏡頭把疑似優質化大隊的監視人員照下來，然後抓其中一個進來，想辦法讓他招供就行了。一個一個試，總會有人露餡的。」

這麼惡霸的做法不知算哪門子按部就班，場中卻沒人吐槽，不愧是玄田帶出來的特殊部隊。

「接著由堂上報告當麻老師的保護計畫。」

「是。」

會議一路順利進行到各事項確認完畢，最後要將折口和世相社法務人員送回公司。

「我們叫計程車回去就行了。讓他們知道世相社在這個時間點已和圖書隊接觸，不大好吧？」

折口的這番話或許是出於警戒，但戰鬥畢竟不是她的專業，看事情的觀點因而略有不同。

緒形則是乾脆的回應：

「演變到這種情況，我想敵方也不至於樂天到以為世相社不會求助於圖書隊。正因為他們已經料到，才會在當麻老師是否進入基地都不確定的情況下就發動如此嚴密的監視。就算不確定當麻老師的動態，世相社和圖書隊的合作關係也早在對方的意料之中，我們倒也不必刻意避嫌。」

「也是，原來如此。」

「相對的，為了混淆對方視聽，請各位在上下車時記得把臉遮起來。優質化特務機關再跋扈，應該不敢抓世相社的社員去逼供才是，各位的容貌不曝光，也是多一分保障。今後各位若再到我們基地來，就都讓我們負責接送吧。」

「我明白了。既然如此，那我們就恭敬不如從命。」

說完，折口叮嚀當麻「凡事請多加小心」，眾人便在道別之後離去。

＊

圖書基地的單身宿舍規模很大，住宿者當然不可能個個相識，又有其餘因公私事務而來暫住的外地隊員進進出出，陌生人在宿舍裡走動並不會特別引人注意。

換上了圖書隊制服的當麻就更不用說了。看見緒形帶著他邊走邊解釋宿舍設施，任何人都會認為他是從外縣市來研習的主管之類。宿舍裡又以年輕一輩居多，更沒有人會主動找一個年長的陌生主管攀談。

「初步看來，柴崎的計畫算是成功了。」

在男女共同區域的會議室裡，堂上召開就寢前的小班會議報告成果。

「你說是不是──？當麻老師跟他在書裡的照片可是判若兩人了呢。我想這秘密可以守上好一陣子呢。」

柴崎得意洋洋。

這時，緒形到場了。

「喔，都到集啦。」

「當麻老師呢？」

「他這一天也夠累了，剛才說他想早點休息。我已經帶他去寢室，請他不要反鎖房門，之後就交給警衛了。」

緒形邊說邊坐上長桌。這是他平時的習慣。緒形的個子比玄田高，歇腳時坐桌子比坐椅子舒服。

看著這個截然不同的身形和舉止習慣，郁無法不去想玄田的缺席。緒形當然不是不可靠，只是玄田向來是非常時刻的旗艦，如此事態偏在玄田不在的此刻發生，奉命代理隊長的緒形想必也感到百般壓力。

「大夜是堂上班吧？拜託囉。」

「沒問題。」

堂上的態度堅定，稍稍緩和了郁的不安。這一聲回答意味著全體都盡職，沒有任何一人會拖累，而她知道自己已被視為其中一員。

「柴崎，妳看這個秘密可以在隊裡維持多久？」

「這個嘛……一個星期吧？」

儘管得意，柴崎對成果的估計卻十分謙虛。便見緒形頷首道：

「哦，那我們早點發動先制好了。堂上，三天夠嗎？」

「可以。」

聽見堂上的應允，眾人面容一肅。

在這之後，不只緒形所說的三天，甚至到了第五天，當麻身邊也沒發生任何事。

*

第五天的深夜兩點，就連晚睡成性的隊員也準備就寢時——

當麻寢室的房門無聲的開啟了。為了緊急應變，方便在隔壁待命的警衛隨時救援，這個房間的門是不鎖的。

只有簡單行李、被褥和基本生活設備的榻榻米寢室裡，靜悄悄的溜進兩名隊員。

「當麻老師。」

一片漆黑中，有人無聲的輕喚道。

躺在榻榻米地鋪上的人影聞聲坐起。那個氣聲又說道：

「不好意思，深夜打擾您。狀況改變，要請您跟我們走，換個地方。」

「好。能扶我一下嗎？我的腰有點……」

當麻的回答也是無聲的氣音。

隊員走上榻榻米，拉住當麻伸出的手——說時遲那時快。

「咚！」榻榻米響起一個悶聲。

站在被褥旁的隊員被人按著肩膀壓倒在地上，拔腿要逃的另一名隊員則被一記來自側面的勾拳給打倒。出拳的人立刻跨騎在倒地的那名隊員身上，寢室裡的燈光也在這時大亮，一時令人睜不開眼。

站在照明開關旁的不是別人，正是柴崎，睡在地鋪上的則是小牧。在門邊負責攔截的是手塚，此刻緊抓著那人的衣領，壓得他動彈不得。

「我倒想知道，狀況是怎麼個變法？」

柴崎斜倚在牆上，俯視被捕的兩名隊員。當然，兩人都不是特殊部隊的成員；而一般隊員的人數雖然多到不可能記住每一張臉，柴崎卻自有她的本領。

「是圖書館員？受誰的指使？」

被壓制住的那兩人怎麼也不吭聲。

「沒辦法了，把他們的手冊繳出來。」

柴崎的這一道指示，令那兩人大驚失色，儘管掙扎著抗拒，仍無法掙脫小牧和手塚的擒拿。他們的圖書手冊三兩下就被翻了出來，一一被拋向柴崎。柴崎將手冊翻開到印有證件照的那一頁，拿出衣袋裡的數位相機來各拍一張。

「你們的手冊暫時讓彥江司令保管。約談跟調查，你們也做好心理準備吧。哎，你們真該早點招出指使者的。」

面對著兩張愕然的臉孔，柴崎皮笑肉不笑的巧笑倩兮。

「知道當麻老師在圖書基地裡的，本來只有一開始就接獲指示的隊員而已，彥江司令以知會主管為由，兩天前才向江東館長撒出這個誘餌。嗯，兩天確實夠你們觀察警衛班表和行動的時機了。檯面下的江東館長，其實是『未來企畫』的重要幹部對吧？『未來企畫』和優質化委員會掛勾的確切證據，這回可到手了。」

「未來企畫」四字一出，被手塚拿住的那個人立刻發難。

「卑……卑鄙！你們這群低能，連手塚會長的思想也不懂！」

手塚的雙肩反射也似地為之一緊，但他只是將那名隊員的衣領抓得更緊，試圖用這種方式克制自己。誰知那隊員沒有就此住口，終於踩中地雷。

「手塚，虧你還是手塚會長的弟弟！為什麼不去試著了解他的理想？」

地雷繼續引爆。

「有那麼傑出的人做兄長，這是多麼天大的好運……」

「閉嘴！」

手塚終於放開那人的衣領，一拳打上他的臉頰。

「好運？你說好運？你知道那男人把我跟我們家搞成什麼慘狀嗎？一個人敢踐踏傷害自己最親近的人，毀了他們還不屑一顧，你叫我試著去了解這種人的理想!?」

第二拳、第三拳。手塚重重的毆打那人的臉。

「把親人糟蹋完就一走了之的傢伙，我死都不會認同他的理想！你們不過是一群笨老鼠罷了，被那男人傲慢的笛聲擺佈還自鳴得意！等著瞧好了，那傢伙一定會把你們當成棄卒的。他是不是教你們要為崇高的理想而犧牲？現在你們可以如願了，高不高興？」

挨揍的那人早已被打得鼻子流血，失去了反駁的力氣，手塚卻是愈罵愈激動，揪起了那人的衣領，拉起來還要打。

「對不起啊，等下就幫你接回來。」

小牧邊講邊使勁，被他制住的隊員肩膀當場就脫了臼。那人哀叫一聲，像個人偶似的癱倒在榻榻米上，起也起不來。小牧隨即朝手塚大步走去，一把攫住他高舉的手臂。

「手塚，夠了，對方不是戰鬥人員。」

氣息紊亂的手塚這才放下手臂，兩隻拳頭卻還是握得死緊，顯見激昂的心情仍未能平息。

「柴崎小姐，叫緒形代理隊長來。他們由我跟代理隊長押送。」

柴崎點頭照辦，簡短幾句便掛上了電話，沒有提及手塚的失態。

「來，久等了。」

小牧走回肩膀脫臼的隊員身旁。只聽到又一聲淒慘哀嚎，那人的肩膀這才歸位。

沒多久，緒形趕到，接下手塚押著的那名隊員，默默和小牧一同離開。見那名隊員鼻青臉腫、鼻血直流，緒形大概也知道是怎麼一回事，卻什麼都沒問。他接下代理隊長職務時，稻嶺應該跟他說明過了。

「好啦，也讓當麻老師的警衛班高興一下吧。」

彷彿沒事人似的，柴崎俏皮地這麼說道，又拿起手機操作。

*

幽暗的室內響起手機的震動聲，堂上接了起來。

「哦，果然跑到那邊去了。幸好換了房間。」

郁在不遠處豎著耳朵聽見，約略猜出事情始末。想來是陷阱成功的逮到了獵物。

這通電話很快就講完。這時的當麻已在隔壁房間呼呼大睡。郁這才壓低了聲音問道：

「怎麼樣？」

「老鼠果然往那兒跑了。還好我們事先把老師的房間換到女生宿舍這邊來。只是這麼一來，卻加重了妳的負擔。」

在當麻的人身護衛問題上，值得提防的對象不只是優質化特務機關，還包括手塚兄長主導運作的「未來企畫」。這個組織的成員完全不對外公開，他們也不知道隊內究竟被滲透到什麼地步，但這卻是眼前最棘手的難關。

內賊難防，這也是當初之所以要控制消息範圍的原因。眼前只有彥江、稻嶺、圖書特殊部隊和柴崎知道此事，當然不是應有的常態；若依慣例，應該由主管召開高層會議，縱使要和世相社的法務單位協商，也該先從圖書隊派出法務代表才算順理成章。

除此之外，在特殊部隊裡，知悉「未來企畫」一事的只有堂上班和緒形，這是考慮到手塚的家庭背景所致。基本上，這個團隊裡存在著強韌的信賴關係，無論是何等的事出有因，這一類的風聲都只會令手塚在隊上的立場尷尬。

「不，我的負擔不算什麼……只不過是熄燈前一個人在這兒看守而已。倒是你，教官，熄燈後摸黑溜進女生宿舍，需要一點勇氣吧？」

「囉嗦。」

算準了對方會趁深夜下手，輪值大夜班的堂上等人策劃出這場狸貓換太子之計，但在女生宿舍的警衛人選方面，若要從男性當中選一位護衛，恐怕就只有堂上的身高符合條件。熄燈後的女舍裡仍點著小夜燈，憑小牧或手塚的身高，只怕任誰撞見了都會大呼小叫。這跟以視察為名堂堂入住（假扮成主管）的當麻可是兩碼子事。

「這一招能釣到『未來企畫』嗎？」

「上頭大概也想過要防堵就是了。」

自軍陣營有人通敵，這等狀況最為麻煩。

「不論如何，這麼一來，當麻老師接受圖書隊庇護的風聲會傳開。再來的關鍵就在於，消息是否傳到優質化委員會耳裡。」

「若是傳過去呢?」

郁怯怯的問道。

「那麼,上頭大概會向圖書隊全體公布『未來企畫』的構想然後施壓,讓它被視為某種隊內小圈圈或狂熱崇拜意識吧。等當麻老師的訴訟提起,這件事也會變成證據之一,證明這個和媒體優質化委員會暗通款曲的圖書隊組織,協助綁架當麻老師。」

郁沉默片刻,沒有馬上搭腔。

「……到時候手塚一定很難熬。」

「手塚圖書館協會長也是吧。」

明明事不關己,郁的淚水卻湧了上來,逼得她只能咬著嘴唇忍住。最煎熬的是手塚,別這麼濫情。她對自己說。

「我討厭手塚的哥哥。」

郁莫名其妙地丟出這麼一句,堂上聽了大概也摸不著頭緒。可是現在的她只能靠講話來壓抑想哭的衝動。

「手塚太可憐了。他哥哥一再讓他失望,他卻沒辦法恨他,他哥哥就利用這一點繼續佔弟弟便宜,甚至搞陰謀設計他。包括我被抓去調查的那一次。」

想救你的同事,就屈服於我。手塚慧在郁的身上下工夫,全是為了藉她的口去傳達這一層用意。

聽著郁自述和手塚慧用餐當晚的談話經過,堂上非常專心,等到她全部講完了才開口回應:

「妳既然沒去轉告,那麼對手塚而言,手塚慧的陰謀是不存在的。」

「只有那一次而已。」

「少一次也是減輕一次他的心理負擔。還是有其意義。」

在那一次之外，還有多少次呢？手塚經歷過多少次的傷害和打擊？

然而堂上又道：

「站在長官的立場，我要感謝妳。多虧妳替我的部下扛了。謝謝。」

「……被魔鬼教官誇獎實在太意外了，我可以高興得哭出來嗎？」

不是出於同情手塚，而是為了自己才哭，她覺得比較能接受。

「好啊。妳就哭著感謝我好了。」

堂上淡淡道，彷彿也有所明瞭。

無聲中，她靜靜地啜泣起來，努力不流露太多的悲傷。

＊

「本尊那兒好像沒什麼問題，這樣辛苦就值得啦。」

察覺柴崎即將轉過頭來，盤坐在地上的手塚立刻背過身去。

「不要看我！」

他知道自己的眼眶正在發熱。柴崎同樣視「在人前落淚」為屈辱，應該嗅得出這一刻的情緒機轉才是。

「讓我一個人靜一下。」

柴崎沒有離去，反而走到了他面前。在低著頭的視野中，手塚看見運動長褲下的一雙玉足站在那兒，頗有頂天立地的氣勢。

「你害人家哭過一次，這回想逃過一劫？沒那麼容易。」

知道她指的是稻嶺辭職時的那件事，只是沒料到柴崎會主動承認。

他下意識地抬頭去看她，卻見她蹲低了身子，正往自己靠近。

然後。

手塚睜大了眼睛——一時之間，他搞不清楚發生了什麼事。

直到那個柔軟的觸感離開他的嘴唇為止。

「妳……妳是什麼意思——」

舌頭不聽使喚，血氣也沖上了腦門。他不想讓她見到自己臉紅，卻不知怎麼的，視線就是無法離開柴崎。

這位大小姐倒像是若無其事，只是略略歪著頭說道：

「嗯——刺激療法？之類的。」

「那算啥？妳當我是昏倒的公主啊？妳是王子還是什麼嗎？」

「哎唷，玩笑到此為止就好。」

「玩笑——這種事妳、妳也拿來開玩笑……！」

「一個大男人，別講出笠原才會講的那種話好不好。」

這一記反手拍，逼得他只能把話嚥回肚裡。

「也罷，你就懷著感激收下吧。這可是我生平頭一次願意主動，稀有得很呢。」

她說這話時的口氣，就像平常那樣。

「什麼稀有，妳啊……」

「總之……」

柴崎的聲調忽地認真起來。

「偶爾跟一個還ＯＫ的男人做做這種事，我覺得也不壞。」

這種話——到底算什麼？

「你要是不喜歡，那就抱歉了，是我不好。哎，就當我突然中邪，別放在心上吧。」

中邪！選這種微妙的時機，在這種微妙的氣氛裡？而且這是男人該聽女人講的話嗎？手塚頹然垂下雙肩。

「……不……我倒沒……我也覺得妳還ＯＫ……」

「嗯，那就這樣囉。對了，看在這般稀有度的份上——這個吻就算是擔保，相對的我有件事想拜託你。」

「幹嘛？」

他悶悶不樂的應道。這種事居然還可以當作交換條件？唉，是啊，她本來就是這種女人。而且就如同她所說的，既然她主動獻吻如此珍貴，手塚已經收下，也等於失去了拒絕權。

「我要跟你交換手機。跟我們彼此工作無關的聯絡人資料，我想應該都輸進手機電話簿了才是。」

手塚剎時一愣，隨即恍然大悟。他明白了柴崎的提議是何用意。

看出他的表情變化，柴崎笑眯了眼：

「你跟笠原不同，就是腦筋動得快這一點讓我喜歡。」

一筆手塚有而柴崎沒有的聯絡人資料。

以及交換手機的用意。

「妳……妳打算跟我哥交手？」

光知道手塚慧的手機號碼是沒用的。手塚慧對聯絡對象的管控一定相當嚴密，想必不會接聽陌生來電。縱使知道對方是稻嶺或彥江之類的人物，在未曾知會的情況下，心思縝密的他八成也不會貿然接起。

能確實聯繫他的唯一管道就是弟弟的手機。更何況，他只會看到來電是由手塚的電話撥出，無從判別撥號的是不是弟弟本人。

「你不覺得這是一張很有戰力的牌嗎？」

那樣游刃有餘的笑容，硬是教人嚥不下這口氣。

「……好。不過……」

蠻勁一使，手塚猛然攬過那副嬌軀。

「擔保品不夠。」

說完了就跑？想得美。

知道柴崎剎時僵住，手塚將她抱得更緊，深深地吻了上去。

＊

深夜響起的手機顯示著弟弟的電話號碼，手塚慧毫不遲疑地接了起來。

「怎麼了？該不是有話想跟我說？」

根據江東的報告，當麻如今正接受圖書隊的庇護。手塚慧其實也懷疑這是個陷阱，正思索著查證之道。

他雖已下令不要輕舉妄動，但若江東仍引發事端，起而阻止的必定是特殊部隊，寶貝弟弟是不可能不來興師問罪的。

想不到卻料錯了。

「嗨～我是手塚的朋友。」

電話那頭傳來的回應是個年輕女子的聲音，語氣還輕佻得刻意。

「……會是哪位呢？」

強按捺下這一瞬間的動搖，他用平板的聲音問道。對方竟又拋來一顆炸彈。

「嗯——是個可以用親吻抵押，向他借手機的朋友？」

聽見弟弟在一旁焦急的吼著：「笨蛋，妳在胡說什麼！」看來對方不是隨口亂說。

「——柴崎麻子小姐，是吧？」

弟弟的身邊只有兩名要好的女性隊員。笠原郁是見過面的，但這聲音不是她，所以就是另外一位

——柴崎麻子了。

關於她是情報部候補生的可能性，也在此刻同時得到了證實。

「啊～呀，能讓萬眾矚目的『未來企畫』主腦記得名字，我真感到光榮。」

「彼此彼此。能被實驗情報部鎖定，也是我的榮幸。統籌權限已經移轉到彥江司令手裡了嗎？還是仍受稻嶺顧問管控？」

「這個嘛，你說呢？」

這女人和笠原郁是完全相反的類型，手塚慧暗忖。她跟事事認真以致受自己擺佈的弟弟，也是個完完全全相反。

「老耍嘴皮子也無濟於事，我們還是進入正題吧。知道當麻藏人老師在圖書基地裡的主管只有江東館長一人，今晚卻有兩名隊員來帶走當麻老師。這兩個隊員已經坦承是奉江東館長的指示，也承認自己是『未來企畫』的成員了。彥江司令正決定個別約談江東館長和兩名隊員。曾被約談過的笠原說，行政派很懂得在約談和調查時施展心理打擊，讓人難以招架哦。」

末兩句頗有惡意，顯然在指責「未來企畫」設計陷害笠原郁之事。

「所以囉，等他們招供，圖書隊會怎麼處理『未來企畫』，你應該想得到才是。」

「難不成要對外宣稱隊內有狂信者的集會結社？真要這麼公開，輿論對圖書隊的評價可就讓人擔心了。」

「一等這些內幕跟著曝光，害怕信用掃地的豈會是我們圖書隊？」

在這充滿戲謔的聲調背後，隱藏著「輪不到你們來擔心」的語意，透露出固不可搖的意志。

「你要割捨那兩個隊員？但江東館長可不行吧。捨棄了他，『未來企畫』內部就人心大亂了，大家會發現位階那麼高的幹部照樣被手塚慧當成棄卒，是不是？」

「妳很懂得下將棋嘛。」

「未來企畫」的一般會員裡可能混入情報部候補生之事，手塚慧不是沒有料想過。基層會員雖然不可能掌握到整個組織的全貌，卻能窺見其中的一部分。

單單這一小部分，就夠讓圖書隊見縫插針、使勁搖撼了。

「站在『未來企畫』的立場，要是當麻老師能換得一個文科省轄下的國家單位層級，至少『鞠躬的角度就可以愈淺愈好』……」

鞠躬的角度愈淺愈好——手塚慧記得這個論調，那是他曾經講給弟弟聽的。弟弟會一五一十的轉述給這個女人聽，可見已十足信任這個女人的判斷力了。想到這一點，他的心中出現一絲煩躁。

「不過，話說回來，關東圖書隊——或是全國圖書隊願不願意接受你的這個原則，那就是另一回事了。關於這一點，不知我有沒有這個榮幸聽聽你的因應之道？起碼就行政派而言，他們對這個計畫可不會輕易點頭啊。」

「這點才用不到妳來擔心吧。」

他努力在聲音裡放進最多的笑意。

柴崎大概也不是真心要問答案，語氣裡只是滿滿的客氣與討好：

「是啊。論及組織，我們各有各的立場，只能拿場面話虛應故事，所以今天不如來聊聊本質論，你意下如何？」

柴崎這個女人究竟想打什麼牌？手塚慧大可以就這麼掛掉電話。但他也不得不承認，柴崎的說法勾起了他的興趣。

「你怎麼看待檢閱？」

柴崎問得輕鬆，好像在討論今天午餐要吃什麼似的。

「應該要被杜絕。」

手塚慧則是毫不猶豫的回答：

「『正當的檢閱』在這世上是不存在的。媒體檢閱必定反映著執政者的恣意。無論是多麼不良的書籍，國民都有親自看過再下判斷的權利。當然，假使國民因此而蒙受損害，政府是應該審慎處理其表現物，由司法去判斷相關的善後或補救。」

「到目前為止，我們兩方在這一點的意見是相同的。那麼接下來，媒體優質化委員會是正義的嗎？因為他們現在打著正義的旗幟。」

「怎麼可能是。」

手塚慧差點兒沒笑出來。正當的檢閱既不存在，以檢閱為己任的優質化委員會哪裡還能將自己的行為正當化。

「就因為不是，他們才用掩人耳目的手法通過優質化法案。若放任輿論充分的探討，讓議論和法案宗旨都公開攤在社會大眾面前，這條法律根本就不可能通過。那些人口中的正義，只是一種幾可亂真的贗品罷了。」

「我贊成，只是我有另一種想法。」

柴崎停頓了一會兒，然後才繼續說：

「媒體優質化委員會膽敢擺出正義的嘴臉，是因為他們的存在就是政府的既得利益之一。不單是政府，跟檢閱有利益掛勾的人多得數不清，都在替那批人撐腰。當然，他們本身也享受著同樣的既得利益。所以他們不容許自己遭到否定，不容許圖書隊的存在。不是嗎？」

「……敢這麼挑明了說，我很敬佩妳的勇氣。」

手塚慧的確暗暗咋舌。這可不是能隨便拿上檯面來講的事情。

「的確，為了那一串有利益掛勾的人，他們被定位成『類似』正義的執法單位，因此才有了保護自己立場的義務，並且儼然成為國家的發言單位，有時甚至扮演起救助弱勢的角色，伸張他們自以為是的正義——然而……」

手塚慧也要出招。他可不會乖乖讓一個小姑娘給唬住。

「這並不代表與媒體優質化委員會敵對的圖書隊就是正義的。這一點妳明白嗎？」

「當然，因為圖書隊為了對抗檢閱而拿起了武器。」

柴崎麻子放言道。她似乎打算來個正面迎戰。

「就算不是自己主導，圖書隊終究為了對抗檢閱而選擇傷害性的手段。打從做出這個選擇的那一刻起，圖書隊和『正義』一詞就無緣了。矛盾的是，我們卻再也拋不開武器了。放棄了武力，我們勢必會遭到殲滅。」

「——妳的頭腦真好。曾與我直接對談的人之中，妳是最聰明的。」

這是手塚慧最極致的讚譽，柴崎卻只是輕輕回了一聲「過獎」，大概早已習慣被人這麼稱讚了。

「兩邊都不是正義使者，卻都在搶著扮演正義使者，老天爺看這齣戲恐怕也覺得無聊透頂呢。打從一開始，優質化委員會和圖書隊就只是個『錯誤的』組織，而這一切都是從媒體優質化法通過的那一刻開始。棋局都已經根本扭曲了，哪來正當的棋子呢。」

不同於笠原郁的陣前大撤兵，柴崎麻子選擇接納並融貫了己方組織的矛盾性，但同樣都是否定手塚慧的思想。

如果這就是你選擇的女人，那麼她跟你的確相配。手塚慧在心裡對弟弟說。

「大致上，就本質而言，我想我們找到了共識。」

聽見柴崎提出確認，手塚慧給了肯定的回應。

「那麼，我現在有個提議。我曾聽某位人士說，政府內部也有一批反對檢閱的人。」

想都不用想，這個消息的來源肯定是朝比奈。關於柴崎是否為情報部候補生一事，朝比奈回報說欠缺關鍵證據，那八成不是真話。他大概也被柴崎迷住了。

「有了這一次的反恐特措法和當麻老師引發的爭議，『未來企畫』很有機會滲透政府內部，完全不必跟對方鞠躬哈腰。」

「是啊——這我當然知道。」

若能妥善炒作，整件事都可以用來凝聚各省廳和政黨內的檢閱反對派，在政府內部組成一個對抗媒體優質化法的大派系。

「未來企畫」和法務省的檢閱反對派往來早已密切，經過這場混亂，他們更可望以法務省的檢閱顧問身分深入接觸中央省廳。

手塚慧沒有積極地朝這方面布局，卻選擇靜觀其變，便是為了穩紮穩打。他曾向部下解釋，他要的是步步為營，用小而美的長期成效累積出穩固的立場。江東的此番行動，恐怕也是為了用當麻來換取組織在法務省內的立場。

當然，那是耍小聰明的一時之計，卻令手塚慧丟了面子。

最後的結局，更迫使他不得不妥協於柴崎麻子即將提出的巨大方案的短程計畫。這下子，自己聰明才智也和江東可沒兩樣了。手塚慧不禁苦笑。

「『未來企畫』若是願意接受這個提案，你們的利害關係就和圖書隊一致了，那麼圖書隊也可能成為你們的後盾。」

所謂的提案，十之八九就是這場斡旋的底線——不同意讓圖書隊全體都升格為國家公務單位，但願意將其中的一個子單位分割出去，使之朝向中央發展。

「讓圖書隊保留地方公務單位兼基層執行單位的身分，『未來企畫』不再插手圖書隊的營運，改而成為政府內部的檢閱對策小組，爭取參與檢閱討論的權利？」

「當然，江東館長和那兩名隊員會被無罪釋放，我們也不會對外發布關於『未來企畫』的負面訊息——我倒認為這是個杜絕檢閱的歷史機會呢。」

聽聞柴崎的煽動，手塚慧苦笑著問道：

「換成是妳在我的立場，妳會怎麼做？」

「當然是撲上來把握機會呀。這可會讓我名留青史呢。要是我們能互換立場，我恨不得坐你那個位子。」

她答得毫不遲疑，語氣中全無矯情。這個女人竟然麼有自信？

手塚慧隱約自覺不如，卻又不肯就此退讓。就在心緒沸騰之際——「況且……」又聽到柴崎補上一句：

「你弟弟好像認為你有這個本事呢。」

電話那頭又傳來那個氣急敗壞的叫聲罵道：「啊，笨蛋！」

是嗎，你這麼想？手塚慧的表情一緩。

「能不能把電話轉給光？」

「好。」

柴崎雖然爽快答應，電話中卻聽見兩相僵持的爭辯聲，讓他等了好一會兒才聽見弟弟的聲音。

「……是我。」

就這短短一句。老弟顯然不爽到了前所未聞的程度。

「你覺得我有這個本事？」

「——還問！」

做弟弟的他火力全開，像是早有準備。

「你把家裡搞成這樣，自己在外面放肆，要是連這點事情都做不到，那還算什麼？耍耍嘴皮子而已嗎？柴崎能做到的你卻做不到，你之前誇下的海口又算什麼？開玩笑！要是你沒這個本事，就給我滾回來向老爸老媽下跪道歉！」

「我要是同意她的提議，你就願意原諒我嗎？」

「別得寸進尺！成功了再說！」

這是個嚴厲的彈劾——只有努力是不夠的，除非做出了成果。手塚慧想著，是誰讓弟弟變得這麼頑固？算了，恐怕就是他這個做哥哥的。

「我知道了。換她來聽。」

這一次很快就接聽了。

「意下如何呀？」

「我願意試試。你們要釋放江東和那兩個會員。」

「那麼，請你把針對這項提案的切結書做成『未來企畫』的正式文件寄過來，收件人就寫彥江司令吧。我方收到之後才會釋放他們。期限是一星期，過了期限，我們就會召開調查會，先從江東館長開始——請你體諒，就我們之前交手的經驗，你的口頭承諾沒辦法視為契約成立。」

滴水不露的作風，八成是稻嶺的授意。

「我知道，我會照辦。」

「多謝你的配合。」

掛上電話時，手塚慧的心情平靜得連他自己也感意外。

＊

「手機就暫時交換一陣子……」

闔起手塚的手機時，柴崎一面說著，話卻說到一半就沒了下文。

無聲的時刻持續了一會兒，柴崎終於開口：

「幹嘛，要追加擔保品？」

「還不都是妳話太多！」

手塚那怨懟已極的聲調，讓柴崎忍不住笑了出來。

二、驟變

＊

「未來企畫」初嘗敗績的兩日後，手塚慧的切結書以限時寄達。

也在這時，圖書隊內開始為當麻找尋下一個藏身之處。

雖然他已經改變了形象，看上去也像換了一個人，但畢竟不是整容。而這兒又是個閱讀風氣格外興盛的場所，熟知書籍和作家的人可不在少數。

不僅如此，以研習之名的滯留總有個期限。大規模的人員交流固然另當別論，單一研習人員若在基地內停留超過十天，勢必受到他人注意。到目前為止，當麻的存在還像空氣一樣，時日一久，隊員們就會察覺他的身分了。

於是，圖書隊為他選擇的下一個藏身地點是——

「這院子真漂亮。」

坐在緣廊的小桌旁，當麻欣賞著庭院中的晨光。雖名為緣廊，卻和院子的地面一般高，係出於無障礙空間的設計。庭院裡的園藝風格偏向西式，空地種的不是普通草皮，而是滿地的洋菊。

坐在當麻對面，輪椅上的稻嶺笑得有些靦腆：

「我太太生前就喜歡弄這些花花草草……現在我自己照顧不了，都是請別人打理的。」

「人手不夠時請記得找我，我馬上就來幫忙。」

郁在端茶上桌時一面如此說道。堂上就坐在緣廊另一側的客廳沙發上，聽了立刻接腔：

「還是別叫這傢伙吧，免得毀了這麼漂亮的院子。」

「啊，過分！我家好歹也是兩代務農！」

「我認為農耕和庭園造景所需的技術是不一樣的，妳可別把人家的庭院搞成了地瓜田。」

什麼嘛，一個不久前連園藝都不懂的人還敢這樣教訓我。郁嘟著嘴想道。

堂上在這方面的知識變得莫名充實，就是在茨城縣見到真實的洋菊之後才開始的。郁也沒想到他會那麼認真去鑽研，才一眨眼的工夫，堂上對植物和園藝的了解已經遠遠超過了她。

是的，當麻的下一個藏身之處就是位於日野的稻嶺府上。稻嶺目前仍是圖書隊的顧問，每天都要到基地去上班，外界也都知道他獨居於此，因此優質化特務機關幾乎不再將他列為頭號監視對象了。同時，也不知是不是為了提升自己的信任度，手塚慧配合放出風聲，指稱稻嶺的生活與作息極為單純，白天家中只有管家進出，照理來說不太可能把一個值得警護的要人丟在這兒。因此就現在看來，特務機關的眼線似乎只會檢查稻嶺是否進出基地。

所以，在基地躲滿一週的那天，當麻就坐著稻嶺的座車回家了。為了保險起見，特殊部隊還派一個身高相當的隊員權充誘餌，讓他戴著相似的白色假髮在行政大樓旁走動，用來轉移監視者的注意力。

堂上班的護衛任務則不變。在當麻離開基地的第一天，堂上和郁同時搭乘中央線前往日野，當晚便在稻嶺府上值夜警衛，第二天則由小牧和手塚扮成稻嶺座車的司機和看護，送稻嶺回家後就與堂上等人換班。兩組人馬就用這種方式每日輪替。
名曰護衛，白天時也只是和當麻一起在稻嶺的家裡待著而已。
「外頭不用巡邏嗎？」
郁不安的問道，便聽到稻嶺回答：
「放心吧，我這兒跟最先進的民間保全簽了約。」
「有保全的民宅還要加強巡邏，豈不是宣告此地無銀三百兩？萬一起了謠言，計畫反而泡湯了。」
稻嶺陷於行動不便後，將住家改建成平房，除了客廳、臥房、客房與廚餐廳以外，還有一間書房；此外，屋主不愧是圖書基地前司令，屋內另有一間可觀的書庫。
客房裡有被褥，警備人員只好自備睡袋，其中一人和當麻同睡客房，另一人則睡在客廳。當然，郁永遠是睡客廳的那一個。
至於三餐，稻嶺請來的管家會負責煮好。早餐是當麻、稻嶺和警衛共四人份，午餐不用做稻嶺的，晚餐則只需要做當麻和稻嶺的兩人份就好。警衛可以在交班前後分別回宿舍解決晚餐，衣服自然也一併帶回去洗。
管家是一位五十多歲的女性，跟稻嶺似乎是親戚關係。稻嶺只簡單的介紹她叫福嬸，堂上班也就跟著這麼稱呼她。
稻嶺可能已約略地向福嬸說明事由，所以她對家裡突然增加這麼多訪客並未顯得意外，也不怎麼好奇，只是為了每天都有年輕勞力可以使喚而感到高興——特別是高處的清掃，福嬸簡直把郁當成了「寶貝」。堂上做的大多是擦地板等需要彎腰蹲下的工作，要不就是被叫去搬重物。

「唉，太高的地方，我的手搆不到也轉不來，小郁妳可幫了大忙呀。」

福嬸的算盤可能是乾脆藉這個機會把全家的天花板都清乾淨，所以小牧和手塚來的時候好像也都被叫來做這些事。這些掃除通常是在稻嶺準備搭車去上班的時候開始的。

福嬸看著她打掃，嘴裡不停的唸著個子高真好、個子高真好，大概是想表達她的感激兼欣羨，郁卻沒法兒聽了就算，因為她那個頭矮小的長官正在走廊上擦地。

「這個……天花板當然啦，但只要有個墊腳的，我想誰都做得來哦？」

「哎——還是長得高方便嘛。」

「呃，可是女生長得太高其實也會自卑呢，您還是別掛在嘴上講吧。」

「為什麼？妳這樣就像個模特兒，高高瘦瘦的多苗條，我倒覺得像妳這樣的高個子一點也不需要自卑呢。」

哇啊——完了，這位大嬸的耳朵是有聽沒有到的那一種。郁暗暗叫苦。

「福嬸，走廊擦完了，還有什麼要我做的？」

「啊呀，是嗎？謝謝你啊。」

福嬸正說時，洗衣機剛好響起嗶嗶聲，她就三步併做兩步的跑去處理了。

「……妳不必顧慮這麼多。」

走廊上的堂上壓低了聲音說道。

「呃——我才沒有顧慮什麼。」

「欲蓋彌彰啦妳！妳還以為掩飾得很巧啊？」

堂上大罵著，手上一面收拾水桶和抹布。基地宿舍裡也有共同打掃環境的規定，所以不論是哪個地方，清潔工作都難不倒他們。

「我的個子矮是客觀事實，沒必要讓部下費心顧慮。妳剛入隊時還不是成天『矮子、矮子』的罵我。」

「那是……！」

突然聽聞堂上扯到新生時的那段磨合期，郁簡直想挖個地洞鑽進去。

「……對不起，那只是我耍笨才鬼吼鬼叫。我後來反省了。當時就是想找碴卻又找不到別的藉口才硬要講……如此而已。其實才差五公分，也沒有差很多。」

「有差很多。」

堂上說得斬釘截鐵，好像還在發悶。

「有沒有到一七〇就差很多了。戰鬥時也是，跟女人走在一起也是。說我不羨慕小牧或手塚的身高是騙人的。我自己都想，怎麼不多個三公分也好。」

「我也好想不要超過一七〇。」

「不過妳這樣子起碼還有人說像模特兒。」

堂上仰頭朝站在高處的郁瞪去。

「男人一六五就只是矮冬瓜而已。要比自卑，我也不會輸妳啦。」

「可是練習時，你都抓得到我的後襟啊？」

「廢話！連妳都擺不平，我還有本事贏過小牧當班長嗎！」

的確，堂上與小牧的身高差了將近十公分，柔道練習時卻能打成平手。

「有身高差距還能打成平手，可見是教官你比較厲害囉？」

「平手是平手，跟體型條件無關。」

這番話讓郁聽出兩件事：第一、要平衡體格上的劣勢，其實也需要相對的努力；第二、堂上不願拿這一點來說嘴，也顯示他的人品與風骨。

「教官，你為什麼會當上班長？」

「是玄田隊長決定的。」

「那他為什麼選你？」

「……我忘了！」

一聽就知道他根本記得清清楚楚。不過郁已經學到，當他用這種聲調講話時，就表示他要「堅不吐實」了，所以她隨便找了個話題，把焦點轉移開。

「堂上先生也辛苦了。腰痠了吧？」

晾完衣服的福嬸一回來就這麼對堂上說。

「不會，還年輕嘛。」

年底將邁入三十大關的堂上還故意這麼說，聽得郁只好咬牙努力忍住笑意。

「而且地板到玄關都做成了無障礙設計，掃起來、擦起來都比較容易。」

玄關處放著一部稻嶺在擔任基地司令期間一直使用的特製輪椅。他辭去司令之職時，後方支援部將之讓渡給他，現在就成了在家裡使用的輪椅，到了玄關才換另一輛外出用的。

「之前可不是這樣的。和市兄當初訂造的老式建築，紙門軌道和緣廊都高，走動起來不方便。」

「哦，所以才要改建成這樣啊。」

郁點頭應道，卻見福嬸沉吟起來，又像在苦笑。

「唉，親戚們一直勸他早點改建，和市兄就是不肯聽，說這屋子裡有他跟嫂子的回憶，不想翻修掉，硬是這麼不方便的住了好幾年。要不是有次從樓梯上摔下來受了傷，我看他還不肯點頭呢。」

這話聽了讓人心痛，郁不由得低下頭去。但見堂上始終看著福嬸，沒有避開眼神，她也只好努力抬起頭。

「負責改建的業者動工之前，花店和園藝社的人先來過，替嫂子布置的院子拍了好多照片，然後把那些花草樹木全都先帶走。所以只有院子保留了以前的樣子。」

「院子很漂亮。」

聽堂上這麼應道，郁也不停點頭。

「好啦，午飯我都溫在爐子上了。我傍晚會再過來。」

福嬸這麼說完就回家了。她自己的家裡也有家務要忙。

出門之後，福嬸會從外頭把門鎖上。看著鎖「喀嚓」的轉出聲響，郁喃喃道：

「……我一直不懂，稻嶺司令還住在日野，難道不難過嗎？換作是我，一定早就搬家了。但現在看來，好像不是我想的這麼簡單。」

在稻嶺府上住了幾天，她才漸漸體會，人之所以想離開一塊曾經發生悲劇的土地，是因為想要忘掉那場悲劇。然而稻嶺不同，他不願意忘掉妻子的逝去。

留在這塊土地，稻嶺繼續守著妻子遺留下來的庭院，守著妻子的回憶，就這麼形成他性格中平靜卻嚴厲的一面。

「……啊，不是稻嶺司令，應該要叫顧問才對。」

郁遲了一會兒才想到，立刻自我訂正的說道。堂上正往餐廳走去，一面卻說：

「聊這種話題時就叫他司令也無所謂吧。」

今天的午餐是牛肉燴飯。福嬸準備的午餐大半是這種蓋飯類的，頂多附一碗沙拉，好讓他們少洗一些碗。晚餐則往往精緻些，碗盤用得很多，因此雖然只有稻嶺和當麻兩人份的餐具，清洗起來卻相當費工夫。

拿著湯匙，堂上邊吃邊問當麻：

「您今天在做什麼？」

稻嶺早已吩咐當麻和堂上班可隨意使用書房書庫，因此當麻在早餐之後就窩進書房，往往在福嬸的家事做完後才出來。他離家時帶了自己的筆記電腦，大概在寫東西。

「把執筆中的小說寫完……雖然也不知道還能不能出版。」

「怎麼會不能……！」

郁幾乎就要嚷嚷起來，被堂上冷冷一瞪，才連忙降低音調：

「怎麼會不能出版呢，一定可以的。請您盡量寫吧，我們一定會努力讓您的書平安出版的。」

「哇，我們隊裡最基層的小嘍囉都有這麼大的志氣啊。」

知道堂上的挖苦是為了提振氣氛，郁便也假意賭氣道：

「是長官訓練得好！你以前還不是行使裁量——」

見堂上睜大了眼睛，郁才察覺自己說溜了嘴。

「喏，就是我受訓那時啊！你當時就以個人的身分行使過裁量權，不是嗎？」

「那……那還不是因為妳太莽撞才讓我們去收爛攤子！下不為例！」

這麼兜還行嗎？郁偷偷朝堂上打量去，卻見他一個勁兒的猛扒飯。

不過，提振士氣一事倒是成功了。當麻笑著說：

「也不知為什麼，每當跟你們隊裡的人聊天，我就覺得這事總有辦法可想。當初聽折口小姐說起這個問題時，我以為今後大概再也不能在日本寫小說了……」

「我相信每個人都會在自己的崗位上盡一分力。依我的觀察，出版界和傳播媒體都難得的合作了，不會讓媒體優質化委員會稱心如意的。」

聽到這兒，郁突然想起一件事，便乘機問道：

「當麻老師，您在媒體優質化法成立前就開始寫小說了，是不是？」

當麻在二十三歲那一年正式成為小說家，媒體優質化法則是在那三年後才通過的。優質化法成立至今已有三十三年，現年五十九歲的當麻因此也算是個知悉過去、舉足輕重的作家。

「優質化法成立之前，作家們都可以自由寫作嗎？」

郁想聽到的是個肯定的答覆，卻見到一抹苦笑。

「當時跟現在其實沒什麼差別。我也問過當年的前輩作家，他們的感想都一樣。」

也許見她臉上的失望太明顯，當麻的笑容多了幾分無奈。

「好比『瞎子摸象』一詞，就有讀者投書說那是對殘障者的歧視，儘管每一部辭典都解釋那完全不是用來指稱身體上的特徵，照樣掀起爭議。別的辭彙也會引來不同的指摘，那些意見卻不是出於前後文意的參照，而是單方面、偏狹地認定辭彙本身的歧視意涵——這種人、這種現象，其實很早就存在了。出版社姑且從善如流，於是要求作家避免使用這些具歧視爭議的字詞。唉，可是很多辭彙就是得因應故事內容或時代背景使用，並非可以隨便妥協的。最後卻迫於讀者的壓力，害得出版社內部也開始搞這種文字自律，舉凡與肢體殘障有關的字詞、甚至是按摩、乞食等，後來都在規範之列。」

等到我開始寫作的時候，這種自律已經是個普遍的風氣了。當麻如此補充道，又是苦笑。

「若要抵制這種風氣，想在文壇嶄露頭角可就辛苦了。社會上也有這方面的壓力團體。就我的印象，那些團體的態度都相當激進，有些事情明明可以坐下來好好談，他們卻傾向單方面的暴力施壓，好像有不少作品因此就腰斬或破局了。就這樣，眼看這些麻煩發生在其他作家身上，一面提心吊膽的想，也許哪一天就輪到我了。」

可能是他們的午飯都差不多快吃完了，沒有一人再動湯匙。

「寫作時，我的心裡總會掙扎：好想寫成這樣、好想寫到那個地步。但如果真的寫了，我會不會被這個或那個團體盯上？不如明哲保身吧，點到為止就好，小心駛得萬年船——身為作家，我的筆竟然不是為作品的格局或情境而推敲，卻是因事業和身家安危繫乎各個場面的每一段描述、甚至為增減一字而斟酌。」

在他的時代——不，早在當麻踏入文壇之前，這無形的文字獄已然將作家們重重困住，束縛了他們的筆，限制了他們的創意，令他們戰戰兢兢，惶惶終日。

當麻垂下眼去，看著碗裡剩下的幾口飯。

「有些時候，善意比惡意還要可怕。懷著惡意的人至少知道自己會造成某些傷害，少部分『善意的人群』卻完全沒有這種自覺。」

堂上班裡就有人曾經是這一類善意的受害者——小牧和毬江。

大概就在這種善意和正義的助勢下，三十三年前，媒體優質化法誕生了。

「……我入隊時，曾經幫稻嶺司令推輪椅進電梯。」

「而妳那時還叫他大叔。」

堂上提起她的當年恥，也許是為了緩和氣氛。這份用心令她感激。

「就是說啊。我那時見到他坐著輪椅停在電梯門前，自以為『發現需要服務的使用者』，馬上就興沖沖的跑過去問：『大叔，請問你要到幾樓？』稻嶺司令當場就變臉了。」

「那還用說，他根本沒想到竟有隊員不認識自己隊上的司令。」

堂上的吐槽，總算讓當麻笑容中的苦澀減少幾分。

「我把司令的輪椅推進電梯，接著想跟他一起搭乘，好在他出電梯時再幫他一次。他卻說不用了，說他可以自己行動。我想，當時我的臉上一定有些不滿和不解。司令沒有表明他的身分，只是告訴我『使用者也有選擇是否接受服務的自由』，還問我能不能體會。那個時候，我只猜是自己太積極、太主動了，可是……」

要在人前坦承自己的不成熟，不免教人難為情。說到這裡，郁躊躇了一會兒。

「後來才想到，一定是我用了上對下的姿態去面對『坐著輪椅』的司令。我不懂難得有人好心要幫他，他為什麼要拒絕？這樣的疑惑一定出現在我的臉上。」

稻嶺不卑不亢地，用一種溫和的方式給她上了一課。

「我想，強加於人的善意就是這麼回事……言詞的層面一定也是。指摘他人的人，通常不會懷疑自己的善意，就像當時的我一樣。」

受未成年連續殺人事件的牽連，圖書館被要求公開少年犯的閱覽資訊時，那些排山倒海而來的陳情意見也是。

圖書館嚴守分際，這是正確的，反倒是沒有搜索票就來索求閱覽資訊的警方才是顛倒了程序。然而，發出陳情的人們一點兒也不認為自己有昧於真理的可能。

在情、理、法之中，後兩者都不是那些人心中的正義天秤，可他們追求正義的熱情卻又真實無比。正因為如此，才令得圖書隊員們疲於奔命。

「所以我擔心，怕自己也在強迫別人卻不自知。我思考事情容易鑽牛角尖，有可能不知道自己犯了這種錯。」

「犯錯有什麼關係，天底下哪有人不犯錯。」

堂上插嘴道：

「做錯了就『下次小心』。不管錯幾次，每一次都要提醒自己，這樣就夠了。」

當麻便對著郁微微一笑：

「妳有個好長官呢。」

堂上有些臉紅。被自己崇拜的作家率直稱讚，不知是高興還是害羞。

「太好了，教官！老師說你是好長官！」

若是平常，堂上這會兒必定回敬一句：「少囉嗦！」眼前卻是當麻起的頭，害他也不便發作，只是含糊地咕噥著「不敢當」之類的話，聽在郁的耳裡格外好笑。

「不過，當麻老師現在的處境可不能讓妳捅了漏子再說『下次小心』，妳可別鬆懈了。」

這番畫蛇添足的說教，聽起來也只像是在掩飾他的難為情。對此刻的郁而言，又戳中了她強忍住的笑穴。

到了傍晚，福孃來為稻嶺和當麻準備晚餐，弄完了又回家。

稻嶺在六點左右回來。這個季節的下午六點已經天黑，隨車駕駛和看護就算是換了人，也不容易被看出來。

當日會議就在堂上班的四名成員齊聚時迅速開完。這個小會議上具體報告事項的只有基地方面的人，在稻嶺家待命的警衛組的報告幾乎是乏善可陳。

同時，稻嶺和當麻趁這段時間把晚餐吃完，再由留下值夜的兩名警衛去收拾。

返回基地前還有一點點閒聊的空檔，堂上去了廁所，郁便拿白天問過堂上的事情來問小牧：

「小牧教官，堂上教官和你是同梯又同階級，為什麼由他當班長呢？」

「哦，這是玄田隊長的安排。」

「嗯，堂上教官也是這麼說，不過——」

說到這兒，郁有意無意地朝廁所的方向瞄了一眼，眼尖的小牧立刻意會地笑了起來。

「因為堂上比較會照顧人。」

啊，難怪。郁大大地點了點頭。像這樣的理由，堂上自己是講不出口的。

「我自己也很清楚，我比較適合輔佐工作。既然是我跟他搭檔組新的班，這樣的安排非常合情合理。」

「我倒覺得小牧二正也很有擔任班長的資格……」

手塚的語調含蓄，引得小牧苦笑搖手。

「要涉入別人的心理，我嫌麻煩啊，尤其是培育部下的精神層面，我實在沒這方面的天分。堂上就細心多了，又有耐性。」

「那毬江……？」

郁不由得擔心起來，卻被小牧的手肘輕輕撞了一下。就這個小動作，她倒是意會過來了。

堂上從廁所回來，直接走向客廳角落，拿起自己的行李袋。

「笠原，我們該走了。要上廁所就趁現在快去。」

「啊——好！是！」

想到自己就這麼不被當成女人看待，郁忍不住暗暗叫苦。戰鬥中就罷了，現在卻是在別人家裡，而且在場的還全都是男人，上廁所這種事，她可不想在眾人面前被喝令著去做。

不對，這樣的涉入根本就太過分了！郁忿忿地往廁所走去。

由堂上駕車回到基地時，果然還看得見基地外圍站著優質化隊員的眼線。

停好車，他們避開正門，繞路回到宿舍。明天將由他們兩人去接稻嶺上班，晚上再和小牧與手塚換班。

＊

「明早八點半在這裡碰頭。」

在宿舍玄關說完這一句，堂上轉身就走。離十一點的熄燈時間還有兩小時，他們得吃飯、洗澡和洗衣服。

「啊——雖然不累，不過好忙。」

郁在踏進寢室時這麼說。柴崎應了一聲「辛苦了」，一面闔起手機，收進衣服的側口袋裡。

「咦，柴崎，妳換手機了？」

看見手機的顏色不同，郁這麼問道。柴崎則隨口應付，接著問郁：

「每天頻繁換班，很累吧？」

難得見她流露出這麼關心人的神情。

「要是不每天換班，就追不上新的消息了。換班時的會議又不能閒聊。」

「唷，妳現在也有這種觀念啦？」

「好歹也是個士長了嘛。」

看見郁得意洋洋，柴崎總要照例給她潑一盆冷水掃掃興。郁對她做了個鬼臉，心中知道這女人就是這個性子。

「現在情勢怎樣？」

「我們跟『未來企畫』合作了，妳知道吧？」

「嗯，聽說了……是真的嗎？我覺得手塚不太想提這件事。」

「難免嘛，妳想想他跟他哥這些年來的衝突。他本人的心情恐怕更複雜，不是嗎？」

「難道他不怕又被出賣嗎？」

這可不是手塚在場時可以老實問出口的話。

「我們要到了手塚慧的書面承諾，要是他們做出圖利於媒體優質化委員會的行為，我們就向全國圖書隊公開宣布他們是圖書隊內的激進社團，讓他們被日本圖書館協會除名。對方也同意啦。」

「咦——可是，手塚他哥那麼精明，也有可能陽奉陰違呀？手塚不肯多說，會不會就是擔心這一點……」

「我看他只是在鬧彆扭吧，氣他哥要陰謀逼走了稻嶺司令，現在卻又願意跟我們妥協。這下子雙方成了合作關係，難免讓他一時無法接受，不是嗎？」

「……怎麼。」

郁嘛起嘴。

「我覺得妳好像非常了解手塚。」

「聰明的我跟聰明的手塚接觸機會多了，當然會愈來愈了解彼此啊。」

被她這麼大言不慚的明講，郁彷彿嘴裡被塞了石頭，說不出話來——對啦對啦，反正我就是不聰明。

「哎，就實際問題而言，姑且可以認定『未來企畫』不會背叛。因為一旦被隊內認定為激進社團，他們的組織會瓦解，手塚慧所凝聚的向心力也會消失。」

柴崎說得一派分析口吻。

「到那時候，可就不是從零開始，而是從負開始了，要談重振可不容易。手塚慧雖然傲慢，杜絕檢閱的決心卻是和我們一樣的。妳跟他面對面談過，應該也明白才是。」

「嗯……」

「妳再想想，現階段只有圖書隊的手上握有檢閱對抗權，手塚慧會願意被圖書隊完全敵視嗎？」

手塚慧的檢閱杜絕計畫需時數十年，手段強勢且不相容於現行的圖書隊制度。外界只知是「未來企畫」假想的模擬研究主題，卻不知它真正的用意。

所以，倘若因此而使這個秘密曝光，對手塚慧而言，會是一項致命傷。

「不論如何，單論這一次的反恐特措法，不少政府部門和政黨都有意見，也對媒體優質化委員會的動向感到憂心。」

關於媒體檢閱，憲法二十一條是明令禁止的。與之牴觸的媒體優質化法成立，雖是昭和後期的黑箱作業使然，規範的卻是已經出版的媒體取締行為。在精心安排下，司法界有了「事後的檢閱非屬審查」的判例，於是至少在表面上，優質化法也就不違憲了。

如今，再怎麼樣為了一場無差別恐怖攻擊，而有意剝奪作家的寫作權，這樣的行為將嚴重刺激社會觀感，使得官邸對策室出現強硬派與穩健派這兩股意見對立。就連各部會與政黨的檢閱反對派也一掃平時的無力，抓準這次機會卯足了勁大肆抨擊，頗有氣燄抬頭之勢。

強硬派、穩健派與檢閱反對派。在這三派之中，穩健派的意見當然是最溫和的，他們的主張只是在不刺激國民的程度下持續檢閱措施，因此本次大有採取此一路線的說法。而強硬派則頗有意圖藉此機會一口氣擴大檢閱權。

「不過，不管是哪一派的說法，都讓政壇受到動搖了。這就是我們佈樁的好機會。法務省內部也有一股反對檢閱的勢力，他們現在已聘請『未來企畫』做反檢閱的顧問，等於把『未來企畫』暫時視為圖書隊之外的獨立組織。接下來就看能不能趁這個契機，整合檢閱反對派和穩健派的勢力。手塚他哥交出切結書到今天也不過十天，能有這麼突破性的進展，他謀略的功力果然了得。」

說著，柴崎在馬克杯裡倒茶，接著也幫郁添滿。

郁端起茶杯，只覺得心跳加快。

「……歷史該不會就此改變吧？」

「唷，腦筋變靈光了嘛。」

柴崎邪邪一笑，像隻狡黠的貓兒。

「是呀，的確是有點兒眉目囉。要是真能實現，我都希望能坐在手塚慧的位子上呢。」

如柴崎這般，有志者亦若是。但那不是郁該扮演的角色。

「這麼說，我們真得好好守住當麻老師了。」

在這一局棋盤上，她知道當麻是國王。儘管他們不知敵方的國王是哪一顆棋子。不管敵人是誰、目的為何？為了保護當麻而戰，才是她要扮演的角色。

縱使為此開槍是不對的，郁也不能放開那隻扣下扳機的手。

驀地，她想起茨城的縣展事件。在三個月前的那場戰鬥中，特殊部隊的狙擊手進藤一正嚴重受傷，上個月才結束復健，正式歸隊。郁還記得自己扣緊了扳機直到子彈打完的感覺，不過再回想起來時，她的手已經不會顫抖了。下一次，她可不會再讓堂上替她換彈匣。

在檢閱有可能被廢除的這個歷史轉捩點，郁自知不是個野心之才。她只要以無名小卒的身分奮戰，有堂上來做她的長官，這樣就夠了。

「啊，對了，這次我們用『圖書館的自由法』保護當麻老師，引用的是哪一條？」

聽郁這麼一問，柴崎露出不敢置信的表情。

「我的天呀，妳做當麻老師的護衛這麼多天，居然還不知道？」

「呃——因為也沒人跟我說啊。」

「是『圖書館的自由法』成立後才補修在圖書館法第四章的實施細則啦，解釋檢閱對抗權包括言論者和著作者。當初也沒人想到這一條真會有派上用場的一天。」

「實施細則的第幾條？」

「第八條。」

「不行——我記不到那麼後面的。」

郁抓著頭說道。柴崎便在她頭上拍了兩下。

「沒關係啦，難得妳這麼久都沒耍笨了。」

「這話什麼意思。」

「孩子會爬的時候希望她快點學會站、會站了之後又希望她快點學會跑，等她長大之後才又忍不住感到空虛。哎，為人父母的心情呀——妳笨笨的那個時候，好可愛呢——」

「妳、妳講得也太過分了！妳以為妳是誰呀！」

「柴崎麻子呀。不然呢？」

見柴崎的臉上全無歉意，郁只能頹喪地往暖爐桌上趴。

*

這一天，緒形盯上某個守在基地正門邊的優質化隊員。

「折口小姐，等等會速戰速決，請別錯失了鏡頭。」

躲在正門前的常綠樹叢後，折口在數名隊員的包圍保護下，堅毅地點頭。

「我好歹也做過戰地記者，包在我身上。」

她的回答是一劑強心針。緒形隨即以無線電號令行動，眼神落在正門側邊、整備機房的屋頂。仔細一看，甫回到工作崗位的狙擊手進藤正伏在那片屋頂上。

「進藤，你行嗎？」

「嗯，才復健完，用這把小玩具正適合。」

進藤指的是手上的那一挺電動空氣槍。

「這幾天試射過幾次，恐怕要距離夠近才有恫嚇威力。這玩意兒是後方支援部弄來的，我對它了解也不多，聽說他們拿橡膠彈裡最重的子彈裝填，連續射擊的有效數可以到七十發……要是全部射完，這附近的優質化隊員應該都能趕走。而且槍身稍微改裝過，威力好像提升了。」

「手臂撐得住嗎？」

「哎，就這麼一點負荷，全彈射完都沒問題。再射一輪備用彈匣都可以。」

「好，那就拜託你了。我們上！」

緒形衝了出去，隊員緊跟在後。優質化隊員們還沒來得及反應，守正門的那一人便被特殊部隊一股腦兒撞倒在地，並且立刻被壓制住。

「照相！」

緒形高呼一聲，隨即有人將優質化隊員的隊員手冊從西裝內袋掏了出來。

閃光燈亮了幾下，沒有閃光燈的快門也開了幾下。

鄰近的五、六名優質化隊員想衝過來搭救被捕的隊友，卻在此起彼落的慘叫聲中不停跳腳，活像在原地跳著踢踏舞——在進藤的射擊下，他們完全無法接近現場，也不敢強行突破。後方支援部的改裝配上橡膠彈，威力確實不容忽視。

折口衝上前，將USB錄音筆伸向被壓倒的那名隊員。

「到今天為止，你們監視圖書基地已經整整二十一天！是不是為了綁架受基地保護的作家當麻藏人？外界是不是有謠言說媒體優質化委員會有意剝奪當麻的著作自由？」

「什麼都別說！」

一名被進藤阻攔的優質化隊員在遠處大吼，這道指示卻也同時證明了他們的行動背後確有黑幕。

折口滿意地竊笑。寫報導的材料已經夠了。

『請撤退，殘彈量還夠掩護你們離場。』

收到進藤的無線電呼叫，緒形馬上甩開被抓的優質化隊員。

「撤退！」

全體二話不說的衝進基地，待命支援的隊員緊接著關起大門。進藤的子彈在這時才用完，讓衝過來的優質化隊員們氣得連連嘖聲，大概想至少拿走折口的相機也好。他們或許可以隨意進入圖書館，卻不能在沒有代執行宣言的情況下擅入圖書基地，否則不只是逃不掉的司法糾紛，在那之前還得先捱一頓反擊。

進藤從機房屋頂下來，讚嘆地反覆端詳著手中的電動槍。

「只要不被人拿去惡作劇或犯罪，這東西用在不能裝實彈的小規模作戰還挺有效果的。太寬敞的場地不合適，遠距離會讓子彈被風吹偏，只有像今天這樣的極小範圍才行。」

緒形也點頭道：

「我們跟敵人不同，沒有先制射擊的權利，拿個玩具應付場面應該不為過吧。」

緒形方才制伏的優質化隊員在西裝下穿著槍背帶——他們所佩的槍種和圖書隊同樣都由自衛隊配發，為SIG-P220型。若是沒有進藤的嚇阻射擊，對方可能已經動用了。

「折口小姐，報導題材還足夠嗎？」

「很夠了。」

折口拍著胸脯說：

「我知道他們不會洩漏口風，所以早就打算朝暗示性的方向去寫。現在我們掌握到狀況證據，對方剛才的指示也足夠證明幕後陰謀的存在，加上『未來企畫』傳來的情報，這絕對是優質化法史上最爆炸性的一篇報導。不僅如此，這一次我們不搞獨家了，所有消息都會跟全出版界分享。」

「那就看你們的了。」

就這樣，一場迷你作戰結束了。

＊

包括《新世相》在內，下一週的所有週刊誌與言論誌都很有默契地刊登了一篇極具暗示性的報導，隱晦地提到綁架當麻藏人並褫奪其表現自由，以及此一陰謀存在的可能性。

同時，在系列報導中，記者們分析官邸對策室的指示，多方推測媒體優質化委員會藉此機會擴張權限的意圖，又列舉出不同管道的意見，頓時將這個話題炒作成全國矚目的焦點。

由於政壇對當麻議題本就有反對派和穩健派的意見，優質化委員會對這些雜誌的審查也就不敢像平時那樣肆無忌憚了。

另外，關東圖書基地保護當麻的消息，也自此向全國圖書隊揭明。

在社會和圖書隊被捲入這些新聞事件之際，藏匿在稻嶺家的當麻則完全不受身邊的巨變影響。

像一個與世隔絕的隱士，悄悄遁外於紅塵，過著萬事太平的日子。

這一天的警衛是小牧與手塚，堂上和郁則從基地把稻嶺送回家，兩組人馬隨後就換班。

警衛組的報告一如往常，就是上午被福嬸叫去做家事，傍晚則等她來準備晚飯後回家。郁往廚房打量，發現今天的晚餐主菜是炸竹莢魚，讓她有點兒羨慕。他們雖然已在宿舍吃了晚飯，可是福嬸的手藝好，炸竹莢魚又是郁愛吃的。

換班報告完畢，小牧和手塚就走了。等稻嶺和當麻用餐完畢，郁和堂上開始收拾餐桌。

按習慣，郁打算先擦桌子——她在拿起抹布時沒有驚叫，無疑是這陣子以來最沉穩的表現。她只用手肘輕輕推了推堂上，再用眼神示意那一排毛巾桿。

用來掛抹布的毛巾桿上，吊著一張用膠帶貼住的便條紙。

『傍晚過來之前，有幾個像是優質化委員會的男人叫住我。

他們恐嚇我，問我和市兄是不是藏匿當麻先生，我怕得照實回答。

他們又給我一個竊聽器，叫我裝在客廳裡。

我就趁小牧先生和手塚先生不注意時，裝在客廳的時鐘背面。

那些人還逼我畫家裡的隔間圖，我也告訴他們當麻先生睡在客房。

對不起。』

顫抖的字跡寫下了這樣的內容，大概是福嬸盡了她最大的勇氣寫下來的。她是個平凡且非常純樸的主婦，自然無法違抗優質化隊員的威脅和命令；再加上身上帶著竊聽器，她更不敢把這件事對小牧或手塚說。而身為一般人的福嬸若用筆談，其間不自然的沉默反而引人狐疑，她的膽怯實屬難免。

堂上走向餐廳，把便條紙拿給還在飯桌旁喝茶的稻嶺和當麻看，接著往客廳走去。時間已晚，所以客廳的遮光落地簾是闔上的，外頭應該看不見屋裡的動靜。

他俐落地朝時鐘背面一瞄，比了一個OK的手勢。竊聽器的確裝在那兒。

然後他走回廚房，將晚報扔向郁：

「對了，喂，妳之前不是說今天有個電視節目要看嗎？」

聽出他佯裝無事的指示，郁機靈地配合演出。

「啊，對哦，我都忘了！教官，謝謝你！」

她故作驚覺地叫道，一面飛快地瀏覽電視節目表，尋找最吵鬧的節目。

「找到了，TOKYO電視台的『瘋狂衝鋒撞擊秀』。請你幫我轉到那一台。」

「妳一個女孩子，居然專程等著看這種暴力節目？」

堂上端出又驚又厭的口氣來發揮演技，郁則用不服氣的態度頂回去。兩人倒有點兒半假半真。

「有什麼關係，看什麼電視是我的自由吧？我就是愛看這種的啊，還有『衝擊映像系列』和『警探二十四小時』之類的。」

「好啦，隨便啦，只是怕顧問和當麻先生嫌吵。兩位不好意思，我們只好陪她看了。」

「我們反正是無所謂的，是吧？當麻先生。到了我們這個年紀，電視的聲音就跟背景音樂沒兩樣，看著看著都會睡著呢。有時想看看懸疑推理片，瞌睡蟲卻比結局跟犯人還要早來報到，真是傷腦筋啊。」

「是啊，就是說。」

唯獨當麻的聲音有些僵澀，幸好只有短短數字，聽來還算自然。

營造出眾人要陪著郁看電視的氣氛後，堂上到書房去取出筆記本、便箋本和紙筆類，郁則盡興地隨著電視上的撞車或撞船場面發出「哇塞」或「好猛——！」之類的叫聲。稻嶺也偶爾穿插自己的幾聲大笑。

堂上先在便箋本上寫了幾個字，拿給當麻看。

『請放心。』

然後他收回本子繼續寫：

『請照我們的指示行動。敵人可能在半夜入侵。老師搬來時我們已備妥逃亡車，就停在車庫裡。』

形同儲藏室的車庫，平日總是鐵捲門緊閉，就在當麻來此藏身後的數日，特殊部隊運來一輛防彈車，從車窗、車身到輪胎都是防彈規格。

稻嶺接著亮出他的筆記本。

『我家的保全系統有偽裝，從外表一時看不出來。優質化隊員在我家受牽制時，當麻老師就到基地去。堂上二正，請聯絡基地派人掩護，包括鄰近圖書部隊的支援。』

堂上點點頭，泰然說道：「失陪一下，跟基地定時報告的時間到了。」隨即離席。

在通訊普遍數位化的今日，檯面上，行動電話的竊聽是不可能的；然而唯獨公務單位可以用特殊裝備加以竊聽，則已是公開的秘密。優質化委員會固然也不例外。為了防範，圖書隊的後方支援部改良出特殊加密的防竊聽行動電話，稻嶺府上的家用電話也是防竊聽規格。或許正因為電話無法竊聽，優質化隊員們才退而求其次，假借福嬸之手裝設竊聽器。

『你們打算如何牽制優質化隊員？』

當麻如是寫道。稻嶺遂回覆：

『我當替身去睡客房，等對方來。警衛乘機護送您逃出去。保全人員和近郊的圖書隊應該馬上就會趕到。』

『可是太危險了。』

『您以為我是誰？』

稻嶺瞇著眼睛笑。

『「日野的惡夢」我都熬過了。』

噢，果然司令就是司令。稻嶺那沉著的笑容令郁看得出神。彥江見識過的大風大浪畢竟不夠多，也難怪此間眾人都改不了口。對特殊部隊的隊員而言，稻嶺格外是個精神領袖，縱使在他已退職的現今亦然。

這時候，電視上正在播映航空飛行秀的片段，一架戰鬥機弄錯了拉抬機首的時間，結果在地面撞成了一團火球。

「呀啊——！你們看到沒？飛行員怎麼辦？」

郁把聲調拉高了幾分，故意講給竊聽器聽。

「應該不會有事，他的緊急逃生座椅有及時彈出來。」

搭腔的人竟是當麻。

「您知道得真清楚。」

「寫作時也研究過飛機嘛。」

或許是當麻的緊張感稍微解除了。

「不好意思，剛剛失陪了。」

見堂上回到客廳，郁假意裝出天真的語調：

「啊──教官，好可惜喔！剛才的墜機場面真是壯觀。」

「是哦。航空飛行秀的嗎？什麼機種？」

堂上隨便應道，一面走到餐廳的飯桌旁。

「拜託，我哪知道是什麼機種啊。」

聽得郁如此裝傻，當麻便適時介入話題：

「看起來像是Eurofighter呢。」

「不愧是老師，懂得好多。」

繼續應答，堂上同時在白紙上寫字。他那略為潦草的筆跡，郁是見慣了的。

『支援程序定案。當麻老師，過程恐怕有些粗魯，請見諒。』

『不，我才是。沒經歷過這些事，我可能會嚇呆，到時請儘管拖拉我。』

『我們脫身後會先去立川，之後的事您請放心。』

『有勞了。』

接著，眾人簡單的協調程序，並且讓竊聽者認為他們在十一點看完電視後便會就寢。趁著電視聲音嘈雜之際，他們迅速將要逃跑的三人裝備及行李放到車上。一切就緒後，四人各就各位，在黑暗中靜待。

——稻嶺在客房裡等著敵人上鉤，剩下三人則在通往車庫走廊旁的客廳一角伺機而動，腳上都穿好了鞋子。

深夜兩點——黑暗中，後門傳來喇叭鎖轉動的聲響。從客廳望向餐廳，後門的動靜可以看得一清二楚，對向當然也一樣。

堂上絲毫未顯驚慌，依計畫引導當麻躲到沙發背後。郁也在這時移往置物櫃的後方，再看著堂上無聲地走到電視櫃旁蹲下。

他們故意關掉保全系統的警鈴，好讓警報在靜音的狀態下向保全公司發出通報。此外，稻嶺預先吩咐對方一接獲通報就立刻出動，不必再用電話確認，所以電話鈴聲也沒有響起。

後門出現四個黑色的人影，應該都是優質化隊員。

不知外面是否另外有人把風，來的人比他們預料的少，或許打算亮槍恐嚇當麻就範。稻嶺家位於寧靜的住宅區，深夜的騷動必然引起鄰居注意。對方可能想在不驚動稻嶺和警衛人員的情況下，帶走當麻。

到這一步都在盤算中——為了讓對方訂出這樣的計畫，他們對著那只竊聽器傳遞了不少假情報。

藉著福嬸畫的室內隔間圖，入侵者知道客廳沒有他們要找的人，於是只有草率一瞥，便直接往客房移動了。

一等他們完全走到視線死角，堂上和郁隨即帶著當麻轉往車庫。

來到被入侵者們開了鎖的後門，門扉是關上的。

「等會兒要鎖上嗎？」

「也好，先注意外頭的動靜。」

「是。」

無聲的交談完畢，郁踩著特殊部隊鍛練出來的靜音步伐接近後門，豎起了耳朵仔細聽，但沒聽見任何動靜，也沒感覺到有人在看守的氣息。

一點一點的，郁開始轉動門把，努力不發出聲響。

屏息吃驚的，反倒是摸進客房的那幾名優質化隊員。

只見稻嶺一人坐在客房正中央，淺淺地對著他們笑。

「抱歉，我不是你們要找的人。不過在保全公司和圖書隊抵達之前，姑且由我來應付你們吧。」

對方不滿的嘖了一聲，伸手就探向牆壁，往上頭的電燈開關敲去。也許為了通知在外面把風的隊友——燈亮即表示計畫生變。

電燈卻沒有亮。

「沒用的，轉鬆的燈泡接觸不良。」

「哼，就憑你一個坐輪椅的又能怎樣！當麻一定跟著警衛跑了，我們大可以追上去！」

那人忿忿罵完，轉身就想走。

喀鏘！

伴隨著一個機械聲，輪椅的座位下方突然彈出一只銀色的金屬臂。

嚇得優質化隊員又是一陣屏息。只見稻嶺的手中多了一把樣式傳統的雙管獵槍，槍口穩穩定在一名看似長官的男子頭上。

「輪、輪椅有機關……？」

「這是圖書隊後方支援部特製的。『情報歷史資料館』事件發生時要是有這輛輪椅，我大概不會乖乖被你們綁走。」

「居然大費周章搞這個……！」

「這樣大費周章卻也有派上用場的時候，你不覺得更離譜嗎？」

稻嶺的聲音沉穩已極。

「別動，『這裡可是日野』。」

沉穩中加重的語氣，似乎令入侵的隊員也不免動搖。

這裡是日野，而稻嶺是「日野的惡夢」的生還者。

「我年輕時常跟我太太一起做打靶練習，射擊技術還挺不錯的。這把槍我也常保養，都會定期調整它。」

在日野，稻嶺失去了他的人生伴侶，失去了甫峻工的圖書館。如今為他代步的輪椅，更象徵著他在這裡失去的那條腿。

「就在日野，你們奪走了我的一切。」

「又、又沒證據說事件跟我們有關！」

「那我換個說法好了——就在日野，媒體優質化法奪走了我的一切。」

當年肇事的主嫌來自媒體優質化法的聲援團體。稻嶺換成這個說法，果然令這幾名入侵者毫無反駁的餘地。

「請別亂動。我太太被殺之後的這些年，我只能靠著創設圖書隊的忙碌來壓抑復仇的衝動。這個家是我跟我太太在這塊土地上一手建起的，你們卻沒得到我的允許就擅自闖進來，你們的腦袋在我眼中也不過是個標靶而已。我現在只能用剩餘的一絲理性來克制自己不扣扳機，你們要是亂動，恐怕我的反射神經會不聽使喚。」

稻嶺的聲調始終平靜，震懾了入侵者們。

聽著客房方向的騷動聲漸漸平息，看來稻嶺已成功牽制住入侵者。

「好，我們也動身。」

堂上打開通往車庫的門。

「當麻老師坐後面，請趴低一點。」

見當麻依言上車，平伏在車子的後座座位上，堂上才輕輕替他關上車門。自己則繞到前座，坐進駕駛席，然後打開副駕駛座的門鎖。

「笠原，妳行嗎？」

郁大大的點頭。

「包在我身上！」

車庫的電動鐵捲門也可以用手動開啟。將防彈車送來時，他們曾經測試過，手動開門反而比電動要快。

「先等一下。」

郁跑到車庫後方，提了兩個裝滿燈油的桶子——在這個時節，燈油是居家常備燃料——再跑回來。她在車頭側面蹲下，燈油桶就擺在自己的兩側。

「數到三就走。」

「收到。」

堂上於是倒數：「三、二、一、零！」

一聽到引擎發動，郁同時卯足了蠻力，將鐵捲門猛然拉起。

察覺汽車發動，在車庫外把風的人已經朝這兒奔來了。郁拎起燈油桶，一手一桶朝外拋去。趁敵人畏卻時，堂上猛採油門前進，郁也看準了時機跳上副駕駛座。

「賓果！」

車子在巷道內急速前進，在第一個轉彎處就與警笛大作的保全公司車輛擦身而過。圖書隊應該也在趕來的路上了。

把風的人似乎當場愣住，等了一會兒才決定要追。不過，起步時的那陣衝刺，已經大大拉開了兩方的距離。

郁這時才繫上安全帶，同時聽見堂上問道：

「手臂沒事吧？」

見她一口氣扳起鐵捲門，又拋投極重的燈油桶，堂上大概是在擔心。

「平常都有鍛鍊，沒事的。」

「回基地後還是去貼個藥布。肌肉的瞬間施力，很可能之後才會痠痛，而且妳那個習慣不好，老是用扭力去彌補肌力。」

這種兇巴巴的關心法，現在的郁已能坦然接受。若換成入隊當時，她八成要回嗆一句：「你就不能換個好聽一點的講法嗎？」

「回得了基地嗎？」

根據經驗，郁可以想見敵人會多麼不計手段的要抓到人，這條歸途應是埋伏重重。

便聽到堂上喃喃地誇了一句「妳進步囉」，然後答道：

「所以我們才要先去立川。」

日野本來就不是個熱鬧的地方，這會兒又已近深夜三點鐘，交通量當然銳減。到立川的車程只要十五分鐘就夠了，不過後頭還有優質化特務機關在追。

「咦，這裡……」

瞥見眼熟的街景，郁不由得喊道。堂上逕自答道：

「妳猜對了。」

眼前正是位於立川的那個新市鎮——稻嶺因「情報歷史資料館」事件牽累而遭到綁架時，圖書隊曾經大手筆買下這一整區。如今看上去，這個新市鎮裡的建案還沒開始正式銷售，只有地上建物的數量增加，冷清的感覺卻還是和三年前差不多。

然後她看見那棟熟悉的大樓——那是什麼？

大樓前方多了一個四方形的洞。

「咬緊牙關！」

堂上的遣詞少了命令意味，顯然是說給後座的當麻聽的。等到車子駛近，在車頭燈的照耀下，郁才發現那個方洞是一只貨櫃的開口。他們就這麼直衝了進去。

在一陣刺耳的緊急剎車聲中，車子停了下來，沒有就這麼撞上貨櫃壁。後方跟著響起沉悶的金屬聲。貨櫃門關上後，他們又聽見較小的金屬聲，有點像從外面上鎖或在固定門板。

不一會兒，郁聽見ＵＨ60ＪＡ那熟悉的螺旋槳聲，同時也感覺貨櫃正被鋼索吊起，坐在車子裡格外能感受到那種飄浮感。

堂上關掉引擎，四周便陷入一片漆黑。車子熄了火，車內儀表板的小燈當然也就不亮了。

「老師，我們暫時會陷入黑暗，請忍耐一會兒。要不了十分鐘就到了。」

「暗倒還好，只是現在……有那麼一點點幽閉恐懼症。」

當麻的回答引來郁的附和：

「啊，我懂！我也覺得有一點幽閉恐懼症的感覺……」

「妳也會？」

堂上意外的問道。

「是，不嚴重就是了。只是坐在車子裡，外面又加一層貨櫃，感覺有點悶。只是感覺上而已。當麻老師也是這樣吧？」

「對啊，好像處在雙重密閉狀態下。」

「加油，一起忍耐吧！這部直昇機飛得很快，沒問題的！」

郁努力找話講，分散彼此的注意力，忽地被人握住了右手。她差點就不自覺地叫出聲來。

也許是因為這伸手不見五指的漆黑，握手的那人才敢大了膽子這麼做。正這麼想時，郁發覺自己的手指已扣了上去。

彷彿是鼓勵般的回應，右座的他也扣起了手指。郁忍不住感謝起這無光的小空間。

此刻要是被誰見到自己的臉，她肯定會咬舌自盡。

＊

終於，貨櫃在地面上著陸的感覺傳了過來。

堂上這才若無其事地放開了手。

若能在貨櫃開門前恢復臉色就好了。郁幾乎忘了現在不是想這個的時候。

就在這時，外面傳來激烈的槍聲，聽起來像是對空射擊。優質化特務機關早在基地周圍佈署，恐怕就是他們在向直昇機開槍。見直昇機已飛進基地，墜機了也不會波及市區，對方大概也就沒顧忌了。

堂上將車上的無線電調到基地公用頻道。此舉雖會消耗電池，但見基地人員無暇來開貨櫃門，他們也只能用這種方式來了解外面的狀況。

『駕駛員中彈！著陸地點大範圍淨空！』

才剛調妥頻率，對講機就傳來一個令人錯愕的呼叫聲。

「萬一掉在貨櫃上方……！」

郁下意識喃喃道。「不。」堂上立刻予以否定：

「螺旋槳的聲音正在遠離，可見不在我們的正上方或附近。吊貨櫃的鋼索大概是卸下了，就是不知道機體受損的程度能否安全降落……」

從無線電中聽來，直昇機目前已改由副駕駛操縱，只是機身中彈極嚴重。

「那兩位駕駛應該都是老手吧。」

堂上的聲音也有些擔憂。

『著地，引擎關閉！在螺旋槳完全停止前不要靠近！』

就在副駕駛的這幾句咆哮後，貨櫃外隨即傳來劇烈的金屬破碎聲。直昇機離貨櫃應該已經相當遠了，在車內的他們仍然聽得見，顯然不是平安降落。

直到這時，貨櫃門才打開。堂上放下手剎車，看著後方邊打檔倒車。一出貨櫃，便見小牧和手塚等在門邊。

「直昇機怎麼樣？」

堂上劈頭就問。小牧回答時面有難色。

「說不上是成功迫降還是摔機，總之損壞得相當嚴重。兩位駕駛都受了傷，但都沒有生命危險就是了。」

「這樣啊。車子要停在哪裡？」

「特殊規格車輛的車庫。先讓當麻老師下來吧，我們帶他進行政大樓。」

唉，既然這樣，也把我一併叫去吧！郁在心裡喊道。漆黑中十指交握的感覺還清清楚楚留在她的指尖，這會兒又讓他們獨處，她可真不知要怎麼面對了。

車子再度開動，堂上不發一語，郁也就不出聲。

停好了車，兩人一起往行政大樓走。

「妳今天表現得很好。」

堂上的語氣平淡，兀地化解了郁緊繃的神經。

「謝謝誇獎。」

她也勉強用普通的口氣答話，隨即想起了一件事。

「稻嶺司令不知道怎麼樣？」

「要是他那邊出狀況，小牧會先講的。我們逃出來時不也看到保全公司的警備車嗎？」

說到這裡，堂上看著前方，換了一副說教的口氣：

「回基地要講『顧問』，給彥江司令留點面子。」

「是。」嘴裡回答，郁又低下頭去，不敢看堂上的臉。

兩人就在默默無語的情況下回到了特殊部隊辦公室——

「辛苦了！」

迎接他們的卻是一根揮動的枴杖，還有一聲中氣十足的慰問。堂上的腿一軟，差點兒沒絆倒自己。郁則是愕然地看著那人。

「現在什麼時間？一個連復健都還沒開始的傷患，為什麼跑來這種鬼地方！」

定了定神，堂上祭出他的招牌獅吼——捱吼的人是玄田，身上果真還穿著鄰近那間幾乎是圖書隊專用醫院的住院病人服。

「才轉院過來就發生這種事，你叫我在醫院怎麼待得住！放心，稻嶺顧問很好，非法入侵民宅的優質化隊員也都交給警察——不過人家馬上就會動用特權關係要求放人吧。」

堂上邊聽邊抱頭。

「剛才就覺得這場行動的粗魯程度，好像在哪見過……」

「抱歉啦，我怕多說了會增添你無謂的操心，所以就隱瞞了隊長的消息，反正你回來之後就會知道。」

小牧在旁補充說明。這麼看來，堂上在稻嶺家聯絡的對象似乎是小牧。

這時，堂上忽然抬起頭，直向玄田逼問：

「外出……應該是外宿許可，跟院方報備過了吧？」

「別擔心，發現隊長跑來，我們馬上就去跟醫院道歉了。」

緒形的說法顯然意指玄田是偷溜的。堂上氣得瞪大了眼。

「你有沒有替護士想過？在接到通報之前，你知道他們會找你找得多辛苦嗎？住院的人就安分點，待在醫院裡！不是為了你，是為了護士，你懂不懂！」

「這麼久沒見了，別一見面就教訓人嘛。」

聽著睽違多時的玄田和堂上大鬥嘴，郁在一旁偷拉小牧的袖子。

「堂上教官幹嘛那麼生氣？我看玄田隊長的身體已經沒什麼大礙了啊。」

「哦，那小子的媽媽是護士。病患擅自溜出醫院，常常害他們緊張得在醫院裡上上下下的找。」

「咦——這樣啊。」

儘管場合不對，但無意間探聽到他的私事，郁卻覺得賺到了。

「算了，我們跟院方算是老交情，他們也知道玄田隊長向來是個不乖的病人。照常理，病患擅自離開醫院，要是出了意外，醫院就得負起責任。不過我們的隊長已經成了個特例，他每次住院都要搞這種飛機，被堂上這麼教訓也不是頭一次了。」

「啊，隊長之前也住院過嗎？」

「當然啦，作風這麼魯莽的人，受傷機會哪裡會少？只是這一次的傷勢最嚴重罷了。」

堂上的說教到一段落時，停下來環顧室內。

「當麻老師呢？」
這會兒換成柴崎回答。她在這種情況下跑來跟特殊部隊攪和，好像已成天經地義。
「我看他滿累的，請他去休息室小睡一下。」
當麻自是毫髮無傷，只是精神上難免疲乏。他雖是專寫謀略和動作小說的作家，身體畢竟不習慣這樣的奔波勞動。
「遺憾的是，當麻老師的藏身地點少了一個。」
緒形說著，語氣卻不怎麼遺憾。他們既已和「未來企畫」聯手，只要當麻在基地內接受保護，優質化特務機關就抓不走他——或許是這番自信使然。
「當麻老師府上呢？」
見玄田這麼問，緒形索性繼續說明：
「他家在埼玉，目前只有太太和一個讀研究所的兒子。事件一發生，我們就組了警衛輪流去他家站崗，連他們外出時都隨行保護。只不過他們好像覺得壓力太大，有點兒減少外出的傾向。」
「一家之主被捲入這種鳥事，壓力當然大。優質化委員會那幫人口口聲聲保護人權，但這不是踐踏人權是什麼？」
「此外，折口小姐聯合同業把這件事炒作成週刊誌界的頭條之後，我們也向全國圖書隊公開當麻老師在關東基地的消息了。」
「報導的反應如何？」
聽到這麼一問，緒形的臉上掠過一絲苦笑。

「老樣子。當然，事關當麻老師，又有違憲爭議，正派的市民團體、作家協會和書迷之間的反應非常激烈，不停地問他們能不能幫上忙？而且不只是投書各出版社，連我們基地都收到這類詢問。可是……對出版業界沒那麼有興趣的人似乎傾向於比較論，認為國家受到國際恐怖攻擊的威脅，又實施了反恐特措法，一個作家的表現自由是否還能和國家安全等比重。這本來不是該被拿來相提並論的兩回事……」

日本人對於核能、核電廠相關事故，抱持著根深蒂固的不信任與恐懼。又得知它們成為恐怖分子主動攻擊的目標，選擇看輕「表現的自由」的傾向會來得強一些。

再加上媒體因素。一般市民的情報來源就屬電視和報紙最為簡便，這兩種媒體卻也最受優質化法的制約，因此所出現的報導大多忠實呈現此類比較論的原貌，幾乎都是末了來個一句「端看社會大眾的判斷」。（實際上，在反恐特措法實施之後，媒體優質化委員會對傳媒的取締權限的確更大了。）

現狀就是如此的勉為其難。

「還是挺讓人不痛快的。」

玄田面色凝重的沉吟道。

「天亮之後先把折口找來。」

玄田早就打算明天——已經過了午夜十二點，所以該說是今天——總之，不會再回醫院去了。而堂上也大概早就死心，卻還是忍不住嘆了一口氣，沒說什麼。

「緒形，指揮權就交還給我了。」

「我以為早就交還給你了。」

兩人正告一段落時，別班的班員回到了辦公室。

「優質化特務機關暫且撤退。我方人員有八人受傷，包括直昇機的駕駛和副駕駛。不過，UH60JA的損壞比我們所想的還要嚴重，降落時尾舵撞到停機庫，舵槳整個撞爛了，變速箱、承軸和穩定板也都壞了。後方支援部剛才來看過，他們說恐怕得送回原廠去修。」

眾人表情都為之苦澀。基地裡只有這麼一架珍貴的UH60JA，少了它真是元氣大傷。送回原廠修理也要花上不少時間。

「不過，在兩位駕駛都負傷的情況下還能這麼迫降，這樣的損傷已經算輕了。」

玄田努力朝樂觀面去看事情。

「兩位駕駛員的傷勢如何？」

「正駕駛肩膀中彈，子彈還留在體內，所以要開刀取出來。副駕駛則是手臂骨折。迫降時好像因為衝擊力而撞斷了他們的幾根肋骨，兩個人都已經送到醫院去了。」

「好，謝謝你的報告。」

玄田慰勞道。那名隊員草草行了舉手禮，馬上又走出辦公室，大概外頭還須要善後。

掌握大致的情報後，一陣混雜著倦怠感的沉默籠罩上來——就在這時，手塚忽然開口：

「話說回來，當麻老師藏在稻嶺顧問家裡的消息，為什麼到現在才走漏？之前明明沒被他們盯上。」

在這之前。優質化委員會似乎一點兒也沒察覺當麻改變了藏身之處。基地附近的威嚇監視照舊，稻嶺的座車也沒有被人跟蹤的跡象。

在「未來企畫」手塚慧的協助下，法務省內的檢閱反對派和穩健派都聽聞當麻在基地內接受圖書隊保護的風聲，世相社也發動週刊誌聯合報導，製造出同樣的煙幕彈新聞。

但在報導揭露之前，圖書隊裡只有小部分人知道此事，事情不可能傳進優質化委員會的耳朵裡。況且躲在基地自然比躲到基地外的私人民宅要安全，任誰都不會想到他們採用了逆向思考戰術，選擇將當麻遷移到稻嶺家中。

當然，為了預防消息外洩，圖書隊也對內防範。即使媒體已公開圖書隊收容當麻的消息，隊上仍只讓防衛部的監級主管得知他真正的藏身之處。又在主管宿舍安排了一個房間，在一般隊員的傳言中塑造出當麻暫居此地的假象。

這些措施都發揮了作用，起碼在今天之前，當麻的身邊都是安全的。沒人料想到事情會出現如此轉折。

從手塚的表情和聲音看來，顯然是在懷疑自己的哥哥。

「都聲明合作了，我不認為手塚慧的頭腦有這麼簡單。就算要搞背叛，也不可能要這種沒技巧的心機……」

玄田反倒像是不相信手塚的疑慮。在場的長官都知道兩兄弟之間的心結，也知道手塚對哥哥的不信任有些流於感情用事。

「也罷，你跟柴崎兩人去確認一下吧。」

「是——」

柴崎應答，同時在手塚背上一拍。

「走啦，反正你哥一定沒睡，快點把事情辦一辦吧。」
被她催促，手塚這才板著臉起身離席。
「咦，怎麼是妳跟手塚搭檔？」
郁衝口問道，便見柴崎厭厭地轉過頭來：
「想想嘛，妳覺得手塚跟他哥有辦法好好講話嗎？打從跟『未來企畫』合作起，跟那位難纏大哥打交道的可一直是我呢。只是人家堅持要先跟他弟弟講話才肯跟我談，就變成這樣啦。」
原來柴崎給自己在這場事件中安插了一個這樣的角色。郁邊聽邊點頭，覺得這倒也像是她的作風。
出了辦公室，手塚不情不願的跟著柴崎走在走廊上。
「不必離開辦公室吧？反正談話的內容都會報告上去。而且我們的手機都交換了，我哥也沒有非要跟我講話不可。」
「跟你哥扯上關係，你就這麼不爽啊？」
柴崎略帶嘲諷的說完，頓了一會兒，又悶悶的說道：
「我不想讓笠原看到我理所當然地拿你的手機出來打，她一定會驚天動地的鬼吼鬼叫。」
「……妳不喜歡啊？」
「要跟我保持穩定的合作關係，你最好記住這一點。不管對象是誰，我都不喜歡讓別人對這方面的事情嚷嚷或指指點點，就算是笠原也一樣。我雖然信任她，但這是原則問題。」

這方面的事情又是指哪方面的事情——手塚在心中狐疑，卻沒有問出口。

這時柴崎已從運動外套的口袋取出手塚的手機，開始在電話簿裡尋找號碼。

＊

來電顯示雖是弟弟的號碼，但他知道是柴崎麻子打來的。

「你好，我是柴崎麻子。抱歉這麼晚打過去，不過我想你當然還沒睡吧？」

打從他們開始用這種方式聯絡起，她那帶戲謔的輕佻口吻就沒有改過。

「偶爾會想先聽到我弟的聲音就是了。」

「哎，春天來了，冰雪自然會消融的。」

自從有了柴崎麻子這個談判代理人，弟弟就一再避著自己，可以想見他對柴崎是多麼信任。

手塚慧當然不樂見這種情況，不過要論談話的進展，跟柴崎談確實順利多了。

「當麻老師的藏匿地點洩露了。我倒不認為大哥您的器量會這麼淺，只是令弟沒法兒不懷疑。您要是有什麼頭緒，還望您指點一下，免得我夾在中間也難做人。」

「我自己的弟弟都不比妳信任我，真不知該傷心還是該感謝。」

「弟弟是你的，你也應該了解他的個性才是。他那個人頑固又死腦筋，鬧彆扭時就是這脾氣。我只是客觀判斷你的本領，跟信任是扯不上關係的。你對我的了解也還不到信任程度，不是嗎？」

「嗯，說得也是。」

「照我的想法，『未來企畫』的代表手塚慧連包含那般不利的制裁條件的切結書都願意寫了，總不至於蠢到在這個節骨眼才向優質化委員會倒戈。政界的檢閱反對派和穩健派又聘請你們做顧問，要是在這會兒搞背叛，『未來企畫』的敵人恐怕就不只是圖書隊而已囉。」

既已受聘為內部顧問，不要說失信於反對派和穩健派了，就連檢閱贊成派的觀感都會受到影響。弟弟應該也明白這一點，所以才會在隊友和柴崎面前鬧脾氣吧——尤其是柴崎。從她的口氣探來，也像在提示他這個做哥哥的該怎麼安撫弟弟。

他只能認了。這女人的本事確實驚人，既有本事擺平他弟弟，又有野心、器量——

這可會讓我名留青史呢。

只此一語，讓手塚慧認輸了。是的，他自嘆不如。投身這場賭局的利弊得失，他不是沒盤算過，但這女人求的竟只是在歷史上留名。

「消息不是『未來企畫』的主要組織或是我洩漏的。」

手塚慧答道。頓了一頓，再補充說：

「不過我想得到是誰。等到早上我再去確認，可以嗎？」

「好的，那我就等你聯絡。」

「電話還是打到我弟的手機嗎？看樣子，我弟的手機一直都放在妳那裡。」

柴崎爽快地應了一聲，聽不出有任何尷尬。

「能不能叫我弟來聽一下?」

「也好,他剛才都聽見了,心裡的疑惑好像也解除了一些。」

她大概是故意這麼說,好把電話硬塞過去吧。弟弟接了。

「……還有事嗎?」

「這女人很了不起哦。言談像個嬌嬌女,內在卻十足是個鐵娘子。」

電話那頭沒搭腔,可能已經對哥哥的揶揄不痛不癢了。

「我愈來愈想要她了。」

「不行!」

弟弟反射性的吼了出來,活像他倆小時候吵架一樣。啊,他就是想聽見這個聲音——這毫無虛假和矯飾的聲音,一如從前。

讓這聲音一度失去的不是別人,正是自己。而這一點總是在他的懺悔清單裡。

「為什麼?你有什麼權利說不行?」

「呃、不是……我應該沒有權力,可是不行就是不行!」

「我自己去跟她談,你管不著。」

「少囉嗦,我的伙伴你一個也別想要!你去死啦,笨蛋老哥!」

自己想要卻不老實招認,弟弟一向是這副德性,唯獨最後那句「你去死啦,笨蛋老哥!」有將近十年沒聽到了,讓手塚慧忍俊不住的掛掉了電話。

掛上電話,在書桌前坐著椅子轉了一圈,手塚慧按下另一個號碼。

他收斂起表情，液晶螢幕上顯示著江東貞彥四個字。

鈴聲連一下都還沒響完，對方就接起了電話。

「知道我打來是為了什麼事吧，是你做的？」

電話一接通，手塚慧就下了斷語。江東暫時陷入了沉默。

過了好一會兒，他才以自制的聲調答道：

「我之所以支持你，是認同你根絕檢閱的長期計畫確實具有可行性。就算有這次的突發事件製造變數，『未來企畫』也不應該自亂陣腳。你就這麼改變路線，優質化委員會肯定會視『未來企畫』為敵人，之前辛苦建立的管道和信任關係就全泡湯了。」

「相對的，檢閱反對派和穩健派跟我們的關係卻更穩固了。只要我方煽動得宜，也有可能讓他們成為主流勢力。恐怖攻擊事件替優質化委員會造就了有利的變數，我們照樣可以拿來利用。」手塚慧回應道。

「這不是你的作風——你竟然接受圖書隊的勸誘，放棄中立原則。你應該保持中立，『未來企畫』才能在變數中生存啊。」

「所以就要把當麻藏人賣給媒體優質化委員會，是嗎？」

電話那頭，江東倒抽了一口氣。

「……我不是故意的。」

隔了一會兒，傳來他微微發抖的聲音：

「中立就是這麼一回事。為了讓『未來企畫』保持中立，我們就不能只偏向一方。你要去協助檢閱反對派，那麼總要有人來為媒體優質化委員會助陣。唯有這麼做，我們才有可能存活下來，不管事態如何收場。你逾越了中立的立場，我只是在求取平衡。」

耐著性子聽江東辯解完，手塚慧才一字一句的問：

「誰・拜・託・你・這・麼・做・了？」

這一次，江東無話可答了。他講完了他的理由，現在輪到手塚慧：

「歸根究柢，一開始要去宿舍抓當麻的構想就是你自己失控，我從來沒下過這樣的指示。也許這就是你替『未來企畫』著想的方式，不過……」

手塚慧曾下令不得妄動，卻從那一刻起，命令系統已然失序。

「我不得不放棄你所謂的『中立原則』，也是為了救你和那兩個被當成現行犯的會員——非得要我把這個層面講出來你才懂嗎？你打來道歉時我沒有追究，是因為追究了也沒有意義。聽你解釋事情失敗的理由，也不可能彌補『未來企畫』被貼標籤的風險。一旦被貼上激進社團的標籤，我們的弱點就被圖書隊抓在手裡了，要是我為了保持原有路線而跟你切割，會內成員會怎麼想呢？捨棄掉身為幹部的你，會員會動搖，我也會喪失領導力，組織長久下去將會分崩離析。」

「未來企畫」被迫轉換大方向，和江東的獨斷獨行有很大的關係，並不只是受到柴崎的煽動。

思考過新方向後，手塚慧在「未來企畫」內也曾召開緊急會議，提出與優質化委員會劃清界線、接受檢閱反對派招聘的議案，當時會員之間確實出現明顯的動搖。他沒有拿江東的失態來解釋轉換方針之事，只說是反過來利用反恐特措法開創新契機，甚至努力用新的合作關係及其優勢來說服眾人，江東反倒應該為此感謝他才對。當然，手塚慧也盤算過，若把江東的失態搬上檯面來講，恐怕反令自己的向心力下滑。

「而且，我本來就不主張唯有中立論才能促成審查的廢除。我的思考沒有那麼僵化。狀況是瞬息萬變，我希望我們都有適度的彈性，因應變數也要有些柔軟度才好。」

「萬一失敗，你要怎麼負責？」江東反問。

唉，這傢伙開始煩人了。江東到現在還認為自己是「未來企畫」的重要人物。

「這本來就是只是個研究會，而且是我成立的研究會，大不了由我收掉就是了。到時候你可以自己去搞一個合乎你理想的『未來企畫』，繼續秉持你喜歡的中立原則。」

「服膺你理想的那些會員呢？你怎麼對他們負責任？」

這種天真的論調，終於逼得手塚慧使出撒手鐧。

「你別搞錯了。我可沒有求他們服膺我的理想，你也一樣。你跟會員們都是自願加入『未來企畫』的，這是你們的自主選擇，卻要別人來負責任，你是小孩子嗎？任何人對我的新方針不滿，都有退會的權利。」

事實上，在新方針轉換之後，並沒有會員申請退會。江東也一樣。

「你們既然留在現在的『未來企畫』，就有義務要接受研究會方針的轉換。行動也要自律，不能危及組織。」

江東不再答腔了，他已經知道手塚慧接下來要宣布的事。

「江東貞彥特等圖書監，你已經兩次危及『未來企畫』的立場。『未來企畫』要將你除名。」

他彷彿可以想見，電話那頭的江東鐵青著一張臉。

「至於當麻先生的消息走漏一事，我會向圖書隊的彥江司令報告。懲處就由圖書隊去討論了。」

江東沒有應答，手塚慧就這麼掛掉了電話。

＊

那天早上，「未來企畫」正式向圖書隊遞出報告。

報告中指出，該研究會的幹部江東貞彥特等圖書監對「未來企畫」的新合作方向不滿，因而向媒體優質化委員會洩漏情報，現已遭該會處以除名處分。

言下之意，人就隨你們處置了。

當天，江東的武藏野第一圖書館長之職被解除，隨即遭到由原則派和行政派共同組成的調查會約談。手塚慧在「未來企畫」的向心力果然不同凡響，該會會員對江東的同情竟然不怎麼多。

武藏野第一圖書館難免有些受打擊，決定館長職務暫由副館長秦野二監代理。在前一任的鳥羽擔任代理館長之前，秦野也曾經代理過館長職務，這項臨時人事安排並不會造成業務上的混亂。

同時，應玄田之邀，折口來到了圖書特殊部隊。

「唉，又是這副德性。」

折口一來就嘆，指的當然是玄田那一身病人服。

哦——可見以前發生過很多次了。郁在一旁想道。怪不得玄田拿枴杖行走的速度快得嚇人，甚至在走廊上長驅直入，跟四肢健全的人跑步差不多快。
「哎，別這麼說嘛，事態緊急。」
「對了對了，聽說當麻老師也吃足了苦頭。」
說著，折口轉向在場的堂上班成員。
「聽說是小郁跟堂上老弟把老師帶回來的。謝謝啊。」
聽到折口道謝，堂上便以嚴肅的口吻答道：
「不，這是圖書隊整體作戰的成果。稻嶺顧問還扮誘餌騙倒了敵人。」
「不過小郁是不是受傷了？」
折口邊問邊嗅了嗅。
「啊，這是……」
郁不由得縮了縮身體，抱住雙臂。她的長袖制服下貼著痠痛藥布，折口一定是聞到了味道。
「貼藥布只是預防而已。我昨天手臂用了猛力。不過我沒有受傷。」
回到基地後，她照堂上的指示先貼藥布，因此今天沒感覺肌肉痠痛。
「用了猛力？」
「呃——就是手動把停車場的鐵捲門推上去，扔兩個燈油桶去打敵人。」
「燈油桶？空的嗎？」
「不，滿滿的。」
折口愕然地喃喃道：

「這我可學不來了……」

「普通女人不用學啦，我是戰鬥員嘛。」

「就算是戰鬥員也不應該。」

堂上一拳揮在郁的腦門。

「那樣亂用手臂，小心肩膀脫臼。要丟也不會選個輕一點的東西。」

看來他昨天就想拿這件事出來罵人了，只是逃跑過程中沒那個閒工夫，進了貨櫃後又怕降低鬥志，才一直忍到現在吧。

該死，都過了這麼久還揍人，根本是犯規。郁痛得抱頭暗罵。

「當麻老師人呢？」

「還在休息室裡睡覺。他昨天幾乎一整晚沒睡。等他醒來，我們打算請醫官過來初步診察一下。精神壓力恐怕不小呢。」

柴崎端茶給折口，一面答道。

「好吧，反正事情都大概聽說了……真沒想到是江東館長。」

「彥江司令打算今天就展開調查，我敢說江東館長最後一定是被降級和減薪處分，大概降個一級或兩級……哎，不關我的事啦。」

玄田大笑帶過，郁卻聽得身子一縮。她也曾經被約談，讓隊上替她擔了不少心。

不意間，她發現堂上的表情也板了起來，大概也想起他自己以前被約談的經驗。

折口好不容易找了張空椅子坐下，一面喝著柴崎端上來的茶一面又問：

「那麼，今天特地找我來，又是為了什麼事？」
堂上班和緒形、柴崎也不知理由，於是全往玄田看去。
但見玄田一本正經，用問題回答了她的問題：
「世相社能叫得動多少媒體？」
這個問題似乎不簡單，折口也想了一下。
「你說媒體，有分領域嗎？若是一般出版，大致都叫得動。」
「像是電視、廣播和報紙呢？」
「這個就……」
折口低下頭去，陷入苦思。
「沒法兒一概而論呀。有些出版社在這方面長袖善舞，也有些就是跟無線媒體沾不上邊。在報界，全國性的大報幾乎都有電視媒體做後臺，有的大報社下面還附設出版社。世相社的情況我不敢說，跟無線媒體之間雖不至於全無往來，但這方面要問業務或宣傳部門才清楚……」
沉吟了一會兒，折口抬起頭來。
「玄田，你想做什麼？」
玄田答得極快：
「我想組一個全傳媒聯盟。」
眾人不禁屏息。
「我當然知道這是個貿然的做法，但這一次的恐怖攻擊不只是敵人的機會，也是我們的機會。繼當麻老師之後，媒體優質化委員會很可能接著拿別的作家開刀，還有更進一步的言論箝制。審查制度的既得利益者和聲援勢力要藉這個機會哄抬聲勢，以往潛藏在政府機關和政壇內的檢閱反對派及穩健派也會卯起來往上爬，因為優質化法終於要槓上禁忌的憲法第二十一條了。那些人一直編造藉口好實行審查，又瞞又騙的搪塞到今天，這會兒弄到要剝奪作家的寫作權，真不知他們想怎麼收拾？拿反恐特措法做擋劍牌，這吃相也太難看了。」

所以，先由世相社發起勢力來聲援當麻，接著再以侵害人權為由，提起訴訟。

「對那批人而言，核電廠遭到恐怖攻擊的陰影就是他們的王牌，只要堅守這個主張，他們可以讓審查的正當性屹立不搖。以前是說流通前的媒體不能取締，所以不在審查之列，以後就沒有這種顧慮了，只要他們認定言論家或著作人的表現有礙治安維持，一聲令下就可以剝奪人民表現的權利，根本連事後的取締都不必了。當然，對他們而言也是放手一搏。」

媒體優質化法的既得利益者勢必也有此衡量，認定這是個絕佳的好機會。

「等到優質化法的權限開始規範作家和言論，『圖書館的自由法』會變得形同虛設。優質化特務機關會去取締作家、取締言論，現在的圖書隊不可能完全保護到他們。撲滅了所謂的問題作家和問題媒體，『圖書館的自由法』就剩個空殼子。」

「這我當然知道，可是現在就要準備訴訟……」

折口插嘴道，卻被玄田打斷：

「力道確實是不足。這是因為，一般大眾都被這整個事件的特殊性給模糊了焦點。敵方只要拿這個特殊性當作藉口，判決先例不就成形了嗎？《核電危機》被恐怖分子當參考書的可能性是個特例，社會大眾很有可能接受這一點啊，到那時候，人民會願意為了類似的理由而接受制約，不知不覺地犧牲掉表現自由。而且，最大的問題是……」

說到這裡，玄田重重地拿枴杖在地上一敲，眾人都嚇了一大跳。

「當麻老師是個作家。」

「這……這怎麼說呢？」

郁怯生生地問道，便見玄田諷刺地笑了笑。

「也就是說，對不看書的人而言，當麻老師的狀況根本就事不關己。」

這的確是整起爭議的盲點，如今被玄田一語道破。

「就實際情況看來，儘管週刊誌報導了當麻老師的爭議，社會上也沒有出現太大的混亂，頂多促使作家協會多辦了幾場抗議遊行和座談會，還有讀者發起的連署活動也變得積極而已。這樣是沒法兒讓整個社會動起來的。」

不看書的人不會關心書籍出版的自由，只會有隔岸觀火的心態，不懂這些人為什麼要如此拚命。然而，核電廠恐怖攻擊的可怕是人人皆知；屈服於這份恐懼感，犧牲一個作家的權利有何不可——

大眾所不知的是，這將是殺雞儆猴。

「……遺憾的是，我們也找不到提振它的因素呀。現在這個社會裡，傳媒的中心不再是平面媒體了。以前就有社會學家為每一代閱讀行為的衰退而擔憂，在審查橫行的這個年代更不用說了。」

電視媒體已經把人們的胃口養壞了。連續劇和綜藝節目漸漸服從優質化法的規範，選擇不具爭議性的語詞。就連娛樂媒體的電影也正在加入這個行列。

同時需要校對圖畫和對白的漫畫，更早就開始自主規範了。因為漫畫的初次刊行幾乎都走雜誌連載的形式，不這麼做就得開天窗。

「所以……」

玄田笑得像一頭肉食性的猛獸。

「為了避免社會大眾被媒體優質化法變成了冷水煮青蛙，我們就讓他們瞧瞧優質化法的真面目吧。」

要做到這一點，單憑出版社的震撼力是不夠的。他又說：

「一定要靠電視媒體的力量才能讓整個社會都受到衝擊。要是可以，我希望主要電視臺都能參與。妳能想想辦法嗎，折口？」

折口苦笑著回答：

「你是在問我？我看你應該是在命令我吧。」

「都可以啦。」

玄田的臉上彷彿有「深得我心」的神情。見他點頭，折口便提了公事包起身。

「而且你還想叫我儘快去辦，是不是？真會折騰人。好啦，那我快點告辭。當麻老師醒了就替我問好吧。」

說完，折口精神抖擻地走出辦公室。

「聽好了。」玄田以堅定有力的聲音說道，這聲音只有他發得出來。

「我們一定要爭取到這個機會。」

三、奇機在握

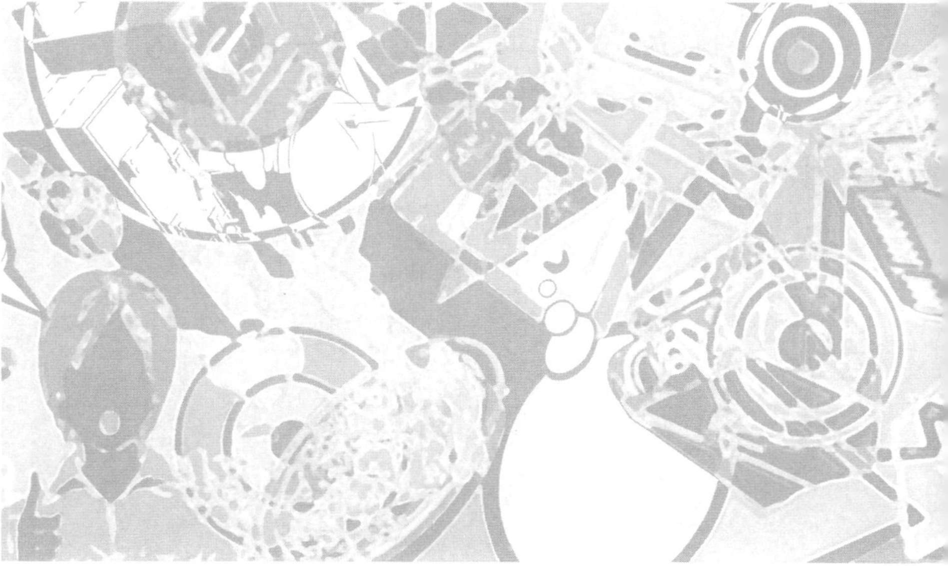

號稱是東京電視圈內規模最大的D電視台旗下最有口碑的招牌新聞節目，在這一天進棚錄影時，棚內瀰漫著異樣的緊張氣氛。

*

在熟悉的片頭畫面之後，鏡頭拉向男女主持人。男主持人率先開口：

「在西洋情人節之後，女兒節的商品行銷戰正蓄勢待發。然而，卻有另一個事件持續吸引社會大眾的關注。是的，就是敦賀核電廠的恐怖攻擊事件。」

節目的畫面一角播出事件發生後所拍攝的現場景象。這些影像已在電視新聞中播放過無數次。

「國際恐怖組織也於日前發表聲明。該組織領袖指稱日本為先進資本主義國家，同樣是造成全世界不平等的元兇之一，因此將一併視為恐怖攻擊的對象。對此，日本由官邸對策室研擬了反恐特措法，以強化警察及防衛省的維安權限作為因應之道。」

男主持人說到這裡，換女主持人接棒：

「恐怖事件發生時，作家．當麻藏人所著的《核電危機》立即遭到質疑，因為書中的內容與本起事件極為相似……圖書隊指出，這極可能意味著媒體優質化委員會企圖褫奪當麻藏人的表現自由。」

這時，畫面切換為影片。

影片看來像是以手持式數位攝影機拍攝的夜間景象。一架吊著貨櫃的直昇機正準備降落在圖書基地內，卻遭受來自基地外的猛烈射擊。

卸下吊著貨櫃的鋼索後，直昇機飛離貨櫃，攝影機也跟著它跑，拍下射擊火線執拗地追逐直昇機的場景。

伴隨著這段影像，無線電的通話聲響起：

『駕駛員中彈！著陸地點大範圍淨空！』

『著地，引擎關閉！在螺旋槳完全停止前不要靠近！』

接著是攝影機直接錄到的金屬破碎聲。拿著攝影機的那人狂奔，鏡頭也不停晃動。

鏡頭再度定住時，只見一架汎用直昇機的尾翼卡在機棚的屋頂裡，機身癱在地面。

「根據圖書隊提供的資料，這架直昇機的正副駕駛雙雙中彈，再加上迫降時的撞擊，兩人都受了重傷。」

男主持人在這時向女主持人問道：

「音無小姐，這段畫面究竟是什麼影片？」

「這是圖書隊和優質化特務機關因當麻先生而發生的抗爭場面。影片是由圖書隊提供的。」

「關於這段影片，妳能為我們說明一下嗎？」

「好的。據我們得到的消息，反恐特措法剛通過不久，官邸對策室認為當麻先生的著作有指導恐怖分子的危險性，於是提議褫奪當麻先生的表現自由。得知此消息的當麻先生向圖書隊請求保護，隨後就藏匿在某個隱蔽的場所。可是，這個場所卻被優質化委員會得知……」

「優質化特務機關就趕到現場去綁架當麻先生，是嗎？」

「是的。圖書隊及時護送當麻先生逃出藏身處。各位剛才見到直昇機吊起的貨櫃，那只貨櫃裡當時就載著他們逃跑用的車輛，而當麻先生與保護他的圖書隊員就坐在那輛車上。」

「那架直昇機吊著一個有人的貨櫃，怎麼還可以朝它開槍？優質化特務機關實在是！唉，直昇機摔得好慘。不過，優質化特務機關為什麼要做到這個地步？」

「關於這一點，我們有來自圖書隊的說法。」

畫面再度切換。一個身穿戰鬥服的圖書隊員出現在鏡頭前，但只拍到頸部以下。從俯視的角度看去，對比於他所坐的凳子，那雙腿看起來特別長。

『我想，他們不至於把當麻老師連人帶車的解決掉。媒體優質化委員會的目的充其量只是想綁走當麻老師，剝奪他的表現自由，攻擊直昇機可能也只是被逼急了才那麼做。這種事常有。好比審查抗爭的交戰規定說，我們雙方都不能以殺害對象為目的而開槍。但是優質化特務機關就常幹這種事，好像忘記有這一條規定似的。茨城縣展事件時就是這樣。今天他們不敢在市區對直昇機射擊，是怕市民因此被波及時得要負起責任，直昇機要是摔在圖書基地的區域裡，受害的就只是圖書隊員而已，所以他們才敢那樣對著駕駛艙猛開槍，明明知道降落時須要精準的操控。幸好駕駛員只是受傷，沒有送命……』

畫面再度切回棚內。

那就不用顧及人道了嗎？男主持人低聲喃喃道，接著轉向女主持人。

「不過，我國國民的表現自由是受憲法第二十一條所保障，這是人民的權利，難道國家有可能剝奪？」

待得男主持人問完，女主持人才接口道：

「關於這方面，我們另外徵求了學者專家的意見。以下是他們的訪問。」

和前一段訪問相比，繼而播映的畫面更加強了受訪者的隱私保護，人聲也經過變造。

『主要是因為這起事件太過特殊了。眼看國民對核電攻擊事件的恐懼感極深，有一派人士就認為，藉這個機會褫奪當麻先生的表現自由其實是情非得已，而這樣的論調不只在官邸對策室，包括內閣、中央各級機關和地方政壇都存在著。他們以當麻先生的案件為特例，援用緊急避難式的藉口，在媒體優質化法裡增設了「特定人士表現自由之完全規範暨臨時施行條款」。優質化特務機關這次想抓當麻先生，引用的就是這個新法條。在我看來，三十多年前就成立的「圖書館的自由法」卻已經有保護作家的相關條文可以跟它抗衡，概念上的先進很令人欣賞……』

畫面中的受訪者，看起來只是一團馬賽克。

『不論如何，優質化法贊成派的想法是，當麻先生的案例只是個特例，只要這個特例的處理方式能夠過關、能夠矇過大眾的耳目，將來就會是個前例。遲早有一天，憲法第二十一條所保障的表現自由會名存實亡。媒體優質化委員會是如何實施他們的強勢審查，相信各位已經很清楚了。』

畫面再次切換。

這一次的受訪者只照頸部以下的背影，人聲同樣經過變造。一旁的字幕打著「官邸對策室的消息人士」。

『在媒體優質化委員會的問題上，官邸對策室裡也有正反兩派的意見。所謂堅持強化審查的這種意見，我認為反而來自於官邸之外，尤其是法務省和推動媒體優質化法的政界派系。然而這次卻有一個特徵，那就是反對的意見也相當強勢。管轄媒體優質化法的法務省裡也有反對審查的人士，而這一派的勢力現在開始抬頭了；就連在第一線負責治安的警察和防衛省都出現了強烈的反對聲浪。除此之外，受到事件的刺激，政壇對媒體優質化法的討論變得熱烈了，檢閱反對派似乎也有整合的行動。再說到審查抗爭，我們第一個想到的是圖書隊。但圖書隊裡有個名為「未來企畫」的智庫，現在也暫時獨立於圖書隊之外，受法務省的檢閱反對派招聘，目前已經是法務省的諮詢單位之一。

媒體優質化法已經成立了三十多年，靠著一點一滴的運作才建立起今天的地位；這一次的情況卻不一樣。拿它來跟反恐特措法一併實施，明顯是違反了憲法，是剝奪國民權利的行為。這樣的暴行只要實施一次，未來的日本將成為一個容許言論管制橫行的社會，優質化法和其推動派秘密實施這項措施，擺明是打算弄出一個「頭號案例」的實績來。當然，對策室也有所疑慮，畢竟事關違憲，弄不好是要總辭的。因違憲而搞到內閣總辭，對這些人往後的政治生涯或官員生涯都是莫大的污點。反過來看，贊成派跟推動這個方案的派系之間可能因此存在著某種交易或協商。

然而，事有分輕重，拒絕這項交易的閣員或官員想必不在少數。從週刊誌搶先揭發這一連串內幕的跡象看來，政府內部一定有人在得知這項計畫的第一時間就向外界透露，而且還不只一人。』

鏡頭重新回到攝影棚內。男主持人手裡多了一塊字板，正對著鏡頭。

「這是憲法第二十一條的內容。」

日本國憲法　第3章　國民之權利與及義務

第21條　1、保障集會、結社、言論、出版及其他一切表現的自由。

2、不得進行檢查，並不得侵犯通訊秘密。

「現在回頭來看，我才發覺媒體優質化法的存在就像是正面否定這條憲法似的。再者，我們可以從近年的國際恐怖事件中得到一個經驗，那就是恐怖主義的目的在造成社會的混亂和恐懼，使其自我束縛——這也是危機處理專家的意見。假使真是如此，政府今天為因應敦賀核電廠事件而不惜扭曲國家的憲法、犧牲憲法所保障的國民權利，是不是就等於向恐怖主義低頭了？這項決定，將使日本成為先進國家中第一個向國際恐怖組織屈服的國家。」

女主持人接下去說：

「對於媒體優質化法的成立過程，各方至今仍存在著許多疑惑。諷刺的是，卻是在這一次的核電攻擊意外之後，我們才得到了這個自我反省的機會，重新思考媒體優質化法之孰是孰非。」

就在這時，鏡頭外好像有人在叫女主持人。只見她轉過頭去，從桌面下接過某樣東西，然後重新坐正，對著鏡頭說道：

「各位觀眾，我們接獲一份通知。」

男主持人倒是一臉平靜，對這份臨時收到的「通知」顯得不為所動。

「就在剛才，本台收到媒體優質化委員會發出的傳真函。由於本節目今日的報導內容不適當，將自明日起處以二十四小時禁播的處分。」

說著，女主持人將那張傳真紙對著鏡頭展開，鏡頭立刻予以特寫，清楚照出列印在紙面上的高壓措詞和「法務省：媒體優質化委員會」等字樣。

「因此，本頻道原定在明天播出的各項節目，將於禁播處分解除後恢復播出，往後的全時段及節目內容也依次順延。造成收視觀眾的不便，本台謹致上最誠摯的歉意，懇請各位觀眾多多體諒、包涵。」

女主持人深深低下頭去，鏡頭再轉向男主持人。

「同時，本日的媒體優質化法暨恐怖攻擊事件報導因故中斷，後續的系列報導將由未受禁播處分的任一友台頻道在明天接著播出。還請觀眾朋友花點時間，搜尋頻道及節目，並歡迎您持續追蹤。」

兩名主持再一次低頭致歉，然後若無其事的換到下一則新聞話題。

＊

繼D台的現場節目做開路先鋒後，每天都有一家主要電視台遭到全日禁播處分。一日一頻道的輪流停播期就這麼開始了。

打開遭到禁播處分的頻道，觀眾只看到那一百零一個靜態畫面，顯示著「受媒體優質化委員會之禁播處分，本日之全時段節目恕無法播出」字樣。一整天都是如此。

報紙和雜誌的電視節目表就此失去了預告的意義。觀眾要收看被延期的節目，這下子得自己去查找新的播出時段。電視台雖然在官網設計了一個異動節目檢索系統來因應，仍然平息不了民眾的抱怨之聲。

然而，這個以接力方式持續進行的優質化法系列報導，卻讓各家電視台的收視率直線飆高。很快的，不只是東京地區的主要電視台，地方的主要及次要台、區域台，甚至是有線電視網也都加入了這場接力賽，頓時讓這場電視圈的混亂與優質化法追蹤報導演變成全國矚目的焦點。

再者，看在驚人的收視率和話題性上，各節目的廣告贊助商大多表現出支持的態度，並且認為此舉能贏得觀眾的好感。僅有極少數廠商表示不滿，或要求撤除廣告。

「我想看的連續劇都在換時段，傷腦筋。」（二十三歲，上班族，女）

「那一台有孩子愛看的節目，能不能專為這些節目弄個避難用的頻道？」（三十二歲，家庭主婦）

「還要重新找節目是滿不方便的，不過我覺得很奇怪，現在在接力報導的這些內容是優質化法可以取締的嗎？」（二十一歲，專校生，男）

「我覺得接力報導講的那些內容都很正派啊。報導這些資訊竟然也有錯，我實在搞不懂。反而讓我覺得優質化法根本是作賊心虛才去取締他們的。」（四十六歲，上班族，男）

「我要看的電視都找不到啦！別再搞這種接力報導了啦！」（二十歲，大學生，男）

「我覺得接力報導的內容只是普通而已，沒想到這樣就會被優質化法取締，可見之前的電視節目做得多小心啊。」（十七歲，高中生，女）

「現在就屬追蹤那個接力報導最好玩了！」（二十二歲，大學生，男）

「反正官網都查得到節目異動，電視台乾脆繼續玩下去吧。最好能把那個昭和時期的黑箱作業也挖出來公開，那才叫厲害。」（三十三歲，上班族，男）

「我是當麻老師的書迷。他們不可以這樣斷送老師的寫作生涯！」（五十五歲，上班族，男）

「當麻老師的作家生涯若是因此結束，誰知道別的創作家或言論家哪一天會遇上同樣的事情。我可不要自己喜歡的文學家跟音樂家落到這種下場。我堅決反對優質化法！」（二十七歲，上班族，女）

「不過，這次的核電恐怖事件就是因為參考當麻藏人的書吧？那也只好稍微限制一下他的表現自由……啊，沒有說一定是參考那本書？是哦，犯人死光了沒辦法確認啊。嗯，可是相似到那種程度的話……是吧。」（二十四歲，無職，男）

「還是恐怖攻擊比較可怕……我覺得取締作家也是沒辦法的事。」（十八歲，高中生，女）

「說來丟臉，我以前對媒體優質化法從來不感興趣。我又不愛看書，你們講的當麻藏人出事，我也覺得跟自己無關，現在看到媒體這樣挺身捍衛新聞報導的使命，我才頭一次發覺，原來那個優質化法居然是一條把社會搞得這麼混亂的法律。我覺得有點慚愧。」（六十七歲，無職，男）

一連串的街頭訪問之後，電視畫面出現了某個人物，郁立刻叫道：「來了來了！」於是隊員們紛紛走來圍在特殊部隊辦公室的電視機前，唯獨手塚板著一張臭臉。

畫面中的人正是手塚慧。他在這一天的接力報導中應邀為客座評論。

「喔——果然很上相啊。不愧是你老哥。」

玄田在手塚的肩上拍啊拍，沒注意手塚的臭臉多了一分惱怒。

「跟我又沒關係。」

「啊呀，這種公關形象也是很重要的。看你哥頭面整齊的，稱職得很。」

玄田自己講自己的，根本沒在應手塚的話。這段牛頭不對馬嘴的交談，聽得郁和柴崎都噗嗤笑了出來。

『今天，我們請到法務省的檢閱反對派顧問，「未來企畫」的會長手塚慧先生來到節目。手塚先生，歡迎您。』

『您好，請多指教。』

手塚慧向主持人欠身致意，態度和眼神都流露出十足的沉穩。

『我們今天的主題是探討媒體優質化法與檢閱的正當性。手塚先生，您對這方面的看法是……』

『首先，我們必須強調的是，日本的憲法並未允許任何形式的檢閱。憲法第二十一條的第二項就明訂「不得進行檢查」，只是後人引用判例，將檢閱的定義狹義解釋為「事後的檢閱非屬審查」，這才為優質化法的檢閱找到了開脫。然而，它牴觸了第二十一條第一項的「表現的自由」，這一點是無庸置疑的。姑且先不談修憲問題，單就媒體優質化法本身來看，它的確是完全違反憲法的一條法律。這項法律能夠成立，實在談不上是常態。』

『但就現實問題而言，媒體優質化法已經存在，也實施了這麼多年。』

『那麼就只有追溯到三十三年前，去推敲當時的黑箱作業了。不過，就關東圖書隊從「情報歷史資料館」接收過來的資料，我們去看當時的優質化法案報導，可以發現推動法案的人士主張以擁護人權為目的，著眼點並不在於檢閱或言論箝制。可惜的是，當時提出的草案不夠完善，造成許多檢閱和言論箝制的空間——當然，現在已有許多學者質疑，認為這些空間是人為預留的。』

『那樣不完善的法案，為什麼會被通過，發展成今天這種局面呢？』

『若說是派系的推動，跟法案本身的利益就脫不了關係了。』

『利益關係？』

『站在政府的立場，擁有一個合法取締不當言論的機構是對自己的方便。這麼好用的執行單位自然不可能不附帶特權，有了特權就有利害關係。這個法案在當時是強行表決通過的，它顯然有闖關的價值。但要說到法案的實際成立，卻不能不歸咎於當時的媒體風氣和社會大眾的政治冷感。』

『這樣的指責很嚴厲呢。』

『那個年代的媒體相當嗜血，聳動的事件一件接一件地爆料，後續卻沒有適當的追蹤，對於報導造成的傷害也完全不反省、不檢討。司法當然無法坐視，也無法不懷疑。我聽說，真正基於人權訴求而支持這個法案的大多是司法相關人士，媒體圈卻是大難臨頭還不自知，甚至沒有人看出這個法案的危險性，當然也就沒有人站出來呼籲了。那段時期，媒體最喜歡追逐的就是政治家醜聞，不過現在也有人對此抱持著陰謀論，認為那是故意用來讓媒體轉移焦點的。最後則是社會全民的漠視，這是壓垮駱駝的最後一根稻草。這些條件統統有利於法案的推動，讓反對派無法施力。』

『法案通過的結果就是……』

『就像剛才的街頭訪問，最後那位先生的意見非常貼切。優質化法也好，檢閱也好，只要不影響到自己、不干擾到自己的生活空間，民眾就不會有切身的感受。然而，當大眾傳播媒體真正「不顧忌」優質化法而實踐報導自由時，卻被逼到不得不用這種接力報導的方式來做。電視是最能影響社會輿論的媒體，這一次能夠無懼於優質化委員會的處分，為觀眾呈現這些報導，我認為是一項非常了不起的壯舉。你們讓社會大眾知道，一個存在著優質化法的社會長成了什麼德性。』

『不敢當。』

『在這場報導接力賽開始之前，恐怕社會上有很多人都不知道，所有的電視廣播媒體、出版社或零售書店等等，其實是沒有檢閱對抗權的。』

『目前擁有檢閱對抗權的只有圖書館，是嗎？受「圖書館的自由法」保障？』

『是的。這項法案當時也受到優質化法成立的壓力，所以它的保障範圍只侷限在圖書館。法條本身則可以隨時用增訂實施細則的方式去補足，藉由這種拿武斷來對抗武斷的權限衝突，只是希望至少能守住出版的自由。話說回來，對當時的反對派而言，這項法案想必是他們百般無奈之下的妥協結果——反對派本來試圖訂立新法，用來與優質化法的「全媒體監視權」完全抗衡。』

『這條新法若是成立，到今天會如何發展呢？』

『相反的兩個法案因對立而互相抵消，或許就此歸零。遺憾的是，媒體優質化法成立在先，法案支持者的監視嚴密，而圖書館法屬於既有行政法，不在支持者的警戒範圍內。』

『新法沒能成立真令人扼腕，明天本台也被禁播了。』

『可惜「圖書館的自由法」保障範圍不包括通訊傳播……說起來都是敵人——啊唷，我怎麼可以把他們說成敵人——優質化委員會眼明手快，早在優質化法成立的同時就訂下一條施行令，害我們無法插手。』

『哎呀，真是太可惜了。』

主持人與手塚慧相視一笑，接著就進廣告了。

＊

「這人很適合做公關宣傳嘛。」

看著電視，玄田不住點頭。

「不過呢，最大的功臣還是妳。」

他邊說邊往身後的折口看去。折口也不客套，大大方方的點了個頭。

「也算啦。說起來還是事態夠嚴重，這才喚醒了所有媒體的危機意識。圈內的反彈也沒有預期那樣嚴重，或許大家都覺得現在是對抗優質化法的唯一機會吧。優質化法反對派的勢力在政壇和政府機構內抬頭，好像也有推波助瀾的效果，否則他們跟穩健派只是各自為政，氣勢也營造不起來。現在能夠把他們整合在法務省的勢力下，靠的主要還是手塚哥哥的本領。要是沒有他帶頭整合，我想媒體的連動也不會這麼快就形成。」

折口的評語實屬公正，手塚卻仍是一臉悶悶不樂。

「你幹嘛，這是你哥的功勞，你就老實承認嘛——」

郁拿手指頭戳他，他竟不高興的拂開她的手，罵她「很煩」。

在郁看來，手塚慧和圖書隊——包括跟弟弟之間的對立關係得以消弭，單純是一件令人高興的事，可是手塚本人似乎還存著複雜的心情。

「當麻老師最近怎麼樣？」

折口問道。堂上便答：

「我們安排他住回宿舍的客房，原則上每天都有警衛守在他的隔壁房間。當麻老師的事情公開之後，防衛部調了足夠的人手過來支援，所以警備上輕鬆多了。老師府上的警備班也不必排得那麼緊。最近還讓他家人前來見面，帶些換洗衣物或個人用品之類的，他自己好像也比較能專心寫作。」

「以前他還開玩笑說，要是能在圖書館隔壁工作，不知有多輕鬆？想不到竟是在這種情況下實現心願。」

「我們在客房裝了第一圖書館的終端機，他在房裡就可以檢索館藏，要什麼書就叫隊員馬上去拿。這陣子的警衛好像都變成兼任秘書了，只是每天換不同的人。」

附帶一提的是，郁從來沒被叫去拿書過。據周遭人的意見，是她找書太慢了。

「剛才跟他打照面時，我看他精神不錯。好像沒什麼壓力？」

「是啊，應該是習慣這邊的生活型態了。我們宿舍只在用餐和洗澡時段上有規定，沒有其它的限制，也不干預他的作息。至於事件本身對他的精神壓力，我們就不得而知了……」

「老師這個人哪，個性裡有些地方也滿超脫世俗的，只要讓他有東西可寫，他就不會有事啦。他還說這次是個難得的經驗，這會兒說不定正在詳細記錄呢？」

這時候，電視上已經播完優質化法暨恐怖攻擊事件的接力報導，並在明日禁播處分的道歉啟事後，接著報導下一條新聞。

「當麻老師的案子幾時開庭？」

聽得玄田這麼問，折口答道：

「下禮拜。搶搭上新的審理系統，也可以拿來當個話題。」

折口所說的新式審理系統，指的是去年，也就是正化三十三年才開始採行的專家審理系統。針對民事訴訟和行政訴訟——尤其是行政訴訟中的國稅通則法，法院將指派具相關專長的專任法官，希望藉由專業和分工來大幅縮短審理期。

「材料已經收集充足，關注度也夠了，下禮拜還可以在優質化法系列報導裡加進當麻老師的官司案。開庭之後的後續號報導又可以讓大家接力好一陣子囉。」

「嗯，走勢不錯。」

看見玄田一派得意的頷首，隊員們都笑了起來。

＊

打從傳媒開始在圖書基地附近採訪，優質化特務機關就不敢再那樣明目張膽的佈眼線了。此外，要把當麻從基地裡綁出來是愈發不可能，優質化隊員對基地的監視也就少了。

儘管如此，圖書隊卻沒有因而鬆懈，仍舊在出入口嚴格警戒，加強基地內外的巡邏。

不過，在當麻的保護任務不再是個機密後，圖書特殊部隊恢復了原先輪休制度。只是在緊急狀態尚未解除的狀態下，隊員外出時都得報備目的地（住在家庭宿舍的已婚隊員也不例外）。

明天就是堂上班的定休日。快下班時，小牧在辦公室對堂上說：

「堂上，我明天要外出。」

「去哪？」

「應該不會去到太遠的地方，頂多是吉祥寺或三鷹一帶。我只是去看毯江而已。」

「哦，你去吧。記得去行動預定表上寫一下，寫個大概就好。」

聽著他們的談話，郁對著自己迷迷糊糊寫成的日報告咕噥了一聲「真好」，聲音小得沒人聽見。

電影只好延到下次了。

不知能不能算是約會的那次出遊被迫中斷時，堂上曾經這麼說過。

還說下次再各付各的。

他還記得當時的約定嗎？郁根本問不出口。現在外出既要報備地點又要公開寫上行動預定表，要是兩個人都寫同一個地點——誰寫得下去呀？同性友人或公認的異性哥兒們倒罷了，上司加下屬又非親非故的一對男女在定休日同進同出，保證被大家活活調侃到死。堂上對這種玩笑又是厭惡至極。

要是由我告白，勝算有多少？郁發現自己居然在想這種八字都沒一撇的事情。

我喜歡你，請跟我交往。

主動突擊好像還滿順理成章的，可是——郁不由自主的抱頭。腦中浮現的後續畫面沒有一個是樂觀的。

她甚至覺得堂上會用「……然後呢？」反問她，而且還面無表情！

從客觀面思考，她卻又覺得對方至今也出現過許多頗有遐想空間的言行舉止，好比不久前才發生的那次「黑暗中的十指交握」。她是下意識的扣上指頭，但對方也回應了。

事情要是發生在一般正常情況下，一般人就可以理所當然的抱持期待——偏偏發生在我身上的時候總是綁著一堆特殊狀況！

那些舉動是別有用意，還是單純的長官安撫下屬？就憑郁的經驗值，她實在無從區別。

「喂。」

被堂上一喊，她嚇得雙肩一跳，這才發現小牧已經不在辦公室裡。行動預定表上工工整整地寫著「定休：武藏境內～三鷹一帶」。

「我要在妳的日報告上蓋完章才能下班哪！」

「呃、對不起，馬上！再一下下就好！」

郁趕緊趴下去繼續填她的報告表格。

算了算了，先擱在一旁吧。反正當麻的事情還沒告一段落，現在也沒閒工夫想這些。

「我寫好了。麻煩教官！」

交出日報告，堂上還是檢視過一遍才蓋下印章。

「那我先走了！」

「哦，妳走吧。」

於是郁走出辦公室。就在帶上門的那一剎那，她聽見堂上像在自言自語：

「下次……可能要很久以後了……」

這話顯然不是講給郁聽的。她也不可能把快關上的門再打開來質問他。

那你幹嘛這樣？選這種時機搞這一套！尋我開心嗎？

內心罵得狠，郁還是關上了門。

不過，如果他說的「下次」是指電影的事，那就不會再牽連特殊狀況了。說不定那會是第一件可以讓人稍微有所期待的事情。

＊

向警衛亮出通行證後，小牧走出了側門。

不經意地抬頭看去，挨到了門沿上的櫻樹枝已經染上點點粉紅。這是櫻花即將綻放的前兆。大概再過半個月，小小的花苞們就會一齊舒展成春天。

已經到了這個時節啊。他想著，背對櫻花邁步走開。

接力報導的開始是在女兒節前，一轉眼已經過了三個星期。當麻的護衛任務也執行了兩個月左右，在這段時間裡，他跟毬江幾乎沒見上幾次面。

『抱歉，要忙一陣子。』

任務即將開始前，他發了這麼一通簡訊過去，毬江也只回過一次。

『我知道，你自己小心。』

兩人偶爾會在圖書館一帶巧遇，卻也只能匆匆一笑，連講話的時間也沒有。毬江去年高中畢業之後重考了一年，今年考取了她的第一志願。聽覺障礙同樣影響到她在補習班的高三溫習，以至於應屆當時擠不進志願學校的最低錄取分。家人說毬江原本有意降低志願標準，但想到大學生活的聽障生福利措施，她便決心寧可重考也要一搏。

毬江順利上榜的事，小牧也是聽自己的母親在宿舍留言才得知的。於是他勉強抽空發了一通道賀簡訊過去，毬江也有回覆。他們之間很難用行動電話聊天來傳情達意，當時他卻是忙得不可開交，實在沒法去看她。

慶祝的事就這麼擱著了，但毬江一句埋怨的簡訊也沒有。

這下子倒不知要拿什麼臉去面對她了。小牧又想，忍不住苦笑起來。

不知不覺間，小牧在毬江家的定位已經有了微妙的轉變。毬江的母親以前總要把小牧先留在玄關閒聊幾句，如今已不太這麼做了。小牧打過招呼後，直接就到二樓毬江的房間去。

他先前就講好會在這個時間到。響亮地敲了敲門，房門馬上就開了。

「抱歉，好久不見。」

小牧忍不住先道歉，卻見毬江笑著搖頭。

「我知道你們很忙。你平安就好。」

才兩個月沒好好見面，毬江看起來更有大人樣了。不知是不是小牧自己的心理作用，知道她從四月起即將是大學生，而且已經年滿二十。

「現在比較能喘口氣了嗎？」

「嗯，算是。只是還不能隨意休假，定休外出時也要報備地點才行。」

小牧說著，走到床鋪坐下。毬江則把書桌前的椅子拉過來坐，沒有挨到他的身旁去。

見小牧盯著自己看，毬江歪了歪頭。

「怎麼了？」

「沒有……妳變懂事了，我講的話都有聽進去啊。」

毬江有點臉紅的笑了笑。她明白這是什麼意思。

「我只是想，我不該再為這種小事使性子了嘛。一個這麼關心我的人，我怎麼可以讓他煩惱呢。」

她邊說邊提起頸間掛著的銀色小哨子。小牧把那哨子送給她之後，她大概就一直掛在身上。

是啊，有得煩了。她長大了。

小牧淺淺地笑著點頭，只覺心緒複雜。

「接力報導引起好大的迴響哦。我的觸角不廣，不過鄰居都一天到晚在聊這個話題，我爸在公司裡和客戶往來時好像也都會提起優質化法的事情。而且他還說，他感覺反對優質化法的人佔壓倒性多數呢。跟接力報導之前比，連署簽名的活動變得好踴躍、好熱烈，現在還分成兩個不同的主題，一個是要求重新檢討優質化法，另一個是抗議當局壓迫當麻老師。還有，除了到連署攤位上去簽名，聽說他們也接受郵寄和本人E-mail的網路簽名件。我們這個地區的簽名攤位，在吉祥寺跟三鷹的車站前都有設。」

毬江講得十分起勁，內容則大多是小牧已經知悉的。連署活動重現生氣，和「未來企畫」躋身簽名受理單位不無關係。

外界不知道「未來企畫」曾經改變組織方針，只知道它現在是圖書隊的外派單位，並且與中央機關的檢閱反對派勢力直接聯手，因此增添不少信賴感。既有「未來企畫」的號召力，又打出「簽名便利性」訴求，最後就發展成全國性的連署活動了。

當然，被玄田喻為「適合做公關」的手塚慧上電視，影響也很大。

「但是檢閱贊成派也有反擊，說反對派的意見是偏鋒，限制當麻老師寫作只是反恐政策下的一時之計。他們發了傳單，還有宣傳車在街上演講。」

說著，毬江從書桌上拿起幾張紙，交給小牧。打開一看，原來是檢閱贊成派的文宣。文宣的內容都是擁護審查的言論，在接力報導仍舊持續的現在，已經不具有說服力了。

「是我爸拿回來的，我就跟他要了來。圖書隊裡應該也有就是了。」

圖書隊當然得盯緊敵人的一舉一動，但看在她為自己盡心的這份心意，小牧覺得十分感激。

「還有，這些都是我在考場拿到的。是學生發的反優質化法傳單。」

毬江接著取出一個L型文件夾，裡面塞得很滿，全都是不同版本的宣傳單。大部分的內容雖明顯有學生式的偏激和稚拙，至少在熱忱上遠遠凌駕於贊成派。

「我走不到太遠的地方去，所以只收集了這些。」

毬江縮了縮頸子。

「不過，優質化法反對派的連署跟演講氣氛都很熱絡哦，回應的人也很多。我之前跟我媽去買東西時就跑去簽名了，旁邊還有好多人排隊呢。」

「謝謝妳，幫我調查了這麼多。」

許久未見，毬江先聊起的卻是小牧的工作，可見她不再是個孩子了。

「以後上學沒問題吧？」

「嗯，那間學校有推行課堂筆記輔導和志工服務。」

「這樣啊，太好了。那今天真該好好慶祝囉。」

也答謝妳這麼關心我的工作，小牧暗暗在心裡加了這麼一句。自知生活圈狹小的毬江都能感受到社會上起了大變化，可見圖書隊的戰略確有成效。

「妳有沒有想要的東西？」

其實小牧有個屬意的禮物，只是不想一廂情願的逼她接受。

便見毬江低頭思索了一會兒，然後怯怯地看著他：

「那個……不知我該不該開口要這種東西……我想要一個戒指，不用很貴的沒關係。大學錄取之後，我去學校聽了幾次筆記輔導和殘障專用設備的說明，常常在校內遇到男生叫我……我把助聽器秀給他們看，他們大多會客氣的跟我道歉，但每次都這樣，心裡總是不太舒服。」

說著說著，毬江又低下頭去。

「所以我想，左手無名指戴個戒指，也許可以減少這種狀況。」

「太好了，我本來想送的也是這個。」

「真的？」

聽到小牧這麼說，毬江抬起頭，表情一亮。

「嗯。妳畢竟是個大學生了，我開始想送個別人一看即知的東西給妳。」

「我好高興！高中的時候看到同學跟男友戴著對戒，我都好羨慕呢。」

毬江脫離高中生身分也不過是一年前的事，聽她講起來倒像是很久以前似的。小牧不禁覺得有趣。知道她一心一意的想追上來，他很願意為這份努力加個見證。

脫下了高中生的制服，今後的毬江再也不會被看做一個孩子。而她也將走入大學校園，進到一個比從前更寬廣的世界。在那個新世界裡，小牧希望他們之間的情意能時時刻刻繫在她的指間，不知道算不算是一種任性。

「好，那我們就買對戒吧。」

「可以嗎？」

毬江的聲音馬上高了八度。在她而言，一枚戒指已經算是厚著臉皮要求的，「對戒」就更不敢想了。

卻見她隨即露出擔心的表情。

「可是對戒比較花錢耶。」

「我們接下來又會有好一段時間不能見面，前陣子也疏於跟妳聯絡，就算是慰勞兼鼓勵吧。況且……」

他在毬江的額頭上輕輕一戳。

「我可沒有亂花錢到要讓一個二十歲的女生來擔心。」

知道是自己操心過頭，毬江不好意思的吐了吐舌頭。

「那我們到吉祥寺的伊勢丹商圈去找吧。不好意思，沒辦法跑太遠。」

毬江開心的應了一聲，隨即起身去拿她常穿的白色外套。他們本來就約好要出門，所以她早就準備好了。等她穿好外套，小牧也跟著起身。

「媽——我們出去囉——！」

在玄關處這麼喊完，毬江走到屋外。兩人並肩走著，自然地牽起了手。

*

晚春的三月末，櫻芳初綻。

街上行人的裝扮仍以羽絨衣居多的這一天，當麻對媒體優質化提起的行政訴訟在東京地方法院正式開庭審理，案由是：受憲法二十一條保障的表現自由遭到侵害。

正常情況下，地方法院只會指派一名法官來審理，這次由於案情複雜，所以決定由三名法官召開合議庭。

原告為當麻，被告是媒體優質化委員會，但雙方都只由訴訟代理人出席，就實質上而言，等於是優質化法反對派與贊成派之間的司法對決。

當麻提出的舉證有二，包括優質化特務機關企圖綁架他的事實證據，以及超過十數萬人簽署的聲援文件。在口頭辯論時，原告方陳述該施行令允許限制執筆或逮捕等處分，係侵害國民的表現自由，且由於條款違憲，不應具備效力，同時主張依循此施行令的處分皆屬違法，並請求取消處分。

至於被告的媒體優質化委員會，則以敦賀核電廠事件來指稱當麻之著作的危險性，主張執筆限制處分是考量公共福祉才不得不採取的措施，並不是違憲之舉，且強調他們是接獲官邸對策室的命令，希望與當麻本人協商寫作上的自律問題。

有新的審理系統輔助，審判進行得很有效率。在這段期間，接力報導仍持續吸引著國民的目光。

就這樣，櫻花季結束，葉櫻的季節到來——任誰都沒有預期到新式審理系統竟有這樣高的效率。

法院的判決是：原告敗訴。

就在許多國民的憤慨中，當麻的辯護律師團決定提出上訴。

*

「雖說行政訴訟的原告勝訴可能性本來就不高……」

來到特殊部隊辦公室的折口嘆道。

「可是這個問題牽扯到違憲了呀。天啊，真沒想到這麼快就判了個敗訴。」

「剃頭店事件時至少還判個和解……」

郁也覺得沮喪。

她說的是香坂大地和東京都理容生活衛生同業公會向媒體優質化委員會提告的那件案例。所謂的和解判決，則是優質化委員會同意降低「剃頭店」一詞的違規性，並且承諾未來取締時會先詢問公會的意見。

照樣跑來露臉的柴崎顯然不甘心，咬了咬大姆指的指甲，接著問道：

「是不是已經在準備上訴了？」

「當然。」

折口點頭道。

「只是第一戰就挫敗，大伙兒的心情振奮不起來。」

「老師還好吧？」

郁問道。折口搖搖頭：

「唉，難免會擔心啦。今天剛好他太太跟兒子來看他，就讓他們一家人聚一聚吧。我想律師已經跟他說明過了。」

「喂，我哥沒講什麼嗎？」

手塚問話的對象當然是柴崎。

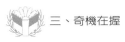

「有啊，他說政壇開始出現順應民意的大搬風。不過，有些派系還是堅持贊成優質化法，甚至也有政黨反而整個投向贊成派了。優質化委員會就是靠那些政黨派系撐腰，三十多年來早就把法務省變成了妖魔大本營，所以神通廣大得很。司法界也是那批人的地盤之一，地方法院的法官早就被他們處心機慮的安插了贊成派的人馬，特別是跟優質化法有關的行政訴訟時，一審就可以整垮對方。」

「見鬼，什麼神通廣大？他還誇對方啊。」

「好啦好啦，用詞的小細節而已，幹嘛計較。」

柴崎白他一眼，繼續說道：

「優質化法的反對派是最近才開始抬頭的，而且又是在你哥哥的呼籲下才整合，現在聲勢雖大，實際能發揮的空間卻還是個未知數，而且他說他的錦囊妙計都是被動出擊居多。他現在已經在盯最高法院的合議庭人事了，希望至少能搞到贊成派兩人、反對派兩人、中立派一人的小法庭，起碼公平一點……照他這個說法，恐怕這次上訴也不樂觀？」

「萬一弄成大法庭（註：「小法庭」為日本最高法院的合議體制，由五名法官組成，最少三名。「大法庭」亦同，但由最高法院全體十五名法官組成，最少九名，負責審理憲法爭議、判例牴觸等重要案件）審理怎麼辦？」

折口的疑慮其來有自。案子要是演變成釋憲爭議，最高法院確實有可能召開大法庭。

柴崎聳肩道：

「手塚慧說，那就聽天由命囉。萬一人家真的動員了十五個法官來審理，我們也只能祈禱他們能判這案子確實有違憲爭議了。」

手塚慧雖然善於鑽營，到這裡畢竟是鞭長莫及。做弟弟的大概也覺得無話可說，便只是沉著臉不吭氣。

「規模鬧大，優質化法贊成派也一樣不好動手腳了，不是嗎？敵方應該也希望事情能在一般合議庭就收場吧。」

小牧插嘴道。堂上答腔時，一面打開電視：

「當事人的心情固然受到打擊，但照以往的慣例看來，我猜支持者的情緒反而會因此更激烈。」

他在各頻道間搜尋著今天的接力報導台，一下子就找到有關這場判決結果的新聞。畫面上出現的是街頭訪問。

「這結果讓我有點難以置信。」（二十五歲，上班族，男）

「國際間要拿我們看笑話了，唉。」（四十二歲，上班族，男）

「憲法保障國民權利，地院竟然做出踐踏憲法的判決，除了司法腐敗，我不知道還能怎麼想了。」（二十一歲，法學部大學生，女）

「搞不好我們快要變成社會主義國家……該不會已經是了吧？你看看這個判決嘛……」（二十八歲，打工族，男）

「我覺得這判決太不公允。」（五十一歲，自營業，男）

鏡頭切換，女主持人將麥克風拿到一名年輕男子的面前，畫面下方打出的字幕是「連署活動協辦人　太田潤一（二十六歲）」。

『太田先生，關於這次的結果……』

『唉，實在是無話可說，但我們絕不能就此放棄。這次的判決結果形同國家對人民表現自由的壓抑。以往是我們自己不去關注這種無形的箝制，人民是該反省沒錯，但今天是國家在操作這種制約，國家要負起更大的責任才對。現在不只是當麻老師一個人的問題，而是我們全民的問題了。連署活動還在繼續進行，我們期盼更多有心的民眾都能來參與。』

下一個畫面列出了受理簽名件的所有單位，鏡頭接著回到了攝影棚內。

鏡頭一換，手塚的臉色又沉了下去，因為攝影棚內出現了手塚慧。手塚慧起初只是以特別來賓的身分上電視擔任客座評論，後來憑著豐富的知識和鮮明犀利的辯才，以及那一副玄田口中的「上相」外表，如今竟成了這個系列報導的常客。

「……三天兩頭上電視，曝光得這麼囂張，他倒是不怕被優質化法贊成派當成箭靶啊？『未來企畫』以前跟贊成派掛勾是事實，萬一被揭穿，反而給反對派扯後腿了。」

「擔心起你老哥啦？」

聽得玄田語帶消遣，手塚吹鬍子瞪眼。

「我是怕他害到我們！」

「放心吧。決定合作時，我們雙方都亮過底牌了。要是優質化委員會敢拿掛勾的事情來攻擊你哥，你哥會打一張讓優質化法當場垮台的底牌。他之前喊著要花幾十年去瓦解優質化法，可不是打馬虎眼而已。」

「那是怎樣的王牌……」

見手塚沒吭聲，郁只好自己開問。

「手塚慧已經知道優質化法成立時的黑箱作業是怎麼回事了。包括是誰、什麼目的，還有用什麼手段讓那個亂七八糟的法案通過的。」

「那他為什麼不公開啊！」

手塚不滿的叫道。

「早點公開就不必打這些無聊的官司……」

「這樣說好了，那張牌就跟核彈差不多，要是打出去，半徑五百公里以內寸草不生。優質化法會死得很難看，但是你哥跟圖書隊、還有現在的政治圈和內閣也都會跟著賠葬。世上有些內幕是碰不得的，一碰就見光死。永田町（註：國會議事堂所在地。首相官邸、參眾兩院首長公邸和各政黨總部也都在此處）的內幕多到根本是處處地雷，而你哥的手裡現在就握有其中一枚核子地雷，所以優質化法陣營不敢在檯面上動他。手塚慧現在把這枚核彈放在可靠之處，一旦他出了事，核彈自會引爆。他敢上螢光幕亮相卻到現在都還沒被人暗殺，就是因為留了這一手。」

「暗殺」——玄田說得若無其事，周遭的空氣卻都凝結了。

「……圖書隊知道這個核彈的內容嗎？」

發問的是堂上。

「不知道，恐怕連稻嶺顧問也沒聽過。我們圖書隊自己都不是靠什麼光明正大的手段創立了，這枚炸彈要是不小心引爆，圖書館這個機構的存在意義都會受人質疑，其下設置圖書隊這回事就更不用說了——哎，這也是手塚慧的表面說辭啦。反正爆炸的結果就是兩敗俱傷或大家死光光，這種內幕還是不知道的好。話說回來，多虧手塚慧手上的核彈，這場審判勉強還可以玩出一點公平性。」

現在最關心手塚慧的健康和安全的，應該是優質化委員會跟優質化法贊成派吧。

玄田如是說完，不懷好意的笑了起來。

「也可以說，就是因為這枚核彈威力太大，他當初才想用『圖書館的自由法』的退讓來避開短程手段。如今之所以轉換方針，手塚慧本人說是被聖女貞德擺了一道。」

眾人全往柴崎看去，卻見柴崎在那兒裝傻微笑。

電視裡，手塚慧已經在跟主持人對談。

『手塚先生，這一次的判決……』

『就算不至於「不當」，至少也是偏頗的。』

『所謂的「偏頗」該怎麼解釋？』

『媒體優質化委員會的說詞是「在恐怖行動完全查明之前的暫時性措施」，沒有切出它的期限，所謂官邸對策室發出的命令書，上面也沒有提到具體的期限。那我們說得極端些，這個「暫時性的措施」可以是十分鐘，也可以是一年、甚至是十年以上都有可能了？從媒體優質化委員會過去的強勢作風看來，他們不把這個期限當一回事的可能性非常之高。

更何況，冷戰時期結束，恐怖組織網絡世代來臨，要「完全查明恐怖行動」是不可能的，任一個專家都知道這一點。沒有人能用一場恐怖攻擊行動就查出它的目的和主謀者。當代恐怖組織的目的都在使國際社會的功能失調，至於他們的目標在哪、為何而鎖定，那根本是沒有道理可循、查明了也不具意義的。恐怖組織網絡要開始吸引國際關注時，每一個可能聚焦的國家都是他們的攻擊目標，而日本也是其中之一——這個理由就夠充分了。今天是日本頭一次「輪到」，如此而已。

恐怖組織網絡並非擁有正式編制的組織，而是一個分散的集團，各自屬於不同的民族，各有不同的目的與手段，彼此間只是互換某種程度的協助。面對這樣一個自由隨興的組織，我們卻說要完全查明它，簡直是貽笑國際。警察、自衛隊和維安組織都曾經指出，比起硬體上的損失，恐怖集團的目的更在於心理上的打擊，造成社會的混亂和恐懼，使國家自亂陣腳，自我束縛。

若是如此，那麼，儘管面對核電廠攻擊的威脅——』

手塚慧停頓的那一刻，鏡頭瞬間拉近。

『屈服於恐怖主義、變更民主政府所維護的憲法，無疑是正中恐怖分子的下懷，也將見笑於國際社會。而今天這樣的判決，說是為「表現的自由」宣判了無期徒刑也不為過。』

「滿分。」

手塚慧的講評結束後，玄田如是評道。下一段節目開始報導優質化法陣營的消息。

接力報導開始不久後，電視台也開始為優質化法陣營製作系列節目，表面上是為了平等報導兩陣營的主張。儘管是上最能影響輿論的電視媒體，優質化法陣營卻擺不出他們拿手的強硬姿態，發言人像個軟腳蝦也似，從頭到尾都在兜藉口。

要是斷絕電視的往來，等於放任優質化法反對派一人獨勝，所以他們只好勉強擠些東西出來報導，明眼人當然看得出。可憐的是，就算是街頭訪問，得到的也淨是「恐怖行為太可怕，這麼做是無可奈何」之類的意見，連一個全面肯定優質化法的回響也沒有，難堪至極。

接力報導的出現，讓優質化法的處境愈來愈窘迫。

優質化法陣營的報導放在手塚慧的單元後播出，徒然愈顯失色，眾人便只是任電視開著，沒再去看它，同時開始了閒聊兼會議也似的討論。

「要是對方為『暫時性的措施』定出了日期，我們是不是應該要有個對策？」

手塚問。玄田搖頭答道：

「他丟什麼期限都只是緩兵之計，好讓他將來一延再延罷了。我們的目標只能有一個，就是完全勝訴。」

剩下的二審跟三審有贏面嗎？

「反正贏不了就打手塚老哥的底牌，半徑五百公里炸光光。」

玄田的說法有些自暴自棄了。

「整個夷為平地重新起步，搞不好還好一點。」

「唉唷，律師團正在拚命努力避免這個結果，你別現在就搞末日戰爭啦。」

折口苦笑。

「一審跟二審的目的本來就只是把敵人逼上火線、穩固我們自己的立場而已。現在輿論情勢確實已經昇高，到最後應該有機會反敗為勝的。」

只不過，勝算要是真的夠大，「應該」一詞就不必加上去了。

*

二審在梅雨季時做出了判決。

有人說判決內容比一審稍有進展。的確可以這麼說。

被告主張的「在敦賀核電廠恐怖行動完全查明之前的暫時性措施」，於二審判定為「五年內」。

這樣的判決結果是個進步，輿論也為之沸騰，但圖書隊的士氣卻反而比一審時更消沉。

因為事情果如玄田所料：五年的這個期限，勢必成為拖延戰術的開端。

媒體優質化委員會向來是很有耐心的，他們會一延再延，等到輿論退燒為止。這是他們的拿手好戲。到那時候，優質化法反對派的熱度還能不能吸引政壇和輿論的目光，都是個問題。

而且，現在的問題也不限於當麻。聲援當麻的團體已決定拿媒體優質化法的正當性來開刀，目前也有某機構打算整合這些團體並共同提起民事訴訟，而這場訴訟將公然質疑媒體優質化法的違憲性。

法院方面的態度擺明是息事寧人。當麻的辯護團仍不服判決並決定再提上訴，但已經有民眾認為高院判決結果可以接受了。民眾不知道媒體優質化法的內幕，當然會這麼想。

手塚慧在法務省內部的布局雖然徹底，反對派勢力的整合卻是最近的事，彼此之間的默契還不夠，仍有不少地方無從發揮。

相較之下，優質化法的贊成派在這三十多年來合作無間，整體勢力和默契自然略勝一籌。案子送到最高法院後，他們頂多把「五年」的期限縮短成三年或兩年。可是，要讓輿論徹底知曉媒體優質化法的偏差，我方不能損失任何時間。

「趁接力報導還能聚焦的時候，真想做點什麼……」

玄田喃喃道。他現在幾乎整天都泡在基地裡，拿部隊訓練用的機器做復健。

手塚慧雖然已是優質化法評論界的頭號名嘴，也還在很有毅力地宣傳媒體優質化法違憲的矛盾點，卻怕太深入而觸發了那枚「半徑五百公里內炸光光的核彈」，以至在措詞和說法表現上好像煞費苦心。

「好！三審判決出來之前都當作是敗訴，我們現在來訂定對策！」

因此，圖書特殊部隊全體集合來開會，還特地選在柴崎與折口有空的時間。部隊眾人約略知道柴崎如今已是主管們的傳令，對她的出席紛紛表示歡迎。

而且笠原實在太沒女人味了。這是大伙們的附加意見。

「報告！我有問題！」

見郁舉手發問，玄田大手一指，立即道：「放馬過來！」這呼來喝去的活像在練習相撲。

「這些對策不是高層應該思考的嗎？」

「高層當然也會思考！但由我們第一線的人員主動提出，有時反而可以給他們適度的刺激。讓那個死腦袋彥江司令主持會議，他只會做出不知變通的決議啦！」

「稻嶺顧問也將參與會議，我想他會在這方面求取平衡……」

緒形提出異議，卻見玄田不耐煩的揮揮手。

「彥江司令上台後的主管人事已經明顯倒向行政派了，就算稻嶺顧問在場，會議也不可能多麼有彈性。所以我們要殺進去支援。」

坐在郁的隔壁，面容沉痛的堂上只是一個勁兒的揉眉心，還不忘叮嚀她「不准照單全收」。郁都不是菜鳥了，自然沒有傻到會把玄田的暴言當真，便嘟著嘴應了一聲「我當然知道」。

不如在判決下來之前，主動撤銷告訴吧。

在三審進行時，提出優質化法違憲的行政訴訟如何？

不然叫稻嶺顧問去申請國家賠償，因為他已經不是圖書隊員了，家裡還遭到非法入侵。

要不要把當麻老師的戶籍遷到圖書基地，一家人住基地內的家庭宿舍？

乾脆把當麻老師變成圖書隊員算了。

眾人都是想到什麼就說什麼，討論到可行或不可行的階段時，才由柴崎打內線電話去問法務部。就這樣一次又一次的問，從還算像樣的意見到愚蠢透頂的問題都有，不堪其擾的法務部大概也覺得今天是個災難日。

熱熱鬧鬧討論過一輪，大家自動進入中場泡茶模式。堂上班都支持在三審期間提起優質化法違憲訴訟案，是基於香坂大地的剃頭店事件曾有前例，公會提起的訴訟頗有程咬金之效。

那麼，再由稻嶺顧問同時提起國家賠償訴訟，不就再多一個程咬金？堂上和小牧兩個人很認真的討論起來。

聊這事完全派不上用場的郁，只能在旁邊喝茶當聽眾。聽著聽著，她隨口說道：

「要是最高法院都不願意保護表現的自由，當麻老師乾脆逃去別的國家算了。」

周遭忽地靜下來時，郁還沒有注意到。

直到發覺自己的喝茶聲大得嚇人，她才抬眼去看——

「唔喔？」

屋子裡的人全都在看她。

「呃、咦，我怎麼了嗎……」

堂上的兩手重重放在郁的肩上。

「……妳給我再說一次。」

「呃，我說了什麼不對的……」

「沒關係，妳再說一次。」

堂上的眼神好嚴肅。

「對、對不起，我也不知道怎麼了，不過我道歉啦！」

「我又沒有生氣，只是叫妳再講一次——！」

「你現在根本就已經在生氣了啊啊啊——！」

小牧介入了：

「堂上，你這樣是在逼供。」

堂上這才退下，換小牧笑容可掬的來問：

「來，妳剛才好像說了什麼？當麻老師怎麼樣？」

「啊……」

完蛋，我是不是講錯話？小牧的笑容溫和，可是這麼多人的注目禮很嚇人，尤其是堂上的眼神好恐怖。仔細一看，連柴崎跟折口都是。

「對、對不起，是我太輕率。我只是隨口講講，沒有想太多，呃——」

「隨口講過的話，要妳再講一次是有多難啊？妳這笨蛋！」

堂上急了破口大罵，郁只好硬著頭皮回答，心想這下子要被全隊叱責了。

「對不起，我覺得我好像是說最高法院的判決不理想時，就叫當麻老師逃到國外算啦！」

一口氣吼完的她縮起腦袋，等著堂上的鐵拳。不料卻聽見玄田語帶笑意的說：

「這倒是今天最好的點子。」

「了不起！妳那滿腦子漿糊居然能想得出來！剛才幹嘛吞吞吐吐——」

堂上的表情完全一百八十度大轉變，還開心的搖著郁的肩膀。耳邊聽著這毫不吝嗇的讚美，郁可是眼淚都給嚇了出來。

既然覺得我提的是個好主意……

「為什麼你偏要那樣兇巴巴的逼問我——！」

「是你不對，堂上。」

小牧此話一出，周圍的隊員都異口同聲的說：是啊是啊，害得堂上更悶。

「就算是我不對，女人會在那種情況下揮拳打人嗎？拳頭耶。」

在那一聲抗議的同時，郁的拳頭精準無比地擊中了堂上的左頰，臉是當然腫了。

「堂上二正，換毛巾。」

手塚拿來冷毛巾。堂上接過來敷在臉上，冰涼感刺得他眉頭一皺。

「你知道是自己態度不好，不過你誇人家時的用詞也有問題呀。」

折口的語氣倒有點兒開玩笑似的。

「既然是讚美，怎麼可以講人家『滿腦子漿糊』呢。」

「而且你那種問法是真的很恐怖。」

小牧敲邊鼓道。堂上只好喃喃為自己辯解：

「我只是沒想到笠原會提出那麼高明的點子。」

「哎，的確像歪打正著就是了。」

小牧的評語一貫冷靜。

「可是打中就是打中啦，部下是要靠讚美才會成長的。」

一個在會議上表現總是不成材的部下，如今竟有出人意料的好提案，做長官的興奮過頭才是合乎人性正常的反應吧？堂上暗暗在心中不滿，卻不敢說出口，免得又被同事們砲火圍攻。

他抬眼朝隊長室瞄去，見房門還是緊閉的。郁正在裡頭接受柴崎的安慰，她受到的委屈可比堂上大多了。

「你還太嫩啦——」

玄田無聊地翻著手中的報紙，扯著宏亮的嗓門在那兒大呼小叫。

「不管怎麼說，在笠原的情緒平復之前，是沒辦法開會了。總不能撇下這位大功臣，我們自己討論吧？你趁這段時間去買個蛋糕什麼的哄哄她，連大伙兒的一起買。」

「什麼——？全部？」

堂上下意識的一喊，馬上就不由自主的臉紅了——我今年幾歲了，還叫得跟個菜鳥一樣。

他頹然地往桌上一趴，手塚竟不識相跑來。

「我知道她們喜歡的蛋糕是哪一家的哦。我可以陪你去買。」

「……一個多少錢？」

「啊，那一家就是好吃又便宜，所以她們才喜歡。不會超過四百圓吧。」

可是一次要買五十幾個，將近兩萬圓。

「等一下——我不愛吃甜的，可不可以買鹹的給我？仙貝或鹹酥餅之類的。」

「可以要和果子嗎？」

這幫人居然下起訂單來了。堂上索性死了心，對著七嘴八舌的隊友們大吼：

「要蛋糕的舉手！其他統統只有綜合仙貝！」

抱著一盒面紙，郁在隊長室已經哭成了淚人兒。

「為什麼……為什麼人家每次都會出拳……」

「唉唷——我覺得這次不是妳的錯啦。我們在旁邊看也嚇了一跳，他的口氣突然變了嘛。」

「可是女人家還用拳頭揍人～他會怎麼想啊，會不會恨死我～～」

「安啦，這樣就恨妳，那妳早就被恨到死透了。妳對他的暴力前科那麼精彩，你們交手的第一次還是從一記背後飛踢開始的呢。」

「啊啊啊，天啊！那一次！」

柴崎的客觀刺得郁又痛又窘。

「我倒覺得，在那種情境下出拳才是妳真正的價——應該說真髓。女生邊哭邊打人都是呼巴掌的，但那就老套啦——拳頭才好笑，好笑才有臺階下嘛。妳的諧星天分會自動找到平衡點，不用擔心。」

「那種天分我才不要！」

柴崎眼睛一轉，湊近了問道：

「倒是妳能想到那個起死回生之計，我才覺得真是奇蹟呢。」

「……那點子真有那麼好嗎？」

郁到現在都還摸不著頭緒。她剛才提出的主意到底哪裡偉大，沒人向她解釋。

「可好了。哎，搞不好妳一輩子就這麼一次奇蹟，這會兒出現得太是時候了。」

妳要誇獎人也不用講成這樣，柴崎。

「大家都只想著如何靠國內法決勝負，妳那個主意一下子就加進了國際感啊。」

「國際……妳說逃到國外嗎？」

「是啊。我們是標榜民主的國家，今天有個德高望重、曾被警察和防衛省聘為危機管理講師的作家說：『日本不能保障表現的自由，所以我想流亡海外。』然後就跑到其他民主國家去——日本的國際地位就一落千丈囉。更何況，媒體優質化搞審查的事情，早就被先進國家批評為『像社會主義制度的產物』了，人家外國只是不便干預內政而已，一旦真有作家因優質化法的迫害而被迫逃亡，那事情就不一樣囉。我想，願意提供政治庇護的國家不只一個，各國也會卯起來抨擊『為什麼民主國家的作家要受到民主政府的迫害，以至於不得不拋棄國家？』優質化法鐵定站不住腳的。」

「可是——可是……」

郁這才為自己的發言感到戰慄。

「辦得到嗎？從民主國家流亡到另一個民主國家。」

流亡到政治體制不同的國家是時有所聞，但日本施行的可是民主主義。

「不試試看也不曉得。」

柴崎答得乾脆。

「不過，先進民主國家對社會主義式的制度都抱持著反感，當麻老師根本也不是罪犯，就算是跟我們簽有引渡協定的美國，可是比我們還看重自由精神呢。假使作家是為了這種理由而逃過去，我不相信他們會乖乖把人送回來。」

既無前例，只有試了才知道，但這種做法的結果非常值得期待——大概是這樣。郁想。

「國外的報紙偶爾都會拿我們的媒體優質化法來作文章了，有的還罵得很慘，把日本說成是民主國家兼社會主義國家的『雙面人』。蘇聯是解體了，民主社會對社會主義還是滿敏感的，這一點到今天都還沒變。我想國際輿論對當麻老師一定是百分之百同情。」

之後只是手續上如何協調的問題罷了。

柴崎做出結論時，隊長室響起輕輕的敲門聲。

「請進——」

聽得柴崎擅自應答，郁慌忙地拿面紙再擦擦臉。探頭進門來的堂上帶著一臉歉意。

「心情好點沒?」

「是，那個……」

對不起我揍了你——郁正想這麼道歉，堂上已舉起手來制止她。

「抱歉，是我不對——妳什麼都不用說。」

柴崎興味盎然地在一旁看著兩人對話。

「就……外頭有妳們愛吃的蛋糕，出來吧。笠原，讓妳先選。」

「耶！那我第二個選。」

柴崎馬上開心地歡呼，卻被堂上擋下。

「第二個是折口小姐。客人優先！妳排第三。」

「什麼——？我花了這麼多時間安慰被你弄哭的笠原耶！」

堂上已經擺了低姿態，郁當然惶恐從命，不敢拖延，免得柴崎繼續捉弄下去。

＊

「哇——！」

單調的辦公桌上，四個最大尺寸的蛋糕盒裡裝滿了各式各樣精緻的小蛋糕。旁邊還有兩大盒綜合仙貝，大概是為不愛甜食的隊員所準備的。

「好棒哦，好像作夢。」

郁看呆了，心想憑自己的薪水絕對買不下手。然後她驚覺起來，看著堂上。

「呃，這些……」

不等堂上回答，玄田豪邁的大笑起來：

「處罰啦，處罰！比減薪好吧！」

「不好意思，教官，那個——」

「沒關係。妳要哪一個？」

堂上好像真的受到了教訓，這會兒還拿著紙盤及塑膠叉在旁邊等著，打算幫她拿蛋糕。

「呃，那……」

想了又想，郁選了上面有麝香葡萄與櫻桃的雙層慕斯。

堂上笨拙的挪來挪去，最後只好問她「玻璃紙留在上面沒關係吧」，這才勉強將那一塊蛋糕移到紙盤上。

折口選了法式巧克力蛋糕，柴崎則選輕乳酪蛋糕，堂上都一一幫她們拿取——弄得滿頭大汗。然後他兩手一攤，投降似的喊道：「剩下的全部自己弄！」

「什麼嘛，你不幫我們全部的人拿嗎？」

「這要花上老半天！」

於是隊員們朝蛋糕和仙貝一擁而上。叫堂上端蛋糕根本是鬧他的，這些大男人一個個都用手直接抓了精巧的蛋糕就往嘴巴裡送，外層的玻璃紙也只用手隨便揭開。

「你們是沒看到這邊有盤子跟叉子嗎！」

堂上不由得抗議，卻被前輩隊員們頂了一句：「男人吃蛋糕，誰跟你用那麼秀氣的東西！」害他也不敢回嘴。

「算了算了，我來用吧。」

「那我也來用。」

小牧和手塚顯然是在給堂上面子。就在這時，玄田又大呼小叫了起來：

「根本一口就沒了嘛。」

「那是隊長你嘴巴大！你可不可以至少品嚐一下！」

堂上不滿地抗議。

「有啦有啦，我有吃到草莓味。」

對方的回答則一如暴君。

「好，現在笠原心情好了。」

玄田用這樣的開場白宣布會議重開，堂上的臉色比郁更尷尬，頭也垂得更低。

啊——搞不好我把他害慘了。郁如是想著，心情竟然開朗了些。

「折口，流亡的提案，當麻老師怎麼說？」

「我剛才只向他提了概念而已……他對拋棄國籍這件事有點猶豫，說如果可以保留國籍就不反對。老師的外語能力本來就很好，也常為了取材而出國，假使是英語系國家就沒有溝通上的問題了。他自己還說，他本來就想過晚年時要帶著太太搬到國外去住，現在就當是計畫提前……大致是這樣。再來就是跟家裡的人商量吧。」

「嗯，流亡海外的方案可以當成假動作，先引起國際輿論的關注，也許不必真的逃出去。日本對來自海外的政治壓力最不擅應付，這個案子又容易引來社會主義化的疑慮，我想美國會第一個跳出來喊話。」

聽到這裡，郁想起手塚慧曾經對她說過的話。

日本內鬥，外國也不便干涉，畢竟這是地區性的紛爭，純屬內政問題。

實際上我們槍砲也用了、內戰也打了，以一個民主社會而言還挺丟臉的。

他的話若是屬實，那麼流亡的事就算只是嘴上說說，恐怕都會掀起非常強烈的國際責難。歐美國家對人權話題原本就極端敏感，當一個作家受國家迫害而不得不選擇流亡一途時，只會引來更大的關注。

「要是能好好利用，也許還能縮小優質化法的權限。」

自己的一句無心無思之語，竟演變成如此驚天動地的發展——郁現在只覺得滿腦子錯愕。

「先去向國際圖書館聯盟請求協助吧。不管逃去哪裡，先讓我們自己的機構去探探消息，往後跟大使館談起來才順利。」

國際圖書館聯盟（ＩＦＬＡ）一如其名，是一個國際性的圖書館聯盟，全球約有一百五十餘國參加，日本當然也是其中之一。聯盟的總部設在荷蘭的海牙。

「馬上去請日本圖書館協會替我們取得聯繫總部的管道，順便列出有可能提供政治庇護的國家名單。手塚，能不能請你直接跟協會長聯絡？我希望盡量縮短程序。」

「好的。」

手塚立刻起身離座，走到屋外。

「居然搞到要請求ＩＦＬＡ的協助。」

郁不自覺地喃喃道，卻見堂上苦笑。

「這案子可是妳發起的呢。」

她紅著臉低下頭去。郁沒想到事情會弄得這麼大條。

「我們之前不曾為了優質化法的問題，而向ＩＦＬＡ請求協助嗎？」

「ＩＦＬＡ雖是聯盟，總不可能有干預國際事務的實權，就像日本圖書館協會不能介入圖書館營運一樣。而且這個聯盟是民間團體，圖書館內部的問題或許還可以插手管一管，優質化法的問題牽涉到國家法律層面，他們不太可能做這種跨國協助。基於『圖書館與知識自由的相關聲明』，ＩＦＬＡ時常向我們表達遺憾之意就是了。」

說到這裡，堂上的表情一斂。

「可是，若是這種形式的協助，我想應該請得動他們。妳的主意很好。」

「謝謝誇獎。」誇獎的人和被誇獎的人，彼此都不敢看著對方。

手塚回座後，他們加緊擬定計畫，最後決定採用流亡海外和同步另起訴訟的組合方案。流亡海外一事可以只是虛晃一招，另起的訴訟則有兩案：一是優質化法的違憲，二是稻嶺的國家賠償。

「那我現在就去提交——」

柴崎很快就打好了提案書，走出辦公室。

「今天的提案結果，本次會議全體人員都要負保密義務，尤其是流亡案！」

玄田宣布散會。一場原本頗有無頭蒼蠅氣氛的會議，就這樣很充實的結束了。

「那，上面怎麼說？」

「喔──愛得要死呢。」

晚餐吃完，郁和柴崎在寢室聊天。堂上班在會議後就去進行訓練課程，郁一直等到現在才有機會問柴崎提案時的感想。

「結果我說是笠原的提案，彥江司令當場臉色複雜。」

「為什麼要複雜……」

「還不是妳跟他們行政派之間的那段孽緣。」

不用說，就是郁受「未來企畫」陷害時的那場調查會。

「仔細一想，妳跟好多人之間都有孽緣呢。」

「別講得好像我行為不檢似的。」

「話說回來，手塚慧跟我們合作時好像承認妳是被他陷害的，所以這次的提案功勞會反應在妳的考績跟評等上唷。妳今後只要別捅大漏子，洋菊一朵是跑不掉的。」

初聽此言，郁一時還沒反應過來。

「意、意思是我會升三正？」

「明年之內有希望。之前昇遷考試時，妳還哭著說：『以後我們階級差遠了，也要繼續當好朋友喔～』現在高興了吧？妳可以跟我們一起升職啦。」

這女人對她自己和手塚的昇遷，倒是一點兒也不懷疑。郁只是一個勁兒的喜不自禁。

好棒──萬歲，我追到了──追上八年前的堂上教官。

也許到那時候，我就敢說出口了。等到我不再是個不成材的部下，等到我有所成長時，也許我就敢對堂上教官表明心意了。

光是想像，臉頰就熱得像火燒。郁連忙換個話題：

「當麻老師怎麼說？」

「哎——人家都做過隱居和移民的規劃了，才不會為這種提案大驚小怪呢。他說就算是玩真的也無所謂，房子可以給兒子住，老婆隨後再接出國就好。」

「他自己都這麼說啊……可是一般人總會有點猶豫吧？」

「才不會。就因為是作家，搞不好他更對日本感到厭倦呢。」

聽柴崎這麼說，郁想起他們在稻嶺家裡聊過的事情。

媒體優質化法成立之前，就有了自律制約。當麻從那個年代就開始寫書，說不定早就受夠了這個大環境。

「當麻老師說，他曾經接過讀者投書，說『瞎子摸象』是歧視用語。」

「那人是白痴呀？家裡沒辭典嗎？」

柴崎的口氣輕蔑已極。

「還是那人想在辭典的『瞎子摸象』解釋下加個第三條：三、歧視用語。根本是為了增加歧視用語而吹毛求疵嘛。要是三十年前就有那種人，也難怪他會不高興了。」

「我怎麼覺得妳比人家還惡毒啊。」

「這妳就錯了，笠原。」

柴崎替郁在馬克杯裡加熱茶。

「我不是惡毒，是受不了他們的正義。」

＊

所謂的「流亡」方案，其實應該稱為移民或遷居，處理程序上也跟移民沒什麼分別，但是隊上刻意要用「流亡」來稱之。這是基於意志上的訴求，期望能藉此號召國際輿論。

ＩＦＬＡ的答覆是，除了總部所在地的荷蘭，許多會員國也主動表示願意協助當麻的流亡，只是某些國家的駐日使館規模較小，負擔吃重，因此只好剔除於名單外。事實上，的確有國家以使館規模為由而拒絕。

連帶考慮當麻的意願，他們篩選出下列國家的大使館：

・荷蘭

・瑞典

之後是英國、美國等等。

「荷蘭是第一順位？」

玄田叉著手臂問。緒形便答：

「荷蘭大使館其實也不大，但是各方面條件齊全。離最高法院最近的是英國大使館。這個名單是以當麻老師的意願來排序的。」

緒形和堂上班已在幾天前到大使館集中分布的二十三區跑了一趟，實地勘察過。萬一在三審做出侵害表現自由的判決，緒形和堂上班將秘密帶著當麻趕往大使館。

為了在判決當天確保各種報導和逮到當麻，優質化特務機關必定會動員支持者參與旁聽，所以現場會擠滿了人。特殊部隊的計畫是，由穿著戰鬥服的隊員保護一個假當麻往正門的人群開路，緒形和堂上班則乘機帶著本尊開溜。

堂上班之所以分派到這個任務，主要是因為班裡有女性成員。敵人說不定料想女隊員不會被派去在人潮中當隨扈，他們就反過來利用這種心態賭一把。堂上等人當天會扮成事務官，因此全都要穿西裝打領帶，並且為防萬一，郁要穿褲裝加一雙能跑的鞋子。

在此同時，當麻的聲援團體也向法院提起優質化法違憲的民事訴訟，並且很快的進入了審理程序。

「既盡人事，但聽天命囉。」

坐在難得淨空的辦公室裡，緒形對玄田如此說道。玄田卻是一臉不悅。

「盡人事個頭啦。」

他忿忿啐道，表情像個賭氣的小孩。

「啊？」

「我的復健來不及啦。」

緒形忍不住噗嗤大笑。

「你現在還想上前線啊？」

玄田被散彈打得體無完膚也不過是半年前的事，靠著復健能坐回指揮臺，已經是不得了的奇蹟。

「您老行行好，冷靜點吧。不要又害折口小姐擔心了。」

「雞婆，我們的事用不著你多嘴啦。」

玄田的賭氣裡多了一絲懊惱，聽得緒形暗自好笑。

就在三審緩慢進行之際，梅雨季過去了。

知道手塚慧將在當天傍晚的接力報導節目露臉時，還沒下班的隊員就會和玄田一起守著辦公室的電視機。堂上班也是其中之一，而柴崎也常常來參一腳。至於手塚，他向來是事情做完了就要下班的人，但柴崎和郁總是半拖半哄的把他留了下來。

手塚慧的表現活躍，他們兄弟之間的對立關係也漸有緩和的趨勢。只是做弟弟的執著於過去的心結，始終不肯老實承認。兩個大女孩知道他的心思，看著便覺得有趣。

事實上，手塚也總是任她們挽留。他若是執意要走，不要說身形嬌小的柴崎攔不住了，就算是郁，他也會把人家撞飛然後自己跑掉的。

當麻事件在進入司法程序後，依舊和恐怖事件報導並列為兩大頭條。但隨著民眾對恐怖主義的了解漸漸深入，話題的重心也就逐漸傾向當麻的官司案了。

『那麼，在下一段節目中，我們將請到評論家手塚慧先生……啊？是!?』

女主持人驚愕的捂著一耳，應該是在聽耳機裡傳來的聲音。

想起攝影機還在拍，她趕緊清了清喉嚨，迅速瀏覽剛剛才拿到主播臺上來的紙條，極力保持聲調鎮定：

『應邀到本節目擔任講評的手塚慧先生，剛剛在本台大樓前遭到歹徒持凶器……持刀襲擊。』

「怎麼回事……！」

手塚猛然站起時弄倒了椅子，發出好大的聲響。

「手塚，坐下。你擋到電視。」

離電視機最遠的玄田冷冷下令道。

「看電視就知道怎麼回事了。不要吵。」

郁膽顫心驚地扶起椅子，柴崎則扯著手塚的袖子拉他坐下。

『因此今天的來賓……啊？』

沒能流暢地唸完臨時稿，其實不是主持人的錯。

『我來遲了。』

因為手塚慧大步走進了攝影棚，出現在鏡頭前。

『手、手塚先生？您不是被送進醫院了嗎？』

『可能是誤傳。我的確遭到歹徒襲擊，但是圖書隊派來的保警非常優秀，所以我毫髮無傷。倒是其中一個保警在抓人時受了輕傷，現在已經送到醫院去了。』

呼……還好……

聽見手塚的方向傳來一聲嘆息般的低語，堂上班和柴崎都不做任何反應。手塚大概沒想到別人會聽見。

一串單調的來電鈴聲接著響起，手塚立刻掏出手機貼在耳旁。

「是……爸。嗯，有看。應該——好像沒事。」

瞥見手塚的手機，郁歪頭不解。咦，那不是柴崎的手機嗎？

沒講幾句，手塚就掛掉了電話，又將手機放回口袋。電視節目的主持人已經開始訪談，郁也就沒再注意了。

『我們收到最新消息。歹徒是三十多歲的男性，是優質化法聲援團體的成員。』

『就憑這件意外，我想大家也可以了解到媒體優質化法是什麼樣的一條法律了。』

手塚慧適時地插嘴道。無論出席哪一個節目，他總有本事讓攝影棚在一瞬間變成他自己的舞台。

『當麻老師的聲援團體也好，優質化法反對派也好，都不曾有人像這樣襲擊過優質化法贊成派人士。他們只是默默的收集連署、在街頭演說、發傳單，尋求民眾的理解。那麼優質化法聲援團體呢？只要有人不利於優質化法，他們就用這種手段去恐嚇。半年前的茨城縣展就是如此。媒體優質化委員會在全國各地都有這一類的聲援團體，相信各位觀眾都很清楚。』

「還好意思說……他自己又好到哪裡去。」

手塚的口氣恢復一貫的不爽，可見已經冷靜下來。

「不過突發事件的聚焦效果最大。」

玄田如是評論完，繼而命令緒形：「跟防衛部問問今天的保警是誰。送個慰問狀過去。」緒形遂依言走向最近的電話。

「只不過……優質化贊成派應該不敢對手塚慧輕舉妄動，不是嗎？」

堂上指的是手塚慧手中握有的「核彈」。

「我看，八成是不知事情輕重的基層組織意氣用事。這個現行犯搞不好連人帶團的整個被滅口，戶籍也動動手腳，清潔溜溜。」

「隊長，你說得太乾脆了，好可怕……」

聽見郁含蓄的抗議，玄田仍舊是一派乾脆的應道「不過是事實嘛」。

手塚慧的單元結束時，手塚起身走出了辦公室，柴崎也跟了出去。

郁也站了起來，想了想卻又坐回去。

不知是不是剛才瞥見手機的關係，她隱隱約約覺得，現在應該讓他們兩個獨處才好。

「來。」

借出了好幾個月的手機，手塚在伸手接下前還是猶豫了一會兒。

他只跟家裡說這陣子的手機要暫時改成柴崎的號碼，並沒有告訴手塚慧。每次都要透過柴崎，他才肯勉為其難的跟哥哥講電話。

「他應該已經出攝影棚了。你用你自己的號碼打過去，我想他應該會高興？」

見手塚還不肯接過去，柴崎便轉身背對著他說：

「隨便啦，反正我也可以鉅細靡遺的向他描述你剛才的反應，他聽了也一樣會高興就是了。」

「笨蛋，不要啦！」眼看她打開了手機就要按鈕，手塚緊張地一把搶了下來。柴崎放手得極乾脆，他馬上就明白自己被耍了。

看著液晶螢幕上顯示著哥哥的電話號碼，手塚重重的靠在牆上，然後滑坐到地上。柴崎的裙襬就在眼前不遠處飄轉。她大概是想走開。

「留下來。」

柴崎停下了腳步。「好是好，放手吧？這料子很會起縐的。」卻是一貫現實主義的女人。

按下撥出鍵，他數著鈴聲。中途漏了號重數，在數到三時，哥哥接聽了。

「喂，我是手塚慧。柴崎小姐？」

聽他問得理所當然，手塚莫名微惱。

「……我啦。」

「光！這種情況下認錯人真開心啊。你是不是擔心我？」

你就是這樣厚臉皮才討人厭啦！手塚在心中暗罵。但再想到乍聞手塚慧遇刺時那一瞬間的震驚和心悸——遠遠大過了這份厭惡感。

「我是不認為你會死啦。爸也擔心你。你真的沒受傷吧？」

「是啊，我沒事。防衛部的保警水準很高的。」

「廢話。」

「我現在要去看受傷的保警，看完了再回去。」

「這也是廢話。」

「嗯，也對。」

想不出要說什麼，手塚的目光隨便游移，中途和柴崎對上了眼。這女人，接吻了三次也沒改變態度。手塚不覺得自己已經贏得對方的心，也不覺得自己的心屬於她。現在這女人正歪著頭，好像在打量自己。

「……沒死就好，你給我小心點，不要自己死一死搞到機密外洩。」

手塚慧在電話那頭快活的笑了起來。

「我知道這是你現階段最大限度的關心了。謝啦，你自己也保重。幫我跟柴崎小姐問好。」

丟了一句「誰管你」，手塚掛掉了電話。把手機還給柴崎時，卻見她吃吃笑了起來。

「……不錯嘛，令人會心一笑的手足交流呀。尤其是弟弟這邊的。」

「妳很煩耶，閉嘴。」

「唷——是你求我留下來的，這什麼態度。」

「柴崎。」

待柴崎回過身，手塚拋出一記反擊。

「妳講話有時候好像歐巴桑。」

「你……過分！太過分了！我這樣你也敢說像歐……！」

礙於自尊，後面的話她實在講不下去。

看著柴崎氣呼呼的跺腳，手塚只扔下一聲「謝謝」就往更衣室走去。看樣子大概是不打算回辦公室了。

「咦，手塚呢？」

發現柴崎一個人回來，郁便問道，不料柴崎竟咬牙切齒。

「那個狼心狗肺的東西跟他哥相親相愛的講完電話就滾蛋啦！完畢！」

「妳、妳幹嘛這麼兇。你們吵架啦？」

「沒有！我跟手塚可沒有感情好到可以吵架！」

氣成這樣明明就是有吵架嘛。只是現在的柴崎好可怕，郁實在不敢講出來。

*

雖有當麻和優質化法的衝突，隊裡的工作並沒有因此停擺。

就在日復一日的常態事務中，時序進入了夏季。

今年的夏天氣候異常，每個週末都有颱風直撲關東。

就在今夏最大的颱風在關東登陸的那一天，最高法院的判決下來了。

四、直搗黃龍

＊

一早就下起傾盆大雨，低垂的雲幕宛如緞帳，阻隔著不肯讓天氣變好。

莫名的巧合下，今天的接力報導輪到了當初開播的第一棒，也就是D電視台。

最高法院前早已擠滿了各家記者，一場採訪情報戰方興未艾。

『最高法院的判決剛剛出來了！好像是出來了！上午十點，判決出來了！』

風還沒有颳起，雨滴彷彿就已經強勁得可以打斷傘骨。以雨色為背景，男記者站在畫面的一端吼叫著。他不得不這麼做，否則雨聲會掩蓋過他的聲音。

這場轉播只有玄田一個人待在特殊部隊辦公室裡觀看。特殊部隊全體出動，就連防衛部的人手也統統調去支援了。當然，折口也在採訪的最前線。

待在大後方的壓力原來這麼大。玄田心想，愈發痛恨的盯著電視。

來啊，我看你怎麼判？

『最高法院作成判決，將原本的「在敦賀核電廠恐怖行動完全查明之前的暫時性措施」期限改為一年！』

期限大幅縮短了。問題卻不在於期限的長短，期限再怎麼具體，對優質化委員會而言也不具意義。實質上等於是敗訴了。

『此外，判決的補充意見如下：「媒體優質化法之施行令中——經反恐特措法認定之表現者暨言論者，可處以執筆限制處分——之文句，對照憲法之規定，確有疑義。然恐怖行為影響多數國民，造成重大且礙難恢復之損害，故定本案為極端例外，其執筆限制為情非得已之措施，應受容許。唯本案處分恐使圖書館法第四章之施行細則第八條『表現者或言論者向圖書館尋求援助時，館方得應允之』之規定歸於無效。同時，對應媒體優質化法及圖書館法第四章，各自是否合致於憲法，未來恐有必要設立議論……」』

玄田不由自主握緊了拳頭。

補充意見已就現狀盡可能的批判媒體優質化法，這一點也可以算做我方實質上的勝利，因為它將來會是司法界重新檢討優質化法的伏筆。

然而，眼前的這個判決，我方不能妥協。

『最高法院判決就此定案！』

「好，去吧！」

玄田毅然低語。部下們這會兒應該已經出動了。

＊

當麻與律師團走出法庭時，等在外面的圖書特殊部隊隊員立刻圍著他們形成一道防衛牆。在這道人牆外，記者們萬頭鑽動。

在包圍與簇擁下，一行人步向大門玄關。一走出門外，激烈的雨聲立刻將記者們質問的聲音掩蓋了過去。

「我們稍後會在關東圖書基地召開記者會！麻煩各位到時候再發問！」

「對不起，律師團的各位請自行前往基地！」

隊員們揚聲高呼，勉強能夠壓過雨聲和採訪人群的噪音。發自丹田的一聲聲吆喝渾厚結實，顯見鍛鍊的差別。

聽見隊員們的要求，律師團便從這一大群人擠了出去。

大廳外的車道上停著一輛裝甲巴士，隊員們邊走邊喊：「當麻老師請往這走！」同時有人趕上前打開後車門。媒體立刻朝那兒衝去。攝影記者們正急著想拍下最新畫面，沒有人注意到保護牆外的辯護律師團。

看著眼前的混亂場景，律師團中的一人壓低了聲音說道。

「當麻老師，挺胸。駝背的律師反而顯眼。」

某一人立刻挺直了脊背。這人的身旁站了四個人，不露痕跡的圍著他。

四人正是特殊部隊的堂上班成員。他們都穿著素面深色的西裝或套裝，郁也一樣，因此混在辨護律師和助理群之中，一點兒也分不出來。為此，律師團裡特別也安排了幾名女性律師。

「祝你們好運。」

聽著走在後方的首席律師如是說道，堂上班便刻意地不再圍著當麻，逕自往停車場方向走去。他們在車道邊各自撐開雨傘，若無其事地走進大雨中。其他的律師也在這時三三兩兩走向停車場。他們都是自己開車或共乘來的。

就在這時，圖書隊的巴士開走了，記者們的眼光轉向律師團。

「請問您對判決的感想！」

折口毫不遲疑地向首席律師喊道。受她的帶動，幾個別家媒體的記者也跑上來圍住這名律師。

「不好意思，我們在記者會上再談……」

「能不能先透露一點！」

「可是……」

環繞著首席律師，新的採訪問答開始了，自然也沒有人想去追那些溜得快的律師，更何況是那幾個已經走進雨中的。

進入停車場，一逃離媒體的目光，堂上立刻大步走到當麻身旁。

「走快點！」

一聲令下，配合當麻的步伐，四人都加快了腳步。判決既出，優質化特務機關恐怕已經出動來抓人了。

走近那輛深藍色的大型廂型車時，堂上把當麻交給小牧，自己快步跑了過去。拉開滑動式的車門，便見緒形坐在駕駛座上。這輛廂型車也是圖書隊的裝備之一，外表普通，配備有防彈玻璃。車內共有三排座椅，座位則是事前就決定好的。堂上坐副駕駛座，第二排由裡到外是手塚、當麻、郁，出入最不便的第三排則是小牧。

等小牧坐定，郁放下門邊的座椅，然後縮著身子進到車廂同時收傘。只這麼一會兒工夫，她的肩膀跟頭髮就被雨打濕了。

來，這個。郁感激地接過小牧從後座遞來的乾毛巾，先擦頭髮。很快地，就像洗完澡之後的八分乾程度。

「雨好大哦！」

「豪雨嘛。聽說破了降雨紀錄呢。」

緒形邊答邊打方向盤，語調是一如往常的悠哉慵懶。雨刷已經開到最高速，從擋風玻璃上流過的水卻還是像瀑布一樣。

「多虧雨勢夠大，外面看不見車裡的景象，算是老天爺在幫我們……從這裡去荷蘭大使館，是不是先下內堀通？」

「對，從櫻田門轉櫻田通好了。」

前座的兩人討論路線。來自茨城、沒在東京市區開過車的郁聽了也沒概念。只依稀記得上回來勘察時的印象。這一帶好像能看見東京鐵塔。

「是不是往東京鐵塔的方向去？」

她這麼問道，從堂上的頭枕上方探頭向前。

「嗯，對……拜託妳，怎麼可以把頭伸到長官的頭頂上？至少也從側面。」

堂上不悅地抬臉瞪來，顯然不是拜託，而是責備。郁吐了吐舌頭，縮回去說：「對不起。」

「只是你擋著，我會看不到東京鐵塔……」

「這種天氣還看個鬼啊！」

堂上、手塚和緒形異口同聲的叫道。連緒形都來參一腳。

「我現在連前面的車牌也看不清楚，踩剎車的時間都很難拿捏了。」

拜這場豪雨所賜，整體車流量也變慢了，之所以沒塞車，也許是因為路上的車輛根本就不多吧。

在飯倉的十字路口左轉，總算看見了東京鐵塔。經過一排枝葉茂密的行道樹，在第一個紅綠燈口又向左轉，彎進一條小得不像是給車子走的巷子。

這是一條單行道。照郁的記憶，前面就有間寺廟，彎過廟門前會看到一塊較高的地勢，好像是公園還是什麼廣場，旁邊就到了。

可是，就在他們轉彎之後——

「為什麼？」

郁驚呼起來，男士們則是一聲不吭。

大使館前的路竟已圍起了道路修築用的那種路障。

就在路障旁，有個像是職員的外國男性正和一名身穿優質化特務制服的男子激烈地爭吵著。不知他們用的是哪一國語言。

使館職員早一步發現緒形等人的車子，立刻朝馬路的另一頭猛打手勢，示意他們直接開走。優質化隊員們察覺有異時，緒形已經重重踩下油門。

劇烈的撞擊伴隨著一陣金屬聲，應該是路障被撞飛的聲音。優質化隊員們還來不及撲上來擋路，沒有撞到人的感覺。

「禱告吧！」

「禱告什麼！」

緒形吼著。郁不禁問。

「不要有路人突然跑出來！」

雨勢這麼大，萬一有人突然跑出來，他們很難及時注意。所幸也沒什麼人會在這種颱風天出來走路。沿著單行道回到櫻田通的這段路上，只有幾個撐著傘的行人很辛苦地和大雨搏鬥。

車子混入櫻田通的車陣之後，郁忍不住喊道：

「為什麼？為什麼優質化特務機關會跑去？而且是老師的第一選項……！」

她正撫著當麻的背。剛才的急轉彎好像讓他有點想吐。

沒人回答郁的問題。堂上開始撥打手機。

「——隊長嗎？我是堂上。優質化特務機關在荷蘭使館前有佈署。」

靜了一會兒，聽見一聲「收到」，堂上掛掉了電話。

「他們會立刻調查消息走漏的管道，我們聽緒形副隊長指揮。」

「我明白了。」

握著方向盤，緒形沉吟了一會兒。

「老師，我們直接跳過瑞典大使館，直接到最後順位的美國大使館去吧。荷蘭大使館還沒有封鎖完全，可能是因為有使館職員幫忙拖延，不過對方一定早有準備，事先猜到我們會用汽車逃跑。我看優質化特務機關已經完全掌握情報了，要是不趁今天逃，明天所有的大使館都會落入敵人的監視下。我們得冒風險才行，無論如何，一定要在今天之內找一間大使館把您送進去……」

「我知道，麻煩你們了。」

當麻的聲音裡流露著決心。他似乎不暈了，此刻坐得挺直，直視前方。

循著來路往回開，中途左轉離開了櫻田通，緒形謹慎地沿著周邊道路繞行。

不同於荷蘭大使館的巧緻恬適，美國大使館是一棟佈滿反光玻璃的大樓，正門前的星條旗靜靜的垂在大雨中。

在使館周圍的道路上，隨處可見一人用的警察哨，全天候有警官駐守。他們來這裡勘察時只在外圍走動，一接近正門就會有人過來盤問。

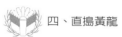

緒形兜了一圈，從溜池山王方向繞回去。大使館所在地是這一帶地勢最高處，使館本身就像個居高臨下的要塞，正門口對著一條三岔路，那兒雖設有檢查哨，但他們已事前連絡過，大門警衛應該會放行。

在使館前的紅綠燈停下，緒形小心的調整速度，讓車子盡量往前擠。一等燈號改變，他們就可以長驅直入。

卻在這時，一輛完全無視號誌和行進方向的大型廂型車竟從另一條路急駛而來，猛然撞上使館的大門，隨即翻覆。除了製造假事故的第一輛車，還有第二輛也從後方接近。

「該死！」

緒形踩下油門，一路硬闖到車禍現場前，卻發現第二輛車的優質化隊員已經早一步下車來了。對方到時八成會向大使館解釋，說第二輛車隊員趕著下車，是為了去救因駕駛疏失而翻覆的前車隊友。

「快點！」

在警用哨亭裡待命的警官對他們大喊。可是，帶著有點兒年紀的當麻，他們不可能跑得夠快，這會兒也已經沒有時間把車子倒回去了。

「車子就丟在這裡！往下坡走，分別從虎之門和溜池山王兩方向逃！手塚、小牧跟我來，我們走虎之門！」

這表示郁和當麻由堂上率領。

「為什麼！我會拖累你們的！請把手塚指派給堂上教官！」

「別囉嗦，照辦就是了！」

被堂上一吼，郁只好下車，匆忙將當麻拖出來。

「現在老師扮妳。妳的身高在這場雨中看起來反而像男人！」

堂上邊說邊抄起座位前的一只公事包，將它斜揹在身上。緒形也揹起一只一模一樣的。小牧一走出車外就拿西裝外套蓋著頭，並且把背弓起來，而緒形則乘機扯開嗓門，以不輸給雨聲的音量——不，彷彿是故意喊給敵人聽的。

「二正！你帶著女隊員回基地去！不要礙事！」

說著，緒形等人領頭衝了出去。手塚意會得很快，和緒形兩人一左一右的攙扶著披蓋西裝的小牧。如此大雨中，任誰都無法分辨哪一組才有當麻的本尊。

「跑快點，士長！」

同樣的，堂上和郁扶著真正的當麻，也開始趕路。

「對不起！請等一下……！」

郁盡情的發揮演技，假哭得幾可亂真。

「有力氣哭還不如跑快點！」

這時候，大使館前的優質化隊員並沒有全部都跑去追捕當麻，不過較多數都往緒形等人的方向跑去了。沒出去追人的可能在等著向大使館解釋。

下了坡道，堂上和郁讓當麻在大樓隱蔽處躲著，自己則在轉角後靜等，然後拿尾隨而來的追兵充分施展他們日常訓練的成果，一點兒也不手下留情。對方大概以為這一組有女人，一對一足可應付，所以只派了三個人來，想不到一轉彎就被人撂倒，不到一分鐘便全數躺平。

緒形等人似乎沒有用這一招，而是繼續逃跑，打算把敵人完全引開。他們豎起了耳朵仔細聽，在滂沱的雨聲中，勉強聽見數不清的腳步聲從馬路的另一頭跑過。

「要走一小段路。溜池山王就有地鐵站了。您還可以嗎？」

聽得堂上問道，當麻點頭。

「短跑太吃力，走路就沒問題了。多遠都行。」

他們到溜池山王站的商店買了雨傘。三人雖然已淋成了落湯雞，但在這種天氣裡出門，不拿傘反而引人注意——反正地鐵站和商店區裡多的是拿著傘卻一身濕的人。

＊

「接下來怎麼辦？」

郁在地鐵售票機前問道。堂上的面色凝重。

「我也正在煩惱。東京都內一定佈滿了眼線……該怎麼回到武藏境才好。」

對方一定在地鐵站沿線有所佈署，想進入基地勢必須要隊上的掩護。看來堂上打算溜過優質化特務機關的耳目，設法尋求部隊保護。

當麻抬頭看著路線圖，神情有些猶豫。

「半藏門站就在英國大使館的旁邊……」

在稍後預定召開的記者會上，流亡一事將會引爆媒體輿論。當麻大概還不想放棄這個計畫吧。錯過了今天，敵人對大使館的警戒就要嚴格起來了，這一點更令他不願意現在就收手。

傳媒不可能永遠被矇在鼓裡。流亡計畫只是為了捅一個名為「國際輿論」的蜂窩，消息要是不能驚動輿論，效果必定大打折扣。也就是因為效果驚人，放棄就可惜了。

在此之前，當麻對特殊部隊的護衛方式從未做過什麼希求。他的個性就是如此，一旦託付就是全權託付。這是他頭一次吐露自己的期望，因此也格外令人重視。當然，當麻也明白眼前的情況。他是不會堅持的。

堂上垂下眼去。身為當麻的書迷，他肯定無法置之不理。

郁不知不覺地握住了堂上的手。堂上吃驚的睜大了眼睛，抬起頭來。

「我們就走一趟看看吧？先探探情況也好。萬一不行再逃……之類的，行不行？」

聽得郁如此建議，堂上將她的手緊緊一握，然後放開。

「好，我們走。難得有精銳隊員替我們誘敵，就這麼逃回去也太無聊。」

在永田町轉乘，三人在半藏門出站，走出了地面。

外頭的雨勢更強了，風也開始颳了起來。三人拿的不是折傘就是透明塑膠傘，一瞬間就被風吹得開花。

大樓後方的巷弄本來就較少人走，颱風天裡更是冷清。

從出口往皇居方向的小巷穿出去，馬上就能看見英國大使館。然而使館區佔地甚廣，淺灰色的外牆上頭還有防盜用的尖刺；從地圖上看，它是一塊貼著首都高速道路平行的長方形區域，寬將近一百公尺，長至少有三百公尺以上。
站在使館區的後側、望得到南角的那條巷口，堂上想了很久。
「我在想要怎麼進到使館區……」
那道外牆雖不算高，但也得借助工具才有辦法登得上去。
「要是有翻牆用的工具就好了……周圍應該到處都設有監視器，一發現入侵者，大使館的警衛就會馬上殺過來。」
「堂上教官，你講話愈來愈像玄田隊長了。」
聽得此言，堂上嫌惡的回頭看郁。
「我只是做最合理的打算。監視器只有大使館的警衛會看見，所以來抓人的也只會是他們，能不能成功全要看他們夠不夠機靈，要說擔心也是挺讓人擔心的。」
不喜歡最終的成敗機率掌握在別人手裡，這一點其實也愈來愈像玄田。郁覺得堂上聽了這話會更不高興，想了想還是嚥回去，改用一個提案來代替。
「我繞到正門去看看有沒有優質化隊員吧。單身的女人比較不容易引人起疑。教官你跟當麻老師就繼續往左邊這條路走，到那一頭的轉角等我。」
聽見郁的提議，堂上面有難色。
「不好，這樣會……」
「保護當麻老師才是第一要務吧？我的臨場判斷能力不足，萬一出事會沒法應付，在這種情況下就該去做斥侯。現在只有我們兩個，分工得要看能力，跑個腿探狀況很簡單，我也做得到。第一步就是在那個路口會合而已，剩下的等我回來報告了再想吧。」

她把話說得有些強勢，便見堂上猶豫著點了點頭。

「那妳聽好，千萬不准做出引人懷疑的舉動。不要在門口站定不動。從頭到尾都慢慢走，能觀察多少就觀察多少。」

叮囑完畢，堂上和當麻一起往使館後方的路轉出去，郁則轉往另一個方向，循著長方形使館區較短的那一邊往前走。

快步走著，不久就來到正門那一側的大道上。使館的這一面有整條的林蔭步道，種有行道樹的部分覆著土壤草皮，與使館外牆之間的空地則鋪設著石板，平時常有人來此散步或蹓狗，今天風雨交加，早已將這兒化成一整灘的泥池塘。老實說，選在這種日子來這裡走路，其實就夠引人起疑了。不得已，郁還是硬著頭皮走上那條石板道。泥水已漫過石板，終歸是淌在泥水裡，不過石板地踩起來總比泥地舒服些；至少女性絕不會選擇軟爛爛的「親土步道」。

她縮小步伐，努力穩住被風雨胡亂吹打的傘（這不是演技，而是真的），試圖走出小碎步來。她知道平時的自己和女人味八竿子打不著關係，卻偏得在這種時候要在舉手投足間流露出「女孩味」，讓她莫名的沒自信。

正門在使館區的偏北處。還有好長一段路。

幾名上班族裝扮的男子與她擦身而過，他們都將手提公事包抱在胸前，上身前傾，大步大步的走。風雨從四面八方襲來，即使顧著方向撐傘也無濟於事。

郁邊走邊打量著各處，總算來到正門前。她的心中忽然緊張起來。因為剛才走過那幾個人都是有拿東西的；穿著套裝卻空著雙手，也許看起來不搭調。郁想，應該去跟堂上教官借他的公事包來用。

不行，走到這裡卻折返會顯得更奇怪。郁打定了主意走過正門前，瞥見門內外果然都站著身穿雨衣的警官。

大使館正門前是一片開闊的石磚地——開闊得甚至有些突兀，卻把使館建築襯出濃濃的懷舊氣氛。詭異的是，一輛明顯不搭調的廂型車就停在那片石磚地上。

果不其然，穿著黑色雨衣的優質化隊員們就在正門邊走來走去。經過那一段路時，郁沒有別開視線，反而裝得像個好奇的路人那樣盯著看，腳步當然也沒停下。不知是不是習慣被人直盯著瞧了，優質化隊員們反而一點兒也沒理睬郁。

任務結束。再來就是跟堂上會合。她耐著性子不走快，保持原本的速度。

才剛通過正門口，風向突然改變了。

「呀啊！」

傘骨瞬間斷掉好幾根。

「討厭啦，真是的！」

心臟怦通怦通的狂跳。她特意發出嬌嗔，一面硬把雨傘收折起來。優質化隊員中，有人把視線投了過來，但只是看了一眼，馬上就沒再理她。

「倒霉透了——！」

將壞掉的傘挾在手臂下，郁用手遮在臉前擋雨，開始用跑的。沒有人追上來。這一幕只是颱風天常見的景象。

堂上和當麻已經在那條路口等了。

「妳的傘怎麼了？」

「被風吹壞了……這不重要。優質化特務機關的人已經佈署了。這裡不行。」

聽到郁的報告，堂上便轉向當麻。

「老師，我記得往地鐵站的反方向有愛爾蘭大使館和葡萄牙大使館，只是我方可能還沒知會他們，因為他們的規模比英國大使館小一點。要不要去那裡試試？」

「也好，反正都來到這裡了。」

徵得當麻的同意，三人便準備離開。卻在這時——

「喂，那邊的！」

從那倨傲的口氣聽來，是個優質化隊員在喊，而且聲音從郁走來的方向接近。難道剛才真的引起了他們的注意？

快速地和堂上換了個眼色，郁轉過身去：

「什麼事？」

「我看妳的傘被吹壞了。這個拿去用……」

穿著雨衣的那人手裡拿著一把透明塑膠傘，邊說邊朝站在郁身後的堂上和當麻打量去。糟糕的是，他朝當麻多看了一眼。

「你……！」

男子把手伸進懷裡，取出了一只無線電呼叫器。

郁冷不防地將壞掉的雨傘奮力扔向那人，一面在心裡道歉。

抱歉。雖然你好心的替我送傘來，但我跟你卻是敵對的！

一見那名優質化隊員退開，堂上立刻拉了當麻的手往窄巷裡跑。眼前得先躲過剛才那人的追蹤，因此他在第一個交叉路口就轉彎，往九段（註：東京都千代田區地名）的方向狂奔。見十數公尺前方又有一個十字路口，於是再往左轉。

若是在他們會合的那條路，那麼朝著地鐵站的方向往前直走，不必轉彎就可以到達那兩間大使館了。

「先擺脫他們再進半藏門站！到時走別的出口離大使館也近些！」

憑藉著方向感，堂上刻意鑽進錯綜複雜的小巷弄，有時還朝相反的方向轉彎，希望追兵不要發現他們真正要去的方向。當麻已是上氣不接下氣，堂上和郁還得邊跑邊支著他才行。

糟糕的是，優質化隊員們似乎已經堵住了半藏門方向的路線。不管他們繞到哪一條巷子，都有身穿黑雨衣的人影擋住去路。

結果，他們反而被逼進了九段通，離半藏門更遠了。

「車子！能不能攔一輛車！」

「我試試！」

郁衝到路邊，一個勁兒地朝馬路上的計程車揮手，可是每一輛不是載了客人就是亮著「恕不載客」的燈號。正想著要不要跳到馬路中間，去把那些不載客的空車給擋下來時——

「砰！」兀地，一個熟悉的聲響貫穿雨聲而來。

郁扭頭去看時，堂上已經歪著身子仰後倒去。

隔著雨幕，她看見一個黑色雨衣的影子。

「堂上教官！」

郁急忙衝過去扶他，驚見鮮血從他的右大腿汩汩湧出。

對方開槍？颱風天的路上固然人少，但還是有別的行人，而且人行道這麼窄，誰知道強風會不會使彈道偏離、誤傷他人。

「唔。」

忍著痛楚，堂上翻過斜揹在身上的公事包，取出一把SIG-P220手槍，伸向數十公尺之外的那個黑色人影——還是偏了偏槍口，朝著無人的天空扣下扳機。

這一槍依舊起了嚇阻效果。黑雨衣人影躲到了轉角後。

「旁邊就是市谷站，妳帶當麻老師走……我來斷後。」

我不要——郁喊不出來。有當麻在，當麻是第一優先。不管她心裡的第一優先是誰。

堂上的血在柏油路面上暈染成一片，同時被大雨沖得向外擴散開去。

緒形說今天的雨是老天爺在幫忙，而它現在反過來扯後腿了。若不趕緊替堂上包紮，放任他在這樣的雨勢中阻擋敵人，要不了多久就會因失血過多而變成重傷的。

「我們不能把你丟在這裡。這樣淋著雨阻止他們，你以為能撐多久？」

當麻面帶愁容的說。

「從出血的情況看來，恐怕是傷到了動脈。再這麼下去很可能失血而死啊。」

「我沒事的，請您快走吧！笠原，快走！」

「不要！」

有當麻的意向當擋箭牌，郁放大膽子反抗，接著動手解下堂上的領帶做止血帶。

「當麻老師，麻煩您自己跑！我來扶教官！」

正在這時，馬路上有人向他們喊話了：

「喂，你們是不是圖書隊的人跟那個作家？」

轉頭看去，說話的人是個開著舊卡車的中年男子。

「是！什麼事？」

「那位小哥是被優質化委員會開槍打傷了吧？」

「對！」

郁緊咬著牙答道。說不定自己正在哭，只是淚水很快就被大雨沖刷掉了，就像汗水和地上的血水一樣。

「市谷站就在前面，很快就到了，你們快躲到地鐵去！我替你們爭取些時間！」

「咦，可是……」

你要怎麼做？郁還沒問出口，便見那名男子邪邪一笑。

「我也有去簽名連署啊！優質化委員會敢找你們的麻煩，我就要他們好看！你們快走吧！」

見那人擺手道別，郁也就往車站方向走去，心中一面狐疑著他要用什麼方式爭取時間。堂上拖著右腿，手臂架在郁的肩膀上，勉強還可以走路。

才走了幾步，便聽見後方傳來一陣驚天動地的撞車聲。

郁不由得回頭去看，竟見剛才的那輛卡車衝上了人行道，把一間店面的鐵捲門給撞破了。

「喂！你怎麼搞的！怎麼撞我的店！」

「啊呀——對不起對不起，雨下得太大害我打滑了！麻煩叫警察來好嗎，這些人剛才都有看到！」

「什麼……！放屁，我們才……！」

「你這人怎麼這樣！有看到了就作個證嘛！我現在就打給警察！」

「啊，前面這一位好像有摔倒！你有沒有怎麼樣？既然這樣，你們也一起算作車禍受害人好了！」

「不，我們正在忙，不用了！」

「哎唷哎唷，那怎麼行！該辦的手續就要辦，否則要是現場蒐證有什麼遺漏的，事後又來說是我的責任，那我就麻煩啦！我開卡車這麼多年，聽得可多了！」

這時，鄰近的店家也紛紛拉開了鐵捲門出來一探究竟，隨即演變成一場不小的騷動。莫名其妙的被這一群主觀很強的肇事者與受害者纏住，優質化隊員們看上去是又氣又惱，而且顯然是暫時脫不了身了。

暗暗感謝那名司機的捨身相助，郁把握機會趕路，往地鐵市谷站的入口奔去。

「先搭都營線去新宿吧。」

聽著當麻的指示，郁點點頭，覺得他的口氣像是心裡已有主意。

「教官，不好意思了！」

郁蹲下去，一口氣把堂上整個人扛上自己的肩膀。

「喂……」

堂上的喝斥沒勁道，大概已經消耗了太多體力。郁不理他，逕自站直起來：

「我們不能在站裡留下血跡！我要往驗票口跑了！」

她開始往前跑，盡可能把堂上的傷腿壓在自己的胸前，好讓衣服吸收血液。擔負傷者是隊上的常態訓練項目之一，但以一個女兒身而言，要扛著一個大男人跑下樓梯還是很吃力。

「我先去買票！」

當麻這麼說，隨即跑了起來，郁在後頭倒也追得上。來到驗票口時，買好了車票的當麻也正好及時趕到。

「不好意思，有點狀況！」

他向站務員叫道，請他開啟團體驗票用的出入口。

「往這走！」

當麻在前面引路，郁快步走到下行的手扶梯，把堂上放了下來。階梯是黑色的，可以掩飾血跡。一下到月台，郁又將堂上扛起。

「不用扛了。」

「不行，要等進了車廂！」

電車正好進站。郁拚起最後的力氣，連跑帶滾地跌進車內。

「不好意思，有人受傷了！請空一塊地出來，否則你們會沾到血！」

比起郁的要求，她襯衫上大片的血污更令乘客們在意，因此立刻有一大片空間讓了出來。郁讓堂上靠坐在牆邊，便見鮮血從他的大腿處在地板上迅速擴散開來。

取下堂上的公事包，郁將它斜揹在自己身上。公事包裡既然有武器，一定也有急救藥品。乘客們都在看，讓她不敢打開裝有武器的袋口，只好用手伸進去摸索。

SIG-P220、衝鋒槍、備用彈匣……總算摸到一個塑膠包。

「有了！」

拉出來一看，果然是急救用品。郁先取出三角巾來止血。剛才用的是領帶，只能大概綁在傷口上方，也綁不緊。

急救措施暫告一段落時，堂上的臉色已是一片慘白。他流失了太多血液。

「你還好嗎？」

「啊啊，多虧有個蠻橫又擁有怪力的部下……」

說歸說，他的聲音一點兒也沒有往常那般氣勢。

蹲在他們旁邊的當麻，這時站起來向車內乘客鞠躬致意，並且說道：

「抱歉驚動了各位，我們不是壞人。我是作家當麻藏人，這兩位是保護我的圖書隊員。優質化特務機關的人開槍打傷了這位先生。」

乘客們本來也許以為是流氓打架之類的，聽見當麻的解釋，車內的緊張氣氛頓時多了一股同情。現在應該沒有人不知道他的事情了。

「我們要在新宿三丁目下車，拜託各位讓我們避一避。」

聽到這裡，周圍的乘客紛紛提供毛巾等物品。郁先把地板上的血擦掉，再拿別條去擦堂上的頭髮、臉和衣服。

「外套脫得下嗎？」

「好……」

堂上點頭，動作卻不聽使喚，郁只好幫著他脫下上衣，然後趁列車停靠站的短暫時間拿到車廂外去扭乾。從西裝外套扭出來的水就像自來水一樣多，這麼濕的衣服穿在身上肯定會失溫的。堂上失血過多，要保持體溫已經不容易。

隔著襯衫，郁一個勁兒的拿毛巾擦他的身體，再讓他穿上已被扭得縐巴巴的外套。車廂裡有冷氣，多一件外套總比只穿著襯衫好。

止血措施做了，身上的水氣也盡量弄乾了，可是衣服還是濕的，郁知道堂上的體溫仍在持續流失。眼下是不可能幫他換衣服了。郁自己身上的衣服都還在滴水，否則就算要脫下來跟他換也願意。她現在只能死命的用毛巾吸去衣服上的水分。

就這麼忙著忙著，新宿三丁目到站的廣播響起。

電車開始減速時，郁將堂上的手臂往自己肩上抬。這一次，堂上沒有反對。

「用扶的就好。我能跑。」

「讓當麻老師來決定速度吧。我想他已經有腹案了。」

郁邊說邊往當麻看去，見當麻默默地點頭。

在新宿三丁目下車，之後就任由當麻帶隊。他在人來人往的地下街穿梭自如，好像對這裡很熟，郁架著堂上努力地跟在後頭。

走了好一會兒，他們來到一間全國連鎖的大型書店。當麻找來店員講了幾句話，不久便見一名店長也似的人從店裡跑了出來。

「老師，好久不見！」

看起來，那人跟當麻很熟。

「冒昧來打擾，不好意思。」

當麻恭敬地一鞠躬，直截了當的說：

「不瞞您說，我現在正被優質化特務機關追捕，還帶著一個受傷的人。能不能借你們店後面休息一下？」

「當然當然！歡迎都來不及呢！」

店長立刻帶著當麻走進店內，郁和堂上也跟著走進去。

「對不起，到處都是東西，不過我們這裡有很多個出口，很方便。」

這裡看起來像個倉庫，地方雖大，卻有許多書本和未拆封的紙箱堆得極高。

「辦公室就在後面。」

聽得店長這麼說，堂上愣了一下，抬起頭來說：

「不。不好弄髒你們的辦公室。只要有個不妨礙你們的空地，借一些不用的紙箱就好。」

「可是……」

眼見店長一臉困惑，郁便也說道：

「就這麼辦吧。這裡的牆壁和地板都可以擦，不會留下血跡……我想倉庫的溫度也比較適合他。」

也許是倉庫沒有空調，也或許是空間太大了吹不到，這兒比一般室溫要來得悶熱些。這個季節的辦公室裡可能會開冷氣，對堂上而言太冷了。

最後，店長拿了幾片瓦楞紙板來，在空地的牆邊鋪了一個位子讓堂上坐。倉庫的地板和牆面比較冰涼，直接坐上去也會使身體降溫。

靠著牆，堂上才坐下，頭就往旁邊垂。

「……緒形副隊長他們呢？」

郁掏出外套內袋裡的手機，見手機濕得像浸過水一樣。她用的機種雖有生活防水功能，卻防不了這種程度的水氣，要是現在打開電源，百分之百會報銷。

「抱歉，手機現在沒法用……要不要我去辦公室借電話？」

「不，不用了。市話不安全，不要連累他們。」

跟郁一起蹲跪在旁邊的當麻，這時低下頭去。

「對不起，都是我執意要進大使館。」

「不，使館就近在眼前，不試一試也說不過去。待戰鬥單位的受這種傷是難免，我們都有心理準備。我反而慶幸挨槍的是自己，而不是路人或您……或我的部下。」

郁咬住嘴唇，否則她會哭出來。她不要讓堂上覺得自己有個愛哭的女部下。

「當麻老師已經想到下一步的計畫？」

聽堂上問起，當麻答得遲疑，彷彿仍有幾分不確定：

「讓我單獨行動……等颱風過去，我打算去大阪。」

「哦……說得也是，還有這一步啊。」

不願讓堂上講太多話，郁於是朝當麻看了看。當麻意會過來，主動接答道：

「大使館雖然都集中在東京，不過大阪也有很多總領事館。而且，總領事館的權限與大使館相當，館區內同樣有治外法權。」

「只不過，您不能等到颱風過了才走。」

堂上插嘴道：

「敵人也是今天才接到狀況，目前還在見招拆招。等他們冷靜下來，恐怕他們就會察覺，到時候新幹線、飛機等主要的遠距離交通工具會被他們控制。要去就得趁今天。」

「只不過今天風大雨大，新幹線和飛機應該都停駛了。」

說著，堂上望向郁。

「既然這樣——笠原，妳有駕照吧。」

「有、我有！」

「妳開車載老師到大阪去。租一輛有最新式導航的車，要選妳也會操作的系統。錢用這些去付。」

說著，堂上從懷裡掏出皮夾要交給郁，卻被當麻制止。

「這個錢我來出。這是我該出的錢。信用卡跟金融卡我都有帶在身上。」

「不妥。老師，他們很可能會追蹤您的用卡紀錄。警衛執勤的花費可以報公帳，您逃亡成功了再還給圖書隊就好。」

堂上說完，抓著郁的手握住皮夾，把金融卡的密碼告訴她。

「妳等會就去提款，把當日提領最高金額給我領足。租車時用妳的名字，付現。信用卡只能本人使用，所以現金不夠就直接扣我帳戶的現金。」

郁點頭允諾時，有個已在旁邊等了一會兒的女店員才向他們出聲。

「那個……我們買了一些衣服，當麻老師和兩位若不嫌棄，要不要換個衣服？我同事正在剪吊牌，馬上就能穿。」

這簡直是求之不得，哪裡會嫌棄呢。

「太感謝了！」

女店員送來一個大紙袋，紙袋上印著素以平價和款式多樣為口碑的知名成衣廠牌，裡面裝著三人份的衣物。郁很快地分撿出應該是給當麻穿的運動衫、薄夾克和長褲，接著尋找堂上的。

貼心的店員知道傷者更衣不便，所以替堂上準備了連帽外套、大一號的V領長袖T恤與棉質寬管長褲，而且清一色是黑的，就算血跡滲出來也不明顯。

郁七手八腳地剝掉堂上的上衣，堂上也任由她這麼做，直到她拿起長褲，他才沒好氣的一把抓過說：「那個我自己來！」

「妳也去換衣服吧，不然看起來好像剛把哪個幫派老大做掉似的。」

於是，郁依言拿起裝著衣服的紙袋，在女店員的帶領下走到一處可以更衣的地方。

多虧他們設想周到，袋內的衣物都是基本色：白色的綿質翻領襯衫、黑色開襟外套和鬆緊褲腰的牛仔褲。選購的人不知郁的腰圍，買鬆緊帶式的褲腰自是萬無一失。

「褲長還可以嗎?您的個子高，所以我選了比較長的。」

「謝謝您，褲長剛剛好。」

配腳下的這雙黑皮鞋，倒也還可以。

換好了衣服，郁回到堂上身旁，卻見他根本就沒有換褲子。他的體力已經所剩無幾。

「別擺那個表情。店長先生已經叫了救護車。我的傷勢可比隊長那時要好太多了。」

「好個鬼!」

她終於忍不住落淚了。仔細想想，以那樣的射擊距離，既然是手槍子彈，那還不如讓它射中身體算了，因為他們今天全都穿了防彈背心，包括當麻在內。

堂上苦笑起來：

「不要哭。笑一笑。從現在起要靠妳一個人保護老師了，振作點。」

頓了一會兒，他問郁有沒有穿上防彈背心，她嗚咽著點點頭。

「啊，對了。」

堂上像是想起什麼，伸手去拉那堆換下來的濕衣服，從防彈背心下抽出襯衫來。他待會兒就要去醫院，防彈背心可以不必再穿了。

在那件襯衫胸前的口袋上，別著一枚二正的階級章。堂上吃力地將它取下來。

「妳過來。」

待郁湊近去，他用發白的手指將那枚階級章扣在她的襯衫領子上。

「妳不是一直想要洋菊嗎？這個借妳，要記得還。」

扣好之後，他把手放在郁的頭上，無力的拍一拍。

「別擔心，妳辦得到的。」

感情的計量器就這麼破表了。郁揪起了堂上的衣領。

然後，她決定再也不要顧慮對方的意願。

蠻橫地把自己的嘴唇貼了上去，直到那雙冰涼的嘴唇有了一點點她的溫度。

她想，也許是他的體溫稍微恢復了，這才離開他的嘴唇，並且對他吼道：

「堂上教官，你才是──我一定會回來的！我會把洋菊還給你，還要告訴你我喜歡你，所以你一定要撐著！要是你不好起來，我就要你好看！」

四周的店員們頓時一陣譁然，隨即又轉回去裝作各忙各的。

「笠原小姐，我們走吧。高速公路好像沒有因颱風而封鎖。」

當麻這時說道。郁遂站起身來，同樣將那只公事包斜揹在身上。

她不再回頭去看堂上。他那淒慘的模樣，再多看一眼都會令她不忍離開。

在店長的帶領下，她和當麻步出倉庫。

堂上的視線開始模糊。從過去的經驗，他知道這表示自己就要昏過去了，但他還是睜開眼睛，看著郁昂首闊步的離去。

「……在這種情況下被留在這裡，妳也替我的處境想一想吧，白痴……」

店員們都忙他們手上的事，但堂上感覺得出他們只是裝忙，其實都在竊竊談論著這個因重傷而敗下陣來的「男朋友」。等救護車趕來把自己送走，這些人可有得嚼舌根了。

沒輒，誰教她是個白痴。

在失去意識的前一刻，堂上只想到這些。

＊

店長帶著郁和當麻先到附近的便利商店去領錢。早就不知丟到哪兒去的雨傘，依然是書店好心的提供。現在的郁和當麻都穿著一身輕便的休閒服，和先前那番可憐兮兮的落湯雞模樣大相逕庭，再加上新宿特有的擁擠人潮，此刻就算有優質化隊員擦身而過，想必也認不出他們。

照著堂上的交待，郁在便利商店裡的ＡＴＭ操作，把今天能領的金額全數提了出來。這麼多鈔票沒有紙袋或信封可以裝，她只好一把一把的抓起來塞進公事包。郁從沒拿過這麼多現鈔，這厚度讓她有點兒惶恐。

「暫時夠用了。」

郁向當麻說道。當麻點點頭：

「我身上也有一些現金，我想是非常夠了。」

接著，郁請店長帶他們去租車行。這位店長果然是熟門熟路，對這一帶的商家和服務瞭若指掌，幫了大忙。

選了一輛外型普通的中型房車，租期是兩天一夜，條件是在大阪還車。他們非得在今天之內抵達大阪不可，索性把租期估短一點。

辦妥手續，郁回到當麻身旁，卻發現店長不見了。

「店長呢？」

「他說馬上就回來。」

當麻坐在等候區的角落沙發上，避免引起車行的人注意。郁便也坐在他身旁一起等。兩人輪流上過廁所後，他們租的車也準備好了。

「笠原小姐，您的車已經準備好了，麻煩您到停車場來取車。」

店長還沒有回來，可是他們也沒有時間等下去了，只好跟著車行職員一起走向停車場。外頭的風勢已經減弱，但雨勢還是一樣強。

坐進車裡，郁開始聽取衛星導航裝置的說明。

「啊，趕上了趕上了！」

店長連傘也沒打，雙手提著大包小包的跑了過來。他打開後座車門，將那些東西往後座一塞，接著把一個塑膠袋交給副駕駛座上的當麻。

「我隨便買了一些茶跟吃的東西。後面的紙袋裡還有一些有的沒的，希望能派得上用場。」

「好，真是太謝謝您了。」

說著，當麻接過塑膠袋。現在的他們的確需要仰仗店長的好意。

「一路平安！」

店長喊道，俐落地關上了後座車門，郁剛好來不及向他道謝。車門一關閉，衛星導航的解說結束，系統就啟動了，而她正忙著用人聲輸入目的地「大阪火車站」。

系統很快就開始引導，郁有點兒措手不及，先照著語音指示打了方向燈再說。

這時才騰出手來撐傘的店長，正在後照鏡裡向他們揮手道別，只是郁依然手忙腳亂，實在沒有餘暇回頭向他致意。畢竟，這是她頭一次在東京都內開車。

所幸當麻開了車窗，向店長揮手回禮。

車子開上大馬路後，當麻將後座的紙袋拉到自己的腿上來。

「店長幫我們買了毛巾呢。連毛巾被也有……啊，有這個就太棒了！」

「什麼東西？」

外頭仍是豪雨一片，郁不敢偷眼往旁邊瞄。雨刷飛快的甩動著，前車的剎車燈看來依舊只是兩團模糊的紅光，害她完全不知道什麼時候該踩剎車，只好一個勁兒的盯著前方以保持車距。如今已是下午三點多，低垂的雨雲更令天色和黃昏無異。

「是全國道路圖和大阪府的詳細地圖！」

「啊！店長太聰明了！不愧是開書店的！」

郁刻意喊得活潑些，好讓自己別去想堂上的事。

「妳打算怎麼跟圖書基地聯絡呢？」

「我想等我們第一次休息時再打電話。反正手機要乾了才能用，而且醫院應該也會聯絡基地才是。總之，先搶在太陽下山前爭取一點距離再說。」

正這麼說時，郁把車停下來等紅綠燈，一面無意識地撥弄著襯衫領子，還有那一枚二正階級章。求求老天保祐。

當麻沒應聲。他知道現在不適合強詞安慰。

*

「……打從入隊起，我一直把你當成一位可敬的上司。」

柴崎面無表情地對面前的男性說道。收斂表情是她的拿手絕活，說是一種習慣也不為過。

屋裡只有柴崎和那名男性。這裡是館長室，不會有人突然闖入——至於房間的主人，則是現任的代理館長秦野。

秦野將雙肘支在辦公桌上，低頭不語。

「是你吧。」

秦野慢慢抬起頭，那一臉沉穆意味著默認：將當麻的逃亡計畫洩露給媒體優質化委員會的人，正是自己。

「違背了妳的尊敬，不好意思。」

「我可以問理由嗎？」

柴崎所知道的秦野，是個公正且重於原則派理念的人，一向受部下及上司的信任，在隊上深得人望。軟弱的鳥羽對教育委員會言聽計從，所幸有他居中牽制；同樣的，當鳥羽再度屈服於優質化特務機關的不當要求，任由他們來抓走小牧時，他甚至敢於挺身叱責——秦野就是這麼樣的一個人物。

秦野扯動嘴角，露出笑意。

「直到動手的前一刻，我都還在猶豫——只不過，我也有我尊敬的上司。我只能這麼做了。」

「您是指江東前館長嗎？」

柴崎單刀直入的點明，但秦野未動聲色。

「江東館長到任時，老實說，我的心情有點複雜。我們年紀相當，他的階級職位卻都比我高。我想我的升遷也不算慢了，是吧？所以我也思考，他跟我究竟是哪裡不一樣。就在見證到江東館長那屹立不搖的中立信念後，我發現了自己的不足。」

對您而言，那卻不是必要的——站在柴崎的年紀，她不好這麼說出口，只能在心裡希望秦野自己察覺，他其實並不需要去補足什麼。

「所以在江東前館長的邀請下，您加入了『未來企畫』？」

「對，是改變方向前的『未來企畫』。」

從這種說法聽來，秦野不認同「未來企畫」的新方針。

「『未來企畫』應該保持中立的——保持中立，暗中潛伏，細水長流的佔得一席之地，與優質化委員會爭奪檢閱權才對。」

「圖書隊保護當麻老師，江東前館長卻企圖把他引渡給優質化委員會，這也算是中立的行為？」

「現在正是讓媒體優質化委員會疏於提防、和他們穩固關係的時期啊。就長期的觀點來看，那些都是先禮後兵策略下的不得已。況且江東館長指示過部下，若是失敗，他會自己負起責任，結果手塚慧會長竟然狠心割捨犧牲他。」

「難道您不認為，是江東前館長的獨斷獨行才害得『未來企畫』被迫改變方向？」

柴崎自己完全不能認同先前的「未來企畫」，但她決定用這個說法探一探。

遺憾的是，秦野的說辭仍和剛才一模一樣。

「江東館長為了『未來企畫』的原始理念而自我犧牲，是手塚慧毫不顧念。」

「所以你就留在改變方針後的『未來企畫』裡好出賣他們，是嗎？」

柴崎率直的拋出那兩個字，秦野這才顯出了動搖。

「我是為了繼承江東館長的精神……」

「那您應該退出『未來企畫』，另創新的組織才對。『未來企畫』改變了方向卻沒有人退會，那是手塚慧的本事，您躲在別人的功勞裡見縫插針，算不上光明正大。如果江東前館長真的期望您去做那種事，那他也不過是個小器之人罷了。您尊敬的豈會是這種人物？」

「我都是為了確實杜絕審查！」

秦野激動起來。

「江東館長也是為了這個理念！為了他景仰的手塚慧才捨命一搏！明知他用心良苦，手塚慧卻對他見死不救！手塚慧自己倒好，大搖大擺的上電視曝光，明明也是變節之徒卻故作清高，自以為是圖書隊的代言者，一點羞恥心也沒有！」

聽著這一連串的謾罵之詞，柴崎的表情絲毫未變。

「這不構成理由。是您貶低了自身的理想，也貶低了江東前館長的精神。」

柴崎對手塚慧還不是很了解，只從他的弟弟口中略知一二，但她可以斷言，手塚慧並不是溫情主義者，不會因那種形式的犧牲奉獻就多麼感激對方。

手塚慧還不是自己人時，曾經耍過不少令柴崎難以原諒的陰險手段，包括拿郁作為代罪羔羊，以及間接造成稻嶺的退職。

但是，手塚慧是自知卑鄙而行卑鄙，縱使因此受到責難，恐怕他眉頭也不會皺一下。他用這樣的心態和方式親手打造了一個組織，同樣的，這個組織在採取卑鄙的手段時也從不躊躇。

手塚慧雖然卑鄙，在卑鄙之途卻走得光明正大。當要行使骯髒污穢的手段時，他賭的是自己的利益，賠的是自己的聲譽，就好比他想利用郁、親弟弟和弟弟的室友砂川，他自己從不否認，一直到雙方已經合作的今天亦不改口。有膽子卑鄙，更是坦然得貫徹始終，這令柴崎不得不對手塚慧的器量感到佩服。

這十年來，他最希望能被自己的弟弟瞭解，無奈弟弟始終與他對立，然而他依舊堅持自我，繼續走他的卑鄙之路，朝向實現理想的目標邁進。

柴崎料想，面對自己的弟弟，手塚慧大概也不會為他過去的行為曲意辯解。不只是對弟弟，對外人也不會；過去不會，往後也不會。柴崎倒是在這一點上看見他奇特的磊落風骨。

秦野又如何？江東又如何？

寄生在他人的羽翼下，行卑鄙之實卻口稱光明。

「我還是非常感謝您。」

由衷地，柴崎向秦野深深一鞠躬。

「謝謝您在最後一刻讓我明白，您不再是我尊敬的上司。要是我仍像昨天之前那樣的尊敬您，我恐怕會不忍心向司令報告。」

在柴崎而言，這些話的確只是單純致謝，卻重重刺傷了秦野，令他的表情大變。

＊

預定在圖書基地舉行的記者會，這時已大幅延遲。

暫時開放的講座裡擠滿了媒體，一再的等待卻令人人心焦意煩，氣氛也愈益緊繃。香菸所造成的白霧開始瀰漫，鼓譟聲四起，不停聽見人問：「搞什麼東西?」「想讓我們等多久啊?」

「不行了，不能再拖下去了。」

同樣是媒體立場的折口判斷道。問題是，圖書隊至今仍未聯絡到當麻和他的護衛。

還拄著枴杖的玄田已有一隻手恢復靈活，今天總算把一身病人袍換成了制服，此刻正忙著在後台下達一連串指令。

「好吧，就說當麻老師急病住院!記者會由辯護律師團和彥江司令去開!記者會問判決的解釋和今後對策，叫他們隨便掰些東西去搪塞去!折口，妳想個合理的病名。」

「誇張一點的好了，心臟病發作。以他的年齡也還說得過去。」

「好。柴崎！妳去找他的家人解釋，跟他們說記者會的內容是瞎掰的！要不然他們會看到D電視臺的現場轉播。」

「收到。」

柴崎大步跑開。當麻的家人現在應該在他的宿舍客房裡。

首席辯護律師等人花了幾分鐘討論，很快就歸結出新的記者會發表內容。當然，這份內容與原先預設的大大不同，之所以能在這麼短的時間裡彙整出來，是因為新內容本來就是「事有萬一」時的備案——他們原本都祈禱這個備案不會有派上用場的一刻。

同時，記者會將由彥江負責說明情形。

列席者走進記者會場的那一瞬間，鎂光燈的閃爍幾乎可比屋外的豪雨。

眾人就坐前，站在首席辯護律師身旁的彥江先拿起桌上的麥克風，並向記者們低下頭去：

「非常抱歉，讓各位久等了。」

此話一出，臺下立刻響起此起彼落的叫喊聲，質問當麻為何不在場。彥江不一一回答，而是向全場媒體解釋：

「首先，請容圖書隊向各位說明情況。當麻老師在回到基地的途中突然感覺身體不適，已經緊急安排住院，醫師初步診斷是因勞心而引發的心臟病。因此，當麻老師無法來到記者會現場，還請各位見諒。」

「他住哪間醫院？」

「基於當麻老師的安全顧慮，我們不便公開。各位都很清楚，儘管有圖書隊的保護，優質化特務機關仍然試圖抓走當麻老師。」

聽到這裡，會場總算平靜了下來，列席人員這才就坐。

記者們不再鼓譟，直到可以舉手發問為止。

「關於今天的判決，請教我方的意見。」

回答這個問題的是首席辯護律師：

「這是個令人難以接受的判決。在歷史上，媒體優質化委員會動輒以單一的個案來概括解釋，因此才演變成今天的強硬蠻橫，這一點我們都看在眼裡。即使判決將期限縮短為一年，被告勢必會在期限結束前設法迫使期限加長。當初所謂『不取締流通前的媒體』已經是游走在憲法邊緣的解釋，這次的判決更將使人民的表現自由在實質意義上遭到撤廢，等於是國家要對表現者或言論者的活動加以管制。若我們服從這個判決，本案將成為第一件判決先例，往後所有不見容於媒體優質化法的表現、言論之執筆人、評論家，恐怕都將遭到言論箝制。當麻老師的案件雖然敗訴，但我們會藉別的案子再對優質化法的對錯提起訴訟。」

「對於媒體優質化委員會的說法，我們怎麼看？」

「對方過度煽動國民對核電攻擊事件的恐懼，企圖藉此捏造先例，以便在未來封殺表現自由及言論自由，是一種極端不公正的做法。恐怖攻擊行為的確是天理不容，我們應該盡最大的努力防止它再度發生，而不是用扼殺作家的方式來作為反恐措施，而且明知當麻老師筆下的作品純屬虛構，這個做法顯然不合理。反恐對策不應與表現的自由一概而論。此外，已有許多專家指出，要完全查明恐怖行動的真相是不可能且不具合理性的。如今我們的國家隨一場核電攻擊事件而起舞，甚至曲解一國的憲法以限制人民的表現自由，此舉不僅是向恐怖主義低頭，更令我們引以為恥。」

「針對下達這項判決的最高法院……」

「這個結果可能反映出一個內幕，那就是媒體優質化法的勢力已經擴展到法院了。若按照司法的良知，本案理應勝訴。不過比起判決結果本身，我們反而在補充意見中找到一絲希望。我們認為，補充意見中的觀點，在現階段無疑是對媒體優質化法最嚴厲的批評。」

「但是，補充意見也指出，圖書館法第四章『圖書館的自由法』同樣有重新檢討的必要。」

「圖書館法第四章是為了對抗媒體優質化法而補強的，也就是互以無限上綱的權限相抗衡。這條法律就如同媒體面對優質化法的最後底線。若是優質化法的存在意義重新遭到檢討，我想圖書館法第四章當然也是一樣的。」

「請問當麻老師今後的動向？」

「我們準備繼續保護當麻老師，並就違憲的角度，與目前進行中的訴訟一同對抗優質化法。」

「當麻老師的病情如何？」

「他是突發性的心臟病發作，暫時必須靜養。關於訴訟方面，將由辯護律師團以及聲援團體共同推進……」

臨到最後一刻還手忙腳亂的記者會，在一片肅穆的氣氛下開始進行。

在此同時，玄田祭出下一招對策。

＊

平賀在警視廳刑事部接到電話時，大約是下午三點多。

他一面辦公，耳邊聽著廣播新聞，斷斷續續關注著當麻藏人三審後記者會的情況。就在這時，「姓玄田的親戚」打電話來找他。

接起分機時，他心裡一面想：見鬼的親戚。

都是公事上的人情往來，自然沒有熟到可以把手機號碼告訴對方。上次對方來討人情時，也是打到警署總機來找人。

「這次又是什麼事？」

「這麼了解我，有進步哦。」

玄田那粗野的笑聲還是老樣子——強人所難也是。

「幫我在警察醫院弄個空病房好吧？」

平賀一聽就明白。

「你們居然騙人！」

「講騙人多難聽。場面話而已啦。」

又在那兒自說自話，平賀邊想邊揉太陽穴。自己恐怕得先把這方面的常識都收起來，否則這人講的話根本聽不下去。玄田在稻嶺綁架事件的救援佈署時就是這副德性。

「當麻藏人在哪？」

「不知道！知道了也不能說！」

玄田的口吻一派豪邁清朗。有求於人還這麼跩。

「不會是弄丟了吧！」

「所以就跟你說不知道嘛。發生了一點預料之外的狀況，我們現在也只掌握到初步消息。只不過，老師跟整組隨扈都還沒回來，部隊也沒接到任何聯絡，所以後續情況不知道如何。反正該演的戲還是得演，特別是演給優質化委員會看。」

若依平賀聽到的記者會內容，這會兒優質化特務機關八成已經派人在都轄內的大小醫院做地毯式搜查——找出當麻所藏匿的醫院，再不計手段將他抓走，這就是媒體優質化委員會的行事模式。至於抓走了之後要如何，那就隨他們高興了。

「所以我想，警察醫院會是個盲點。對方大概就快要開始搜索了。我想派個圖書隊的特殊防衛員去那空病房站哨，做做樣子。」

弄個空包彈來，虛晃一招。

「可是你臨時才講……」

「警視廳的高層也有優質化法的反對派吧。我知道你有人脈，不然你就說是『未來企畫』找你幫忙好了。」

原來玄田早就打定主意要來利用自己，連後路跟藉口都想好。平賀這下子也無從推拖了，只好死心的答道：

「好啦……今晚之前我想辦法去弄就是了。萬一被人家提早發覺，那我可不管囉。」

「安啦，我跟防衛省也打點好了，好幾間自衛隊醫院也會比照辦理。」

玄田坦承空包彈不只一發，那股爽朗勁兒聽了就讓人不爽。

「你至少嘴巴上可以說這是你唯一的機會，讓我心裡甘願一點吧？」

平賀低聲吼完，重重掛上電話。

「平賀先生，怎麼了嗎？」

替他把電話轉接過來的女警擔心地問道。平賀板著臉答：

「一個愛找麻煩的親戚啦。每次打來就是借錢，臉皮還厚得要死。」

「那真是麻煩哪。」

天真的女警語帶同情，聽得平賀更心煩了。

＊

淋成了落湯雞的緒形、小牧和手塚終於回到基地，差點兒沒累癱。

三人默默走向更衣室，換了乾的制服就回到特殊部隊辦公室。緒形也不必吩咐什麼，他們都知道眼前沒有時間休息。說不定隊上已經找出情報外洩的內情了。

隊員全數出動的辦公室裡，只有玄田和柴崎在等他們。

直到這一刻，三人才知道另一組的狀況。

「怎麼會……」

手塚愕然地喊道。

「該不會三個都被抓了吧。」

「要是如此，對方就不會把你們追成這副德性了，況且他們要的只是當麻老師，堂上跟笠原不是被撇下就是被放走，不至於會失聯到現在。『未來企畫』那邊還沒有傳來當麻老師被捕的消息，而且優質化特務機關的那幫臭傢伙，到現在都還死守著都內的主要大使館。」

手塚的肩膀一鬆，立刻垂了下來。跟小牧或緒形一比，手塚放下心來的動作特別明顯。菜鳥就是菜鳥。

「基地方面先是苦等，一直拖到下午三點鐘才開記者會，最後放了假消息出去，說當麻老師受到打擊心臟病發作，因為緊急住院所以缺席。優質化委員會若是聽到這個消息，八成會認為當麻在逃亡失敗後改躲進醫院，所以這會兒應該在找當麻老師住哪間醫院吧。至於我們這邊自己的人手，現在都派出去找那三個人了。」

「洩露逃亡計畫的是……」

聽得緒形如此問道，手塚的肩膀又是一緊。

「是秦野代理館長。」

柴崎答道。緒形和小牧都驚訝的瞪大了眼睛。他們怎麼也沒想到。

「不關你哥的事唷。」

她又補上這麼一句，當然是說給手塚聽的。

「他接受江東前館長的邀請，在『未來企畫』轉換方針前入了會。只不過，比起手塚慧，他似乎更認同江東前館長的中立主義。這次之所以出手，就是因為對『未來企畫』改變方向感到不滿。約談是逃不了了，『未來企畫』也決定將他除名。」

眾人沉默下來，空氣凝重得讓人喘不過氣。沒有人會想到內賊竟然出現在最不可能的地方——最不可能的人物。大家的失望之情溢於言表。

靜了一會兒，玄田打破沉默：

「好啦，基地這邊的情況大致就是如此。我們反而比較想知道你們那邊的消息。」

緒形點了點頭，開始報告：

「離開荷蘭大使館之後，我們跳過第二順位的瑞典大使館，直接開到美國大使館去。我想，消息雖然走漏，但敵方才剛剛動員，說不定最終順位還有機會。加上美國使館警備格外嚴密，優質化特務機關也比較難下手。沒想到在正門前遇到兩輛廂型車偽裝事故，我們來不及搶在敵人下車佈署之前衝進大使館，只好丟下車子先逃。就是在那時候，我決定分成兩組，由我們作餌，當麻老師則由堂上和笠原帶走，叫他們往溜池山王方向逃，我們則走虎之門方向。我讓小牧扮成當麻老師，大聲叫堂上帶著女隊員先回基地，所以我想大部分的敵人都來追我們這一組了。」

「應該是，否則你們三個要擺脫追兵，不可能花這麼多時間。」

「不敢當。只不過……」

緒形含糊著沒說下去。從三人的表情可以看出，他們都以為堂上等人早就回來了。

「好，那我大概知道了。」

玄田拍了一下手掌，隨即從資料櫃裡找出都內路線圖，在旁邊的一張桌子上攤開。

「你說堂上他們往溜池山王方向走？那他們一定會搭地鐵，問題是哪一條線而已。先來看銀座線和南北線。若要乖乖的回基地，那就是搭銀座線到銀座再轉乘——武藏境一定被敵方監控，他們肯定不敢轉中央線。等等，不論如何，他們出地鐵後都得走路，那麼除非我們出去接人，否則他們不可能在基地周邊的大街上走啊。若要把接人的方式也算進去，可選擇的路線就數不清了，他們大可以邊聯絡邊移動，隨便約個車站會合就好。比方走澀谷，從井之頭線轉京王線也可以；或是乾脆搭到新宿再從西武線系統繞過來。有這麼多逃跑路線可選，我們卻到現在還沒有接到半點消息，那就表示——」

叩！玄田那粗壯的手指，在地圖上的永田町地鐵站敲了一下。

「要是在這裡轉半藏門線，旁邊就是英國大使館，甚至一出站就能看到。那是單子上的第三順位。」

「堂上他們會跑去英國大使館？」

小牧問道。

「對，不過很可能是失敗。要是闖成，這會兒早就放鞭炮慶祝了。既然優質化特務機關還沒有傳出逮到人的消息，可見他們都還在逃。」

「這樣的判斷不像堂上二正會做的，他應該知道風險太高。」

手塚提出反駁，但被小牧伸手制止。只見緒形神情沉痛地低下頭去：

「……是我建議當麻老師趕在今天內逃亡的。我當時判斷，過了今天，都轄內所有的大使館恐怕都會有優質化特務機關佈署。可能是我讓老師起了堅持計畫的念頭。」

「你只是據實以告罷了。而且堂上會視情況做最好的處置，笠原應該也會輔助他。要不然，我們早就收到別的消息了。」

玄田說著，在緒形的肩頭拍了拍。

「他們還沒有落入敵人之手，這一點是可以肯定的。柴崎，去向老師的家人報告。」

「是。」

柴崎正要走出辦公室時，內線電話響了。

在場眾人的表情全變了，只有玄田一人面不改色。幾個大男人看著電話，好像在看什麼可怕的東西，最後是柴崎接了起來。

「喂，特殊部隊辦公室……是……是，請轉過來……讓您久等了，這裡是圖書特殊部隊。」

接著，柴崎聽了很久，拿了筆在便條紙上飛快的寫。從她復誦的內容聽來，好像是一個地址。再聽她說了聲「請稍等」，便見她按下保留通話鍵，轉頭來看著玄田。

「新宿的急救醫院打來的。堂上教官被緊急送過去，剛剛動完手術。」

「我過去。」

一把從柴崎的手裡扯下便條紙，小牧三步併作兩步衝出了辦公室。

「我、我也去！」

手塚也急忙跟了出去。

「院方說他的意識還沒有恢復……」

柴崎報告到這一句時，兩人已經不見人影。

「好，接下來給我聽。」

玄田伸出手來，柴崎便點頭將聽筒遞過去。

玄田與院方人士談了一會兒，也在便條紙上寫了一些東西。掛掉電話後，他對緒形和柴崎說：

「堂上是右大腿的貫通槍創，但槍傷不是問題，麻煩的是動脈破裂以至於大量出血。加上長時間淋雨失溫，可能隨之併發肺炎，那才讓人擔心。」

「那他們去了，也不可能跟他講話。」

柴崎扭頭看著門口。

「算啦，都知道人在哪兒了，叫他們別去也不會聽的，那一組的感情又這麼好。手塚黏堂上也黏得很緊吧。」

「就是說呀，崇拜得不得了呢。」

柴崎毫不客氣地附議完，神情忽然驚恐起來。

「那笠原跟當麻老師……」

「堂上好像是自己一個人進醫院的。現在來追查吧。」

說著，玄田開始撥電話。

事件拼圖的最後一片，總算在新宿的某間大型書店那兒打聽到了。

堂上等人果然有意向英國大使館求援，只可惜失敗了。他們在逃跑的途中受優質化隊員襲擊，堂上受傷，當麻才找上自己相熟的書店求助。

哦，那位個子比較矮的先生姓堂上是嗎？救護車來接他的時候，他人已經昏了過去。我本來想跟著救護車去醫院的，沒想到他在被搬上車時又醒來了。他交待我不要跟去醫院，說萬一優質化特務機關打聽到風聲，我就說發現堂上先生一個人昏倒在書店旁就好。他請我別把當麻老師和那位小姐的事情講出去。

他看起來很年輕，但是很英勇啊，真了不起。為了保護當麻老師和他的女朋友，傷得那麼重還勉強撐著。我問他要不要代為聯絡圖書基地時，他也說不用，要我們書店徹底裝得跟這件事情毫無關係。他還說，反正他有帶身分證，醫院自然會聯絡基地。基地方面會再透過醫院跟我聯絡，希望我們在這之前不要採取任何行動。

當麻老師？他們說要租車，我就帶他們到附近的車行去了。我沒有多問，只知道那位小姐說要在大阪還車。

「知道了！是大阪！」

一掛上電話，玄田便吼。

「當麻老師跟笠原打算殺到總領事館去！」

柴崎聞言一臉戰慄，卻是為了別椿。

「笠原在這麼大的風雨裡開車去大阪？我們得盯著高速公路的路況了。」

「至少我們不能先打給她，得等她打來才行，免得她講手機講到出車禍。」

「不過，在構想上是可以說一百八十度的大翻盤。冒著大颱風衝到大阪去，不像是笠原會想出來的主意……」

聽得緒形沉吟，柴崎馬上搖了搖手。

「笠原的腦筋怎麼可能動得那麼快？不可能啦。在這種情況下會想到大阪和總領事館的一定是當麻老師，再不然就是堂上教官。叫他們開車在今天出發的，我看也是堂上教官吧？」

「應該是。」玄田也點頭應道。

「敵人也不是傻瓜，等他們定下神來，自然會想到還有一個地方可跑。他們要是等到颱風過境才佈署，必定是看準主要的遠程交通運輸恢復，頂多鎖定三個機場和新幹線的三個站。搭新幹線在名古屋或岐阜羽島下車後轉當地客運也可以，只是會多花點時間，那麼敵人也會趁同樣的時間在主要總領事館佈署。」

「不論如何，還是得等笠原的聯絡才行。當麻老師好像是不用手機的。」

「早知道就替他準備一支硬逼他帶去了。失算。」

目的地改為總領事館之後，當麻會依照那張單子上的國家順位去走嗎？在基地的他們，連這一點都無法確認。

包括他們的行車路徑，以及抵達大阪之後的行動細節等也是一片空白。就算想要請求關西圖書隊支援協助，但在當事人動向未知的情況下，總不能籠統的叫人家「無論如何請你們自己看著辦，然後隨時準備行動」吧。

「不管了，抓個大方向，能安排的先安排妥當再說。」

於是玄田又拿起了電話。

*

「……因此，當麻老師目前是平安的。隊員正護送他前往大阪。」

一聽到柴崎的報告，在當麻寄宿的基地客房裡等消息的當麻之妻立刻放聲大哭。他們的獨生子趕緊去摟著母親。

「別哭了啦，媽，現在知道沒事了。」

當麻的兒子如此安慰道，說話的聲音卻也是顫抖的。

「謝謝你們、謝謝你們大家……」

柴崎只是來傳達消息，當麻之妻卻感激地直向她拜謝，柴崎只好尷尬地陪笑臉。她不敢告訴她，護送她丈夫的那名女隊員其實是橫衝直撞又少根筋的小鋼砲，讓她護送未必更安全。

「關西地區已經脫離颱風圈了，路況愈往西走會愈安全才是。媒體優質化委員會再拔扈，也沒有國道盤問權。」

柴崎繼續解釋，但當麻母子已經無心聽下去了。

「希望爸能順利闖關。是吧？媽。」

「是啊，真的是。你爸那個人，要是不讓他寫書，他會死的……」

於是柴崎識趣的起身，向兩人致意後走出了房間。

「啊、是柴崎小姐耶──」

見她出現，男隊員們歡天喜地擁了上來，她照例笑著擺手趕他們讓開，自己則踏著悠然的步伐走出男生宿舍區。當麻住進這裡的客房之後，柴崎進出此地的機會也變多了，每回來訪總要這麼轟動一下。

「好啦，讓開讓開，本姑娘可是很忙的。」

……最好別給我出事。

打著傘，走在煩人的大雨中，柴崎往行政大樓的方向去。

妳最好給我平安到達，然後給我平安的滾回來。

這陣子發生的事，我們還有好多都沒聊到。

小牧教官的左手無名指戴起戒指來了。少了一個陪著一起觀察的夥伴，聊八卦的樂趣可是會減半的。

而且你們跑去避風頭的那間書店店長，為什麼會說妳是堂上教官的女朋友？這可不能不仔仔細細地審問一番。

實驗情報部的同事說，他們會代為注意主要高速公路的事故消息。

還沒接到壞消息，沒有壞消息就是好消息。柴崎一面講給自己聽，一面加快腳步在雨中小跑步了起來。

＊

小牧如此盛怒的這一面，手塚是第二次見到。上一次是毬江在館內遇到變態時。

坐在副駕駛座上，手塚是一聲大氣也不敢吭。小牧握著方向盤，硬是任由車內一片沉默。

「堂上二正應該會沒事吧。」

手塚終於按捺不住，喃喃說了這麼一句。卻聽得鄰座丟來一個冰冷的聲音：

「還用問嗎。」

那語調裡滿滿都是叫他「沒話可說就閉嘴」的意味。手塚再也不敢開口了。

天色已經昏暗，大雨卻依然滂沱，難免令開車的人心浮氣躁。好脾氣的小牧實在不像是個沒耐性的駕駛人，此刻的他卻動輒對那些不守規矩的車輛擺出怒容。

好不容易抵達新宿，小牧把車開進醫院的停車場。這趟路對手塚而言，真是難熬已極。

「請問，剛剛動完緊急手術的堂上篤在哪間房？」

在櫃臺一問，才知道堂上已被送進加護病房。手術雖然成功，卻有肺炎的跡象。

大量失血加上手術，若在體力不支的情況下併發肺炎，反而會因此致命。手塚還沒有經歷過這種危機。

小牧在加護病房前的沙發坐下，手塚也默默坐在旁邊。

只見小牧雙肘支在膝上，用手撐著額頭，看起來非常頹喪。

「……抱歉，剛才對你很兇。」

聽得小牧道歉，手塚連忙說不會，雖然他這一路上確實是如坐針氈。

「……這傢伙要玩幾次這種把戲才甘願啊。」

他說的應該是病房裡的堂上——不，是好友。

「以前也發生過嗎？」

手塚謹慎的問道，覺得小牧好像冷笑了一下。他低著頭，看不清楚臉上的表情。

「還不只一次呢，我看同梯中就數他中彈的次數最多了，就算把防衛部算進來也沒人贏他吧。那傢伙責任感雖強，做事卻太莽撞。唉，不過……」

嘆了一口氣，小牧這才抬起臉來，坐直了往後靠。

「這次玩過頭囉。讓笠原跟他一組，可能是個失敗。」

聽得此言，手塚卻忍不住想反駁。

「這意思是指笠原拖累了他嗎？」

如果真是這個意思，那麼他無法認同。郁的確是傻呼呼，遇到危急情況時卻很有膽識，她應該能善盡輔佐之責才是。

便見小牧苦笑道：

「不，我不是這個意思啊……對哦，對你來說，笠原小姐也是個好朋友。」

不知怎的，手塚不想老實承認，便沒有搭腔。

「你們入隊時，我曾經說『堂上的本質更接近笠原』，你還記得嗎？」

他記得。那時自己還不了解郁的個性，成天跟她劍拔弩張的。想到這裡，他很不情願的「順便」想起了那件蠢事——手塚曾經沒頭沒腦的跑去問她要不要試著交往，然後看見她嚇傻了像個呆子似的表情。

「莽撞、衝動、感情用事。堂上的個性其實也是這樣的——應該說以前也是這樣。你現在看到的堂上這麼冷靜，那是他努力訓練自己才表現出來的。以前的他不是這個樣子，和笠原小姐根本是同一個模子刻出來的。」

小牧邊說邊笑。

「喜怒哀樂都很極端，動不動就一頭熱。我們幾個從以前就認識他，所以每次看見他訓斥笠原小姐就忍不住好笑。那場面看起來根本是堂上在訓斥以前的自己。」

郁將來也會變成現在的堂上教官嗎？手塚不經意的想著。他實在沒法兒聯想。

「最好笑的是，只要在笠原小姐面前，堂上的氣勢就會被比下去，從前的性格就會跑出來了。那在我們看來當然是好笑，同時卻也會替他擔心。有兩個笠原小姐，光想就很恐怖了吧？」

「很恐怖。」

手塚一秒內即刻回答。光想都恐怖。

「我想，假使今天是我跟堂上一組，就算當麻老師表現得多麼不死心，我還是會堅持回基地去，而且會說服他規避風險的重要性。堂上也會認為我說的話有道理，跟我一起勸老師放棄計畫。可是，堂上從以前就是當麻老師的大書迷，我想他是狠不下這個心的，這時候旁邊的笠原小姐一定又會說『我們就盡力試試吧』之類的話。這下子好啦，堂上就被笠原小姐趕鴨子上架了。」

想了一會兒，手塚開口問：

「這麼說來，他們兩個搭檔會是最糟的組合囉？」

「不，不會。他們應該是一拍即合。」

小牧斷言。

「所以會搞到『卯足全力』——把自己搾乾為止。徹底把自己逼到極限，徹底相信對方，再徹底竭盡全力，然後就會是這個結果。」

「堂上教官就會受傷……是這意思嗎？」

「不是。你瞧，笠原小姐和當麻老師不在這裡，對不對？堂上淘汰了，笠原小姐接手了。他們兩個還沒有放棄當麻老師的心願，所以聯手卯足全力蠻幹，現在還在蠻幹中，還沒有結束。」

做這種人的朋友的確會讓人受不了。手塚總算明白小牧的意思。他也想問問那個傻妞：「妳打算蠻幹到什麼地步啊!?」

接著,手塚想到柴崎,那個最有資格主張自己是笠原手帕交的女人。明知柴崎聽了也只會嗤之以鼻,他還是忍不住想了一下下——不知道柴崎會不會為笠原擔心。

五、落幕

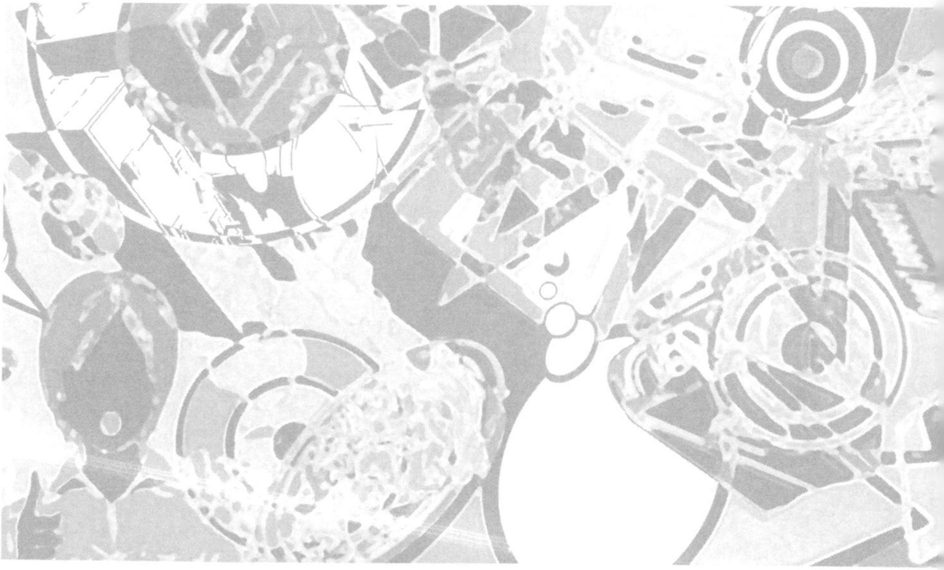

＊

衛星導航系統指示車子應該開上東名高速道，當麻卻認為走中央自動車道比較好。郁就照辦了。

「距離上稍微遠一點，可是比較不塞車。東名是沿海公路，沿線又都是主要城市，颱風開始遠離之後，我推算車流量會增加。中央道應該會比它好一點。而且從新宿上中央道比較方便。」

「您對路況好熟。」

「也是工作需要啊，有時得查清楚了才敢寫。妳先上首都高新宿線，再往八王子就可以接中央道。」

「好……那新宿線應該從哪裡上去呀——？」

見郁忽然慌張起來，當麻也緊張了。他急忙翻開公路圖查找，卻拿了個顛倒。

「老師——導航導航！讓它重新設定！」

「好、好好好，反正妳別離都廳周邊太遠！首都高的新宿交流道應該就在那附近！」

「都廳是哪一棟啊——？我只知道它好像會變身機器人！」

「最高的那棟大樓就是啦！」

「下大雨我看不到上面！」

就在這場忙亂中，導航系統竟然把郁喊叫的「都廳」一詞給聽了去，自己重新設定起來了。

「不對啦，不要聽我的聲音——！大阪車站！大阪車站！」

『目的地．東京都廳．變更為．大阪火車站。』

搞了半天，這一關最後還是靠著郁在雨中勉強辨識到的綠色路牌才解決。話說回來，她那２．０的視力在這種豪雨中也發揮不了什麼作用，除非是近到了眼前，否則她照樣看不清路牌上的字。

「就是你這傢伙啦——！」

郁及時循著標誌轉彎，將車子開上了交流道，導航系統的語音不厭其煩的警告她走錯路，她乾脆來個相應不理。直到進入八王子方向的路線，語音終於改口『已進入．首都高新宿線．請走．八王子．方向．路線』。

「哈！這就是人類的智慧，怕了吧？」

聽見郁對著衛星導航耍得意，一旁的當麻忍俊不禁的笑了出來：

「與其說是智慧，我倒覺得『野性的直覺』更貼切。」

「當麻老師，怎麼連您也這樣！」

眼下已沒有了迷路的顧慮，郁這才有心情回嘴開玩笑。

「您還不是一樣不會用衛星導航。」

「我是個連手機都不用的老古板，妳還指望我什麼。」

「可是老師，您的小說主角不是一天到晚在操作『時下』最先進的儀器嗎？」

「因為我兒子就是很懂這方面的『時下』年輕人啊。他是我的重要顧問。有他幫忙，我作品裡的不足之處才有辦法彌補過來。寫小說倒也不必了解得太深入，只要知道那些機器能做什麼、不能做什麼，還有基本的操作程序，大概掌握一下就行了。」

「天啊——我聽到內幕了。」

「要是非得親身體驗才寫得出東西，那我豈不是還得考個直昇機或飛機的駕照才行了？總不會有人為了寫小說而特地去學開直昇機吧。」

這麼說倒也有點道理。

「可是手機跟衛星導航又不難……」

「妳這是什麼話。妳這麼年輕，剛才還不是一樣擺不平這個導航的東西。」

這就更讓她無話可說了。

「我現在已經會用電腦寫稿了，不過電腦出狀況時，還是得靠我兒子去搞定。」

「……要是您不跟兒子一起住，不會不方便嗎？」

她不忍心用「寂寞」一詞單刀直入地問。

「別看我是個電腦白痴，我對於學英文可勤快的。憑我的英文程度，電腦送修時要怎麼描述問題也難不倒我。而且要說出國，我們家從以前就是毫無顧慮、想走就走。加上我兒子也常常去國外體驗寄宿家庭生活，我們都不覺得一家人非要住在一起不可。再說，我兒子自從上了大學，他的世界也更寬廣了。」

薑畢竟是老的辣。郁不忍心問出口的話，當麻好像猜到了。其實郁自己也很少回家。去年支援茨城縣展的那一次若是不算，她上一次回家是在大學三年級時，但她也很少因為戀家而感到寂寞。

「再來一直照著八王子方向的路牌走就行了。」

路上的車輛少固然是因為颱風來襲，不過中央道的路況確實比較順暢。走這條路可以免除塞車之苦和找路的壓力，對於久未開車的郁來說，果然是個最佳選擇。

由於當麻也會開車，因此他和郁可以換手駕駛，並且輪流小睡。

吃過一點東西後，當麻把椅背放平，蓋上毛巾被很快就睡著了。當時雖然才剛過四點，但對一個習於熬夜和補眠的文字工作者而言，這樣的環境好睡得很。

就在他低沉的鼾聲中，車子離開了東京，來到山梨縣境，雨勢也在這時減弱。死腦筋的衛星導航在大月交流道處又想叫郁往東名高速道開去，不過郁已經懶得理它，繼續往甲府市的方向前進，逼它閉嘴。

等到她差不多快要想上廁所時，他們已經遠離了關東地區，長野路段都要過半了。時間已近傍晚，不過雨停了。

郁將車子開進諏訪湖休息區，叫醒當麻。

「老師，我們休息一下，上個廁所。」

「嗯，哦……到哪裡了？」

「在諏訪湖休息區。」

「好，那麼，再來就走岡谷匝道轉名古屋方向。」

當麻揉揉眼睛，拿起擱在胸前的眼鏡戴上，精神明顯好多了。

「雨停了嗎？」

「對，過了山梨之後就變小了。」

他們走出車外，朝休息站走去。當麻看了看手錶。

「離開東京才不到三個小時？」

「對不起，是不是我開得太慢？」

「不會，在那麼大的雨中開車，妳這樣已經很好了。要是趕路出事引來了警察，反而欲速則不達。而且待會兒就要天黑了，安全才是最重要的。」

郁上完廁所走出來時，當麻還沒出來，於是她從牛仔褲的口袋裡拿出手機，想利用空檔聯絡基地。手機的外殼已經乾了，就是不知道裡面如何。

這個機種有生活防水功能，就讓老天爺決定吧。她按下電源鈕——螢幕閃了一下，再也沒有反應。它的主人渾身濕透地在狂風暴雨中跑了那麼久，機子裡的晶片和電路板恐怕早就泡壞了。

「果然，怎麼辦……」

當麻這時正從廁所走出來，見狀便問道：「怎麼了？」

「我想聯絡基地，結果手機真的壞了……」

「哦，那打公共電話。」

「不，那絕對不行。」

郁閉緊了眼睛想——堂上會怎麼做？

換作是堂上，他不會在這種情況下用公共電話聯絡。

「……優質化特務機關追丟了您，現在一定緊盯著關東圖書基地。電話竊聽的技術在檯面上是不可能，不過對方是國家機構，他們有特殊機器可以監聽。」

「哦，原來如此……那妳的手機為什麼不怕竊聽？」

「我們用的手機都得讓後方支援部改裝，這是圖書隊員的義務。圖書隊相關單位的有線電話也都做了防竊聽加密，但是公共電話就……」

用不保密的公共線路打電話到敵人嚴密監控的關東圖書基地，就跟開宣傳車到街上去廣播當麻在此的行為差不多。隊上又沒有為這種情況設立密語或暗號。

話雖如此，她還是不能不跟基地聯絡。他們離開時，堂上只是靠最後一點點體力勉強維持自己的清醒，他恐怕撐不到和基地取得聯繫。

「啊，有了！」

郁自顧叫著跑向電話亭。待會兒再跟當麻解釋吧，現在是分秒必爭。

她翻開電話亭裡的電話簿，查找三碼電話，然後按下115。

「您好，這裡是NTT電報服務臺。」

「不好意思，電報可以在今天之內送到嗎？」

郁問得倉促，但客服員仍以一貫輕快的嗓音應答：

「可以的。只要您在下午七點鐘以前發出，午夜十二點以前就能送到。」

看看手錶，還有三十分鐘左右。

「呃──那請問，我用公共電話可以發嗎？」

「可以，但要麻煩您用信用卡付款。」

「我知道了。謝謝你！」

她急急掛掉電話，跑回去找當麻。

「老師，電報！我們拍電報！七點前發出去就可以在今天送到！基地的快遞二十四小時都可以收件，電報一定不會漏接！」

接下來，她和當麻一起思考執行細節的安全性，包括上午的逃亡計畫為何會走漏消息，基地是否已掌握情報外洩的途徑，以及是否已截斷該途徑等等。

考慮到這些因素，郁寫出了電報文，然後用自己的信用卡付了錢。堂上也說過，當麻的信用卡可能會被追蹤，但對方至少還不知道是誰在跟當麻一起行動，也不至於掌握到郁的資料。

電報文寫得很有她的風格，收件人一定知道寄件者是誰，再來就看文意能不能如實傳達了。現在擔心這個也無濟於事。郁打算自訂行動計畫，而且暫時當作沒有後援。

於是，在當麻的提議下，她乾脆把今晚的住宿處也一併訂下。從這兒開到大阪，就算立刻動身也要深夜才會抵達，到時找不到旅店，總不能在街頭過夜。

新宿的書店店長拿來的地圖上有飯店指南。郁大大方方的用公共電話打去訂房。就算優質化特務機關能想到在大阪佈署，他們的焦點也會放在圖書隊相關單位，應該還沒想到連一般旅舍的電話都去監聽——平民老百姓在公路休息站打個電話訂旅館，更沒什麼好懷疑的。

衝著這一點，她決定故意選擇大阪車站正前方的希爾頓飯店。兩個亡命之徒竟然選擇精華地段的五星級觀光大飯店去投宿，對方肯定料想不到。

「既然如此，乾脆訂個行政客房算了。」

當麻於是這麼說。行政客房比一般房型的等級還高，高級得令郁不禁內心惶惶，不過當麻有他的理由：

「行政樓層是專門為主管級的商務旅客設計的，住房跟退房有專人或獨立櫃檯服務，可以減少被別人看到的機會。」

這樣的條件確實吸引人，看來當麻有住過這種房間的經驗。郁還以為當作家的總是窩在家裡足不出戶，卻見當麻苦笑著表示：「幾年前跟太太一起結婚紀念旅行時，小小奢侈過一次。」

「可惜這次不是跟您的夫人一起來。我訂一間雙人房，您不介意吧？」

「這個問題反而應該是問妳才對。」

於是郁馬上打電話去訂房。行政樓層的雙人房果然有空房。

「我們還在很遠的外地，開到你們那裡時大概半夜了。半夜再辦住房手續可以嗎？也許會超過十二點。」

對方便要求郁確定了抵達時間再撥個電話過去。眼下算是訂到房間了。

掛上電話，郁呼了一口氣，便見當麻關心地說道：

「累的話就換我開吧。」

「不，我還可以。」

郁抓了抓頭傻笑。

「我只是覺得，作戰資金雄厚真是太重要了。如果這是我的私人旅行，我才不捨得臨時訂房，而且還是希爾頓的行政客房呢。我一定找便宜的旅館住，找不到就乾脆睡網咖。」

「網咖可以睡覺？」

「現在有些網咖還附設淋浴設備，也提供沖泡式的點心，睡個一晚還可以啦。包廂又可以上鎖。」

「哇——原來有這種地方啊。」

當麻佩服地點了點頭又道：

「不過，還是換我開吧。妳雖是個優秀的防衛員，白天逃跑一定也消耗了不少體力，剛才又一路在大雨中開車。」

聽得當麻直言，郁才發覺自己始終繃緊了神經，這會兒忽然有些倦意。

「我年紀大了，不能硬撐，所以妳也得趁早回復一下體力。接下來還要靠妳照應付呢。」

「我知道了。」

當麻說的對。郁老實地點點頭，回車上去時乖乖的坐進副駕駛座。當麻把車開去加油時，她坐在車裡狼吞虎嚥的吃東西。啃掉一個飯糰和三明治外加一瓶茶，油也正好加完，當麻便把車子開出了休息區。

看著車子回到高速公路上，郁才放平座椅，將毛巾被拉到胸口。

疲勞似乎比她所想的還要來勢洶洶。才閉上眼感覺車子的晃動，郁的意識就飄遠了。她知道這是熟睡的前兆。

＊

同一天的晚間九點。

「笠原到哪裡去了！」

拄著枴杖還走得像個急驚風的不是別人，正是在辦公室裡團團轉的玄田。其他隊員都被派去警察醫院或自衛隊醫院站假哨了。

「撐枴杖走路不要那麼用力，地板會壞掉。」

這種話平時都是堂上在講，今天換成了緒形。堂上人現在在新宿的急救醫院，小牧和手塚趕過去探望了。據小牧的報告，堂上除了槍傷還併發肺炎，讓人不免為另外兩個人的疲勞度擔心起來。當麻和郁的下落不明，而郁至今都尚未和基地聯絡，除了推測他們正驅車前往大阪以外，別的線索一無所有，會不會有報告傳回來都還是個問題。

正著急時，柴崎衝進了辦公室。

「玄田隊長，消息來了！舍監剛剛交給我的！」

柴崎將一份電報交給玄田。電報附著一只五顏六色的花俏禮盒，禮盒上還有音樂感應器。收件者是柴崎麻子，寄件者名叫柴崎麻美。

禮盒上的緞帶還沒拆，就可以知道柴崎的親戚裡並沒有這麼一號人物。柴崎麻美應該是郁編出來的名字。

「幹嘛搞得這麼麻煩……」

玄田訝異的問道，緒形便答：

「我想，恐怕是她的手機在逃跑時壞掉了吧。一般的生活防水功能是防不了這種豪雨的。我們今天分頭逃跑時，手塚的手機也被大雨淋到壞掉，他還嚇傻了。」

「什麼！」

柴崎的驚叫聲淒厲得莫名其妙，這會兒連緒形也和玄田一起感到訝異。

「幹嘛突然叫成這樣。」

被玄田一問，柴崎勉強擠了個笑容：

「啊、那個……就是，我想，他一定很傷腦筋。裡面的資料也泡湯了。」

「這不是現在要擔心的事吧。」

「當然，當然。」

柴崎點頭。緒形又繼續說：

「公共電話有被監聽的疑慮，我想她也不敢用。話說回來，能想到拍電報，真有她的。」

「等她回來，可得好好誇獎她。」

玄田邊說邊打開電報盒。生日快樂歌的電子鈴聲立刻響了起來。

看見電文，玄田沒好氣的說：

「……寫這什麼小學生作文的東西。」

「笠原寫得很用心呢。」

柴崎難得為他人說情。

「她無從得知基地目前的狀況，也不知道消息是怎麼走漏的，所以我猜，她直接假設隊裡有內賊。那麼，假裝是我的親戚，她的消息就可以送到我本人的手上；萬一真的被人攔截，別人也只會以為這是一封普通的生日電報。」

「嗯，從電文的內容看來是分不出……」

三人開著盒子解讀電文，那熱鬧卻刺耳的鈴聲便響個不停，玄田跟緒形的耳朵顯然快受不了了。兩人的臉色愈來愈難看。

「喂，緒形，感應器在哪！把它遮起來！」

「是。」

緒形就近找了張辦公桌打開抽屜，取一段不透明膠帶貼住銀色的感光箔，足足快樂了五分鐘的生日歌總算是閉嘴了。

「好，現在知道他們是走中央道往大阪去了。柴崎，剩下的妳去解讀。」

「是。」

柴崎接過那個被下了封口令的可憐電報盒。

「妳可以用我們辦公室的電腦。」

「不，為了保險，我還是回寢室去用我的電腦，免得瀏覽歷程被外人追查到。」

基地裡的人都可以在特殊部隊辦公室來去自如，這一點在保全措施上是個扣分項目——如今連秦野都成了內賊，保密性之低就更不用說了。

郁絞盡了她的腦汁努力送出來的這份結果，自己也要全力回應，否則會糟蹋她的心血。

……不過，這且不談。

行了個禮走出辦公室，柴崎在走廊上恨恨地啐了一口：

「氣死我了，手塚那個豬頭。」

走廊是空的，所以她不怕被人聽見，可以痛快的罵出那人的名字。

那傢伙當然要嚇傻。被雨水泡壞的是她柴崎麻子的手機啊。

手機通訊錄裡的重要聯絡資料，在她的電腦和手寫的通訊錄裡其實也都有，只不過——

「要是資料不能復原，非要他賠我一隻建好了資料的新手機不可！」

單單是圖書隊相關的聯絡人，柴崎的手機裡就有超過上百筆資料，加上她的私人朋友和公私周邊人脈，少說也有兩百筆，包管教他輸入到手軟。

算了，能讓手塚吹鬍子瞪眼，或許還挺有趣的。

就當作是為這場無妄之災硬加個好玩的理由吧，柴崎心想，卻發現自己在不知不覺間竊笑出聲。

＊

「差不多要請妳來接手了。」

郁聽見當麻的聲音時，關原已在前方。

離開諏訪湖休息區之後，當麻取道名神高速，從長野下行到岐阜、再從愛知的北側掠過，然後再度進入岐阜縣境，足足開了兩個半小時的車。

現在是九點半。這一段短卻深沉的睡眠，果然消除了不少疲勞。

「我們去養老（註：岐阜縣地名）休息區。」

當麻將車子轉入前往休息區的入口交流道。

「上了名神，車流量變多了，不過路況都很順。光是跟著其它車子一起開，隨隨便便也開到時速一百。」

「那就好……」

郁翻閱著道路圖，聲音裡還有些睡意。

「啊，不遠了嘛。」

約略換算一下，還有一百五十公里左右，不到兩個小時的車程。

「那剩下的這一段都由我來開好了。」

這一帶已經不在暴風圈內，此刻連星空都看得見。服務區也是空蕩蕩的，果然沒什麼車子會在颱風直撲東京的日子裡由東往西行。

再去上個廁所後，郁回到車上重新設定導航，目的地是大阪希爾頓飯店。在首都高的那段醜態，她可不想再來一次了。

「進入大阪市區之後的路況會有點煩雜，妳要多注意哦。」

「咦?有多煩雜……」

「我也沒有在那裡開過車，只記得大阪火車站附近巷道小路多，妳就想成新宿或澀谷那一帶好了。現在雖然有重新規劃，不過晚上路邊停車不少。」

「媽呀——」

想起在新宿交流道時的慌亂，郁終於甘心向衛星導航求助。

「剩下這段高速公路的車程差不多一個多小時，這個時間應該也不會塞車了。順利的話，可以趕在十二點以前到飯店。」

「來吧！」

郁拍了拍自己的兩頰，打起精神。

「那就祈禱這一段能順利吧！走！」

朗聲說完，她發動了引擎。

從諏訪湖開出來已走了兩百多公里，郁決定再去加個油。只要加油站沒有車子在排隊，那麼每到休息區就補個油反而節省時間。

離開養老休息區後不到十分鐘，他們進入滋賀縣。米原的幹道就快要到了。

沿著幹道往彥根方向直進，郁把車子開進超車道，瞥見時速大約在一百二十左右。路況相當順暢，跟夜間交通量減少不無關係，另一方面也因為路面已乾，駕駛人不必擔心打滑。

我看看——在地車、在地車。

確定前車是滋賀縣的車牌後，郁開始定距離跟車。這是父親教的。在陌生的地區駕駛，不妨盡量跟著在地的車輛走，因為那些駕駛比較了解各道路的速限和路況，跟得好既可以避免違規，也可以避免迷路。郁到了東京之後就沒什麼機會開車，卻觀察並且印證過父親的話：的確，每當本地駕駛人不自然的減速時，前方必定會出現異常路況，有時是路面坑洞或高低落差，有時或許是視野不良的夾子彎之類，甚至很可能是隱藏式的測速照相。

照衛星導航的地圖看來，他們如今正繞過琵琶湖的南側。

若是白天，這一段應該有地方可以看見琵琶湖吧。郁突然想到。她還沒有看過琵琶湖的景色。現在的路邊只能看到隔音牆，牆外則淨是黑沉沉的山背。

很快的，他們離開了京都，到吹田休息區做了最後一次的加油和上廁所。現在剛過十一點，從關原過來已過了一個半小時左右。從地圖上看，他們離目的地只剩不到三十分鐘的車程，郁就在這兒打了個電話給希爾頓飯店，表示他們大概可以在午夜十二點以前趕到。

從豐中交流道轉入阪神高速池田線時，導航系統指示她應該從梅田出口下去。這下子郁又慌了。

「梅田、梅田出口？不是大阪耶，沒關係嗎？」

「在這個地區講大阪或梅田都是指同一個地方，只是說法不同而已！」

「同一個地方幹嘛要用不同的地名啦——！」

才下交流道，導航系統的指示語音立刻頻繁地響起來。

「呀——？」

陌生的街道外加囉嗦的語音，郁緊張得只能顧著照畫面上的小箭頭右轉，結果引來旁邊的一堆車子猛按喇叭。

「衛星導航我來看，笠原小姐妳注意路況！」

終於，在導航和當麻的雙重指示下，郁總算把車開進了希爾頓飯店的地下停車場，並在職員的引導下停妥了車。

這輛汽車明天就要還租，於是郁把車上的私人物品全都拿了下來，包括堂上的公事包和店長送的用品。

懷著驚魂甫定的心情走上一樓大廳，郁向櫃檯經辦員表明自己剛才打過電話確認訂房，對方果然請她到三十二樓的專用櫃檯去辦理住房登記，並且喚來行李員，將郁和當麻帶去搭電梯。

行政樓層的專用櫃檯是一張設在雅座酒吧門外的單人書桌。這時的客人不多，經辦員便仔細地向他們解釋飯店各服務項目及住房須知。

「爸，你不用來，我直接幫你寫。」

暗示當麻離櫃檯遠一點，郁在旅客登記表上填入自己的姓名和老家的住址，旁邊則寫上父親笠原克宏的名字。

這兒採取費用預付制，預付的金額大約是房價的兩倍，退房時多退少補。郁直接點了現鈔，如數交給經辦員。

房間是3112號室。手續辦妥，拿到金色的鑰匙卡，再次由行李員帶路。除了公事包以外，郁將其它的行李都交給行李員去提。

他們往下走一層樓，見樓梯旁就是電梯川堂，客房則在反方向再往裡走。

有駝背習慣的當麻略低著頭走在最後面，郁索性扮起一個俐落幹練的女兒，對著他催促道：

「爸，走快點啦！明天那麼早就要忙了，你要早點睡！」

「唉，我就是很累了啊。」

當麻對這種即興演出的反應已是得心應手。郁遂再添一筆。

「有什麼辦法，老人家要走哪有選時間的。都到旅館了，你就別再喊累了。」

一對父女在深夜如此臨時性的趕到大阪來投宿，郁能想到的最佳理由就是家有喪事了。雖然有點兒晦氣。

「說起來也真是的，偏偏是在我們出來玩到一半的時候走，行程是取消了，可是喪服來不及準備。」

「這裡是大城市，喪服這東西應該到處都買得到吧。」

如此一來一往的演了一小齣戲，郁向走在前面的行李員問道：

「請問一下，這一帶哪裡可以買得到喪服……」

「有的。由一樓大廳的東側商場出去，對馬路就是阪神百貨公司，本館正對面的大阪火車站裡也有大丸百貨。兩家都是上午十點鐘開始營業。」

行李員親切的說明，讓郁知道要去哪兒調度物資了。

將他們領到位於三十一樓的客房後，行李員就離開了。郁向當麻深深一鞠躬。

「不好意思，我是臨時起意的。」

「不會不會，我配合得還好吧？」

「那當然！恰到好處呢！」

郁邊說邊將公事包放在床上，然後請當麻先去洗澡，自己則動手整理起所有的隨身行李來，一面想著今天沒法兒換乾淨的內衣褲，只好忍耐一天了。沒想到就在整理書店店長送來的那個紙袋時，郁找到了新的內褲和襪子，而且還是男女各一套。男用的倒罷了，女用內褲買起來恐怕還挺尷尬的。郁再度感謝起那位店長。

「老師，店長先生替我們買了新內褲。」

「啊，那真是太感謝他了。」

當麻好像還沒有脫衣服，所以就打開門來接過內褲。褲子上的吊牌可以用浴室裡準備的刮鬍刀割掉。

「您就順便泡個熱水澡吧，泡熱一點可以消除疲勞。」

辛苦了一整天，當麻可不能在這個時候累倒。

聽著浴缸裡放水的聲音，郁開始檢視公事包裡的東西。

就像她在電車裡摸到的：一把SIG-P220手槍、一挺衝鋒槍、備用彈匣各三個，以及一個乾癟的急救包——三角巾已經用掉了。急救包裡還有用來剪繃帶的小剪刀，郁就拿來剪新襪子和內褲的標籤。

她朝床頭邊的電話瞄了一眼。進到飯店來，心情穩定了些，她突然好想跟基地聯繫。

堂上應該平安無事吧？手術應該結束了吧？只要打一通電話回基地，這些資訊都可以確認。

可是。

郁走到窗邊，試著按捺下這股衝動。這是個和式風格的客房，用紙糊的拉門當作窗簾，所以在客人進住前都不會拉上。窗外的正對面就是圓形大樓，她在地圖上看過好幾次；它的旁邊有個電子看板，上面是摹仿大阪某名產的信貸廣告，她曾在綜藝節目裡看過。憑郁的薪水住不起這麼貴的高樓客房，能從三十一層樓高的地方俯瞰夜景當然是個難得的經驗，可惜現在的她沒有心情享受。隨便看了幾眼，她就把紙門合了起來。

然後，她在靠近窗子的床鋪坐下。正面的寫字檯前有鏡子，照出她略顯疲憊的身影。襯衫領子上的那一枚階級章，比她自己的還高出兩階。

泛白的指尖、那一句「借妳」——他一次就借了兩朵洋菊給她。

郁將手指按撫在階級章上。堂上就在這裡。

不要哭。笑一笑。他說，從現在起都靠我一個人了。他說我辦得到。

打從發出電報的那一刻，她就決定不要再試著聯絡圖書隊了。所以，接下來只有靠她自己獨撐大局——既然堂上相信她能夠獨力做到。

所以，我已經一個人撐過來了，一定可以撐下去。不論如何，非得讓當麻老師走進總領事館的大門不可。胡攪蠻纏，不按牌理出牌，這不就是圖書特殊部隊的拿手絕活兒嗎？

郁笑不出來，但至少還能正視鏡中的自己。他叫她不要哭，那麼她就不哭，無論心裡多麼擔心堂上的安危。

三十分鐘後，當麻從浴室走了出來，身上穿著飯店為客人準備的前扣式睡衣。郁接著進浴室，大略洗一下浴缸，然後重新放熱水。

洗臉台下擺著一只藤製洗衣籃，這對郁來說也是一個新奇的體驗，因為她從來沒住過這麼貼心周到的旅館。一旁的角落還有磅秤，不過她現在完全沒心情量體重。將脫下來的衣物和防彈背心擺在洗衣籃上，再將浴巾和睡衣疊上去，她開始洗臉。

飯店準備了兩塊香皂，她決定浪費點拆一塊新的來洗臉。水槽旁另有小瓶裝的洗髮精、潤髮乳和沐浴乳各一。她把瓶子帶到已經放足熱水的浴缸旁，迫不及待的將身體泡了進去。

熱水舒服得像能鬆筋活骨。她一面放鬆一面按摩，免得明天鬧肌肉痠痛。一整天的全武行，已經讓她的身上青紫斑斑。

洗過身體和頭髮，沖了個乾淨後，她用浴巾擦乾身體、換上睡衣，這才注意到——

「化妝水什麼的該怎麼辦……」

明天得素顏外出了。不過郁一點也不在意，反正她平時根本少有化妝的機會（執行警備勤務時化妝還說得過去，出操訓練還化妝根本沒有意義），只是洗完澡不擦點東西總覺得怪怪的。

有沒有刮鬍子之後用的乳液呢？看了看洗臉台旁的沐浴用品盤，原來飯店還準備了卸妝用的洗面乳和化妝水。果然不愧是大飯店。郁滿懷感激的拆開鋁箔包，倒出半包化妝水來用，剩下的則靠在洗臉台牆邊留待明天早上使用。

走出浴室時，她看見當麻坐在寫字檯前翻看一本長條形的冊子。

「當麻老師，怎麼了嗎？」

走過去一看，原來是掛在外門把用的聯絡單。不過，當麻在看的冊子比一般的「請勿打擾」或「請打掃房間」的牌子還長得多。

「這是早餐用的客房服務單。只要在凌晨三點以前把它掛出去，飯店就會在指定的時間把早餐送過來，這樣就不必到餐廳或雅座酒吧去吃東西了。」

「好主意！」

郁當然贊成。行政樓層的住客可以享用免費自助式早點，但是樓下的雅座酒吧並不比飯店的大堂餐廳安全。郁剛才看了一下，覺得那兒空間不算大，顧客彼此很容易看見對方，要是進去吃東西，只怕會有人認出當麻。

「雖然那種酒吧有時是外國人比本國人多，也許不必這麼緊張，不過……」

「不，不怕一萬只怕萬一。客房服務雖然要另外付費，可是警備金不能斤斤計較。隊裡也常常這樣跟我們說。」

稻嶺被綁架時連整棟樓房都買過了，幾千圓的早餐算得了什麼。

早餐不吃乾飯就沒精神的郁選擇了日式早點，當麻則指定要稀飯。在單子上勾好之後，註明八點鐘送到，然後掛在房門外就行。

約好七點鐘起床，兩人便各自鑽進被窩。才關燈，郁就聽見當麻鼾聲大作，看來他真的累壞了。郁自己也差不多。這會兒，再響亮的鼾聲都不能妨礙她的睡眠。

＊

第二天早上七點。

鬧鐘一響，郁馬上摸到床頭將它關掉，然後在被窩裡把身上的睡衣整理一下才坐起來。

「老師，天亮了。我先去用浴室哦。」

對當麻說完，郁抓起衣服衝進浴室。洗臉刷牙時，她聽見外面傳來電視機的聲音。當麻大概在找今天的接力報導，所以一直在換頻道。

不知道新聞會怎麼報導昨天的事情。郁匆匆梳洗妥當，跑出浴室。

「我的心臟病發作，昨天住進東京的某醫院，至於住進哪間醫院則不便公開。」

見當麻笑道，郁也跟著笑了起來。這倒像是玄田的主意。然而，優質化委員會恐怕不會傻傻的相信，他們應該仍會考慮大阪佈署吧。一切還是謹慎為上。小心駛得萬年船。

當麻梳洗完畢後不久，早餐送來了。郁請客房服務員將窗邊的茶桌推到角落，再將餐車推到窗下擺好。

拉開紙門，兩人在窗邊吃完了早飯，馬上打電話請人來收回餐車。

一等餐車收走，郁接著打電話到租車公司去。接下來的行程十分緊湊，他們只能一大早就把還車的事情辦完，可是她不敢把當麻獨自留在飯店裡，退房又會浪費不少時間。

藉口有急事而來不及趕去還車，郁拜託電話那頭的職員到希爾頓飯店來取車。對方起初很不願意，後來郁同意多付一點錢去補貼燃料費，這才讓那人答應了。

「那就麻煩你到了櫃檯再打電話給我。我姓笠原，住3112號房。」

那人說他二十分鐘左右就會到，郁趕緊趁這段時間清理東西，把他們帶不走的物品集中放在紙袋裡。店長送的那些隨身用品大部分都得丟了，比方毛巾被和換下來的衣服。郁其實不捨得丟，也覺得浪費，無奈那些東西會妨礙他們的行動。她將紙袋擺在垃圾筒旁，只留下大阪的地圖。

就在這時，櫃檯打電話上來了。來取車的人果然就是剛才和她通電話的職員，口氣還是有點兒不高興。

「不好意思，我去去就回！回來時我會敲門，您開門前記得先看看外面！」

郁如此交代當麻，在堂上的皮夾裡多放了一些錢，就拿著車鑰匙衝出了房間。

「這樣讓我們很傷腦筋呢——」

那名年輕的租車公司職員說道。郁只好不停的鞠躬賠不是。

「不好意思，真的很抱歉。謝謝你。」

「算啦，希爾頓也是我們的大客戶，看在您住這兒的份上，公司這一次就通融了。」

他話中帶刺的說著，一面在大廳裡按起計算機來。

「我去停車場看過車子了，油箱幾乎是滿的。你們在吹田或哪裡加過油吧？」

不同於飯店的職員和服務員，這個年輕人講話帶著濃濃的大阪腔，郁聽著覺得很新鮮。

「所以燃料的錢我就不跟您收了，算是您送我們的吧。還車的服務費就收這個數目，您看如何？」

郁本來已做好了被狠敲一筆竹槓的心理準備，想不到計算機上的數字竟在合理範圍內。

「謝謝、謝謝，麻煩你們這麼多，真的很抱歉！」

把錢付清，交還車鑰匙後，她在車行職員帶來的收據上簽名。

「那我帶你去拿車。」

眼見郁要往停車場走，職員制止了她。

「我剛才都說去看過車子了，您停在哪兒我早知道啦。既然有急事，您就去忙您的吧。」

搞不好這人其實是刀子口豆腐心。見他冷冷的揮手道別，郁遂向他鞠了一個九十度的躬，轉身跑向電梯。

在不安與焦躁的心情中，他們等著百貨公司開門營業的時間。

「好，還有十分鐘！現在去辦退房剛剛好，我們走吧！」

郁將公事包揹在肩上，當麻則把地圖捲起來塞進上衣口袋。然後，郁分了一些錢給當麻帶在身上。

辦完了退房手續，兩人混在人群中走向百貨公司。大丸或阪神，讓路口的紅綠燈來決定。綠燈亮在往阪神的方向。他們快步走進才剛開門的賣場，直奔紳士西服樓層。

這一層樓的客群鎖定在壯年以上的族群，所以絕大多數的專櫃服務員都是年齡層相當的中年婦女。郁找上一名看起來比較好講話的媽媽級店員。

「不好意思。」

「是。」

見店員笑容可掬的轉過頭來，郁提出自己反覆想過好幾遍的要求：

「我要請妳幫一個特別的忙。」

「是？」

「花多少錢我都不在乎。」

哇塞，有生以來第一次講這句話。郁緊張得都快要咬到舌頭了。

「喔——」

歐巴桑店員也睜大了眼睛，愣愣的點頭。

「相對的，妳不能對別人提起這件事。」

「好。」

「請妳把這位先生打扮成大阪最不起眼的大叔。」

當麻偷偷從郁的身後探出頭去，向店員點了點頭，那名店員臉上立刻現出若有所悟的表情。

「……也就是說，讓大家都認不出這位先生是誰就行了，是吧？」

一點就通。郁覺得對方已經知道來者何人。

便見這位歐巴桑笑瞇了眼：

「這樣的話，客人啊，你們走錯樓層了。來。」

她和氣地招呼，帶著兩人走進電梯。

來到下樓層，歐巴桑不由分說的將他們拖到那一層樓的後場工作區。

「喂，大伙兒聽我說！有個好玩的客人來了！」

「妳怎麼跑來了？走錯樓啊？」

「哎唷，那人是……」

「那個先別管了！他們說要把這個人打扮成大阪最不起眼的樣子，這位小姐還說花多少錢都無所謂！來哦！」

聽得她登高一呼，工作區裡的眾歐巴桑竟異口同聲的吆喝著：「來啦！」紛紛放下手邊的工作，開始分配各自的負責項目，然後飛也似的奔向外頭的賣場。

郁和當麻一時傻眼，只能忐忑的縮在旁邊觀望。

這麼團結有幹勁是怎麼回事？這就是大阪調調嗎？

她們從賣場回來後，當麻的地獄就開始了。

看著歐巴桑們合力完成的傑作，郁不由得緊緊捂住嘴巴。要不這麼做，她會想要捧著肚子大笑，

「好了，完工！」

只怕敏感纖細的當麻會大受打擊。

首先是那件紫色金蔥的夏季針織衫，前襟有大片用水鑽排成的玫瑰圖案，一閃一閃得令郁都覺得目眩。再來是那對下垂的胸部，應該是胸罩和襯墊弄出來的效果，卻很符合這個年紀的體型，加上裡層的那件防彈背心，看起來像是很有肉的樣子。

無紋的駝色長褲看似樸素，側面卻印著豹紋。腳下那雙當然是平底鞋，照樣貼著水鑽。

頭上是一頂及肩的深棕色假髮，臉上——不知她們在他臉上塗了多厚的粉，竟然能把鬍根遮得完全看不見，還畫上了阿婆式的彩妝。

坐在全身鏡前，當麻自己也驚愕得沒法兒從椅子上站起來。現在他的腿上放了一只黑色布包，包面上縫著彩珠和——果不其然又是水鑽綴成的蝴蝶，提把下綴著施華洛世奇黑水晶流蘇。

「這……這不會太閃亮嗎？」

問題不在這裡吧！郁自己都忍不住吐槽自己，卻見那群歐巴桑們自信滿滿的答道：

「這才是大阪最不顯眼的打扮。我們還弄得低調了咧。待會兒妳上街去看看，保證大阪市內到處都看得到像他這樣的歐巴桑。這是市容之一，市容啦。」

的確，現在的當麻看起來只像是個上了年紀的婦人，就算去上女生廁所也不會有人起疑。

「人到了他的這個年紀啊，男人女人的分別已經不明顯了。反正他的鬍子也白了，剃完的鬍根也不明顯，連調色粉底都免塗。」

「來，把他穿來的衣服放去他的包包。鞋子也一起。」

歐巴桑們以熟練的手法疊好當麻的衣服，與地圖一起整齊的放進黑布包裡。

「就算給優質化隊員打照面也認不出來囉。」

有人輕描淡寫地說了這麼一句，引得郁和當麻不約而同的俯首。

「好啦，小姐說不在乎花多少錢，我們就來結帳吧。別看這些東西俗氣，可都是些上等貨呢。」

「好，儘管來吧！」

郁拿著堂上的皮夾揚了揚。

「針織衫兩萬五，假奶之類的就算三萬五吧，褲子一萬八跟鞋子兩萬……化妝品最貴，都是些名牌哪。老師如果不想要，那就小姐拿了去吧。」

邊報金額邊說笑又邊打計算機，最後喊了一聲「總共」是──

「十六萬八千兩百五十圓！」

「好！」

郁手邊的現金夠付。她拿了十七萬又兩百五十圓給店員，找來兩千圓。

「來，這是收據。同一個賣場的才訂在一起。收好啊。」

滿心感激地接過收據，放進堂上的皮夾裡。這只皮夾現在裝滿了各種收據，整個鼓鼓的。

當麻還處在精神打擊的狀態中，但已經可以站起來了，手裡不忘拎著蝴蝶包。

「謝謝各位，我們感激不盡。」

兩人一齊彎下腰去鞠躬，卻見這群堅毅的歐巴桑軍團們豪邁一笑。

「有好玩的客人來照顧我們的生意，我們才要說謝咧。歡迎再度光臨啊。」

步出後場工作區時，當麻和郁看起來無疑是一對母女、或是祖母和孫女了。

時間剛過十一點。兩人從百貨公司的二樓天橋走出去，在門口停了下來。郁對當麻說：

「我就送您到這裡。您行嗎？」

「可以。這一帶的路我研究過，大致有方向感，加上地圖就不怕了。」

「那麼，十二點整，就照計畫。」

郁叮嚀道。當麻便向她伸出手。

「希望我們還有握手的機會。」

「是。」

咬著嘴唇，郁用力地與他相握。在最後這一刻，她有太多話想說，這會兒反而不知該說哪一句。

眼前的當麻活脫脫是個福態的大娘，郁的心裡卻沒有一絲笑意。

「能做您的護衛，是我的榮幸。」

她總算想到這一句。換作是堂上，他一定也會想這麼說。

「謝謝你們兩位。」

當麻說完，這才放開了手，轉身朝大阪火車站的方向走去。郁走的是反方向。她要下天橋。

回身一看，當麻的身影已經融入往來雜沓的人群中。歐巴桑軍團說得沒錯，他的背影看起來太自然了，眼光若是不刻意尋找紫色，這景象也不過就是鬧街中尋常的市容之一。

一定沒問題的，一定會順利的。有這麼多的好心人幫忙，有圖書隊的奮鬥，怎麼可能不順利。

走下天橋後不久，她看見一家書店，於是走進去買了一本袖珍市區地圖。新宿那位店長送的地圖給了當麻，郁自己也需要一份。

她走的方向沒錯，但離他們約定好的行動時間還有一個小時左右。以郁的腳程，這段路只要二十分鐘就能走到。她思索著要不要買本小書去咖啡店坐坐，但怕看得入迷而錯過了時間，只好作罷。

早點過去吧。多出來的時間應該用來調查環境，她想。

＊

與郁道別後，當麻走進地鐵御堂筋線的梅田站。

過往的行人沒一個察覺當麻，令他有點兒心緒複雜，一方面慶幸自己的變裝成功，一方面又覺得太成功了有損男兒顏面——這位偽大阪歐巴桑落寞地低下頭去，胸前的垂奶立刻映入眼簾，心中更加不是滋味。

然而這一切和那女孩為自己所做的付出相比，根本算不上什麼。當麻如是想著，重新打起精神。為了保險起見，買一張可以無限次搭乘的一日周遊券好了。

通過驗票口，走下月台，等候前往天王寺方向的車——往南。

坐進了電車，當麻仍然只是眾多女性乘客中的一人。歐巴桑軍團的功力實在可怕。

他要在本町站下車，離梅田只有兩站。車程大約五分鐘。

當麻的目的地是御堂筋，正好在本町站和心齋橋站的中間點上。從地圖上看來，距離大約是五百公尺。

走出本町站，不知怎的竟然已經是十一點半了。他得快點走到那附近才行。隔著御堂筋和難波神社對望的大樓，就是當麻要去的地方。

十九樓，英國總領事館。

他走近那棟大樓，看見郁教他辨認的那種廂型車停在路邊。他也瞥見三、四個身穿特務機關制服的優質化隊員，卻沒有一個人把眼光瞥到他身上。

記得要抬頭挺胸看前面，大步大步的走。我們關西人走路都很快的。

這是歐巴桑軍團給的建議。當麻盡量拉大步伐，加快腳步。

地圖上寫著大樓後側是一整條的批發街，他便決定先到那裡去。這一路走來實在太不引人注意了，讓他多了好幾分自信，乾脆大了膽子直接從大樓前方斜切到後側去。優質化隊員依舊對他不理不睬。

如果這就是變性的效果，那也未免太驚人了。當麻走進批發街，在便利商店買了一瓶飲料和麵包，再循來時路往回走，結果還是沒有人對他起疑。他走過斑馬線，進到對街的難波神社去拜一下，然後就近找了一張長椅子坐下，拆開麵包的包裝袋，一口一口的慢慢咬。神社外緣有高牆圍著，他所坐的位置頂多只能從敞開的門中看到些許御堂筋的街景——外面看不進來，裡面似乎也沒有人在盯哨。

終於到了十二點整。

御堂筋的方向突然傳來一連串不平靜的聲響。當麻裝作若無其事地走到參天楠木旁的門邊，倚著門後從隱蔽處向外望，只見原本四散在各處的優質化隊員們已經全數擠在那輛廂型車旁等著上車。緊接著車子急速前進，闖了個紅燈直接右轉，往神社南面的馬路開去——在十字路口幹這種事，其它車輛全嚇得緊急剎車，當然也引來一陣噓聲似的喇叭聲。御堂筋全線是南向的單行道，不能迴轉，他們大概打算往北面走，所以想繞到四橋線的北向單行道上去吧。

等這陣騷動平息，當麻走出神社大門，準備過馬路。

就在這時，有一隻手搭上了他的肩膀。

＊

照著地圖往南走，郁來到一處三岔路。這裡是御堂筋和新御堂筋的交界處。

朝新御堂筋的方向看去，可以望見一整棟的美國總領事館。和大使館一樣，這兒的警察戒備森嚴。但在此刻，除了警官站崗之外，那一帶還有一大群表情嚴肅的男人。那些人都穿著西裝，郁卻一眼就認出他們是優質化隊員。他們的廂型車應該就停在附近吧。

這麼看來，特務機關果然把監視的重心放在離大阪火車站最近的美國總領事館。

「哼，你們想得到，我也想得到。」

在當麻所期望的使館國家中，只有美國的駐大阪總領事館擁有獨立的整棟大樓，其它國家的都只是綜合大樓中的一個樓層或是一間辦公室而已。考慮到各方面的便利性，對方想必也把美國列為第一順位，所以郁大膽的反向操作，要當麻再度闖關英國，她自己則在美國這兒擾敵。這兩處總領事館相距不到兩公里，就算特務機關的人已經在英國那裡佈署，得知此地騷動時也一定會趕來支援的。

「……不過還是別從這裡過馬路的好。」

這個三岔路口是大道匯集處，視野格外廣闊，在總領事館大樓的正對面有一處三角形的區域，上面有交通崗哨和摩天大樓，可以完整看見正對面的總領事館。從那兒向不同方向延伸的斑馬線，分別通往御堂筋和新御堂筋，而過這兩條斑馬線的每個行人都會是優質化隊員的警戒對象。郁站得老遠，都看得出那些人正全神貫注地瞪著路人的一舉一動。

她現在所在的位置，正是必須從御堂筋過馬路到三角區去的人行道上，也是敵人監視最嚴密的方向。

還不到十一點半。郁佯裝自然地右轉，遠離總領事館。她不敢掉頭走回來路，免得引人起疑。彎進小巷，她趕緊翻開地圖，設法回到前一個有斑馬線的路口。好不容易過了馬路，迂迴地繞到三角區摩天樓的後方時，離十二點整只剩下十分鐘了。

就在大樓後巷，郁等著十二點前的倒數讀秒。

最後一分鐘——三十秒。

郁猛然往大馬路的方向衝出去，飛也似的跑到人行道上，來到一處沒有行道樹的空間。在對街的優質化隊員們立刻注意到這突如其來的動靜，霎時全都轉頭朝這兒看來。單單在總領事館正門前，大約就有十五、六個人吧。

我要盡量吸引他們的目光。

「這裡是關東圖書隊！我們來啦——！」

扯開了嗓門吼叫，郁掏出公事包裡的衝鋒槍，對著天空扣下扳機，一股腦兒的射到子彈用完為止。優質化隊員們反射性的伏低身子，尋找掩蔽。

趁這個當兒，郁迅速抽出牛仔褲口袋裡的一只彈匣，看也不看地換了上去，馬上又朝天空連射。一見有優質化隊員想要爬起來，她就放下槍口朝柏油路面掃射，逼得那些人又趴回地上。

聽見槍聲，路人早就逃竄得不見蹤影，一般車輛大老遠就知道情況不對，也已經繞道行駛，因此這會兒的路面已是空空蕩蕩。妨礙交通就妨礙交通吧，受罰就受罰吧。

還剩最後一個彈匣！

郁把三只備用彈匣都帶在身上，現在她把最後一個裝了上去。

＊

當麻只覺一陣驚恐。

「是當麻老師吧？」

回頭看去，只見一名青年微笑著將圖書手冊翻開在自己面前。

當麻重重的呼了一口氣。

「歡迎來到大阪。我是關西圖書隊的隊員——話說回來，您的偽裝還真是一不做二不休啊，害我直到剛剛才注意到。我們來得甚至比優質化隊員早呢。」

「呃，不，這是——」

當麻窘迫起來。這時燈號正好轉綠，圖書隊員便扶著他的肩膀過馬路。

「先進總領事館吧。只不過，我們進去時恐怕要跟對方解釋一下了。您的這身裝扮實在高明。」

青年說著，直接將當麻帶進了大樓，在電梯按下十九樓的鈕。

「請問，笠原小姐呢？」

「等我們進了總領事館再聽報告吧。基地應該會用手機通知我。」

就這樣，當麻成功的進入英國總領事館。

＊

最後的彈匣射完了。郁把衝鋒槍塞進公事包裡，準備取出SIG-P220。

但她的動作不夠靈活。優質化隊員爬起來的動作更快。

可惡，子彈都還沒用完——臨到這一刻，不肯服輸的郁腦中先閃過的竟是這個念頭。她發了狠，瞇起眼睛心想：正好，自己還沒有親身試過防彈背心的功效呢。

——奇怪。

掏槍從不遲疑的優質化隊員們，此時竟然沒有舉槍相向，只是一個勁兒的朝她所在的方向左右打量。這頃刻間的異常情景，令郁也不禁愣住——為什麼沒朝我開槍？

若是平時，她應該要把握現在趕快逃跑，這會兒她卻忘了。說時遲那時快，一輛廂型車衝到郁的面前，恰恰擋在她和優質化隊員的中間。郁一眼就認出那不是優質化特務機關的車。滑動式的車門倏地甩開。

「笠原士長嗎？快上來！」

一聽見車內有人喚著自己的名字，她想都沒想就反射性地衝了上去。還沒關上車門，車子已經急起加速，在輪胎的尖嘯聲中朝著新御堂筋駛去。

「我們是關西圖書隊。關東圖書隊已將當麻老師和笠原士長的掩護作戰任務移交給我們。」

「……當麻老師呢？」

「他已經平安進入英國總領事館。」

郁往椅背靠去，只覺渾身虛脫。

「……他們為什麼沒開槍打我？」

「這是關東圖書基地的玄田一監的安排。他去打點自衛隊的武器管制單位，讓他們把優質化特務機關關西分部的衝鋒槍和手槍彈匣全部回收了。聽說自衛隊在核電攻擊事件上本來就一貫反對官邸對策室的強硬作風，所以二話不說就答應了。於是，謊稱近期供應的彈匣裡混有一批可能走火的危險產品，暫時沒收了關西分部的子彈。

所以只限今天，而且只有關西分部的優質化隊員，身上是連一顆子彈也沒有，只有一把空槍而已。他們只能乾瞪眼。

此外，警方也為了新的反恐措施而向官邸抱怨過，所以妳今天在大馬路開槍，他們不會馬上來處理，還會在事後向上級解釋是『反應不及』。事實上，警方剛剛還幫忙管制交通哦。」

聽見隊員的說明，郁茫然地喃喃自語：

「哦——這麼說……」

玄田隊長明白那通電報的意思了。郁愈來愈覺得如釋重負。這時鄰座的隊員拿出了他的手機。

「妳應該想親口報告吧?來，請。」

謝謝你。郁囁嚅著接過手機，按下關東圖書基地的電話號碼。

先打去總機，再請他們轉到圖書特殊部隊吧。

聽見玄田那粗野的一聲「喂」，郁隨即向他報告：

「我是笠原。事情剛剛辦完了。謝謝您的安排。」

「好，妳做得非常好!妳能想到電報，也算腦筋動得快，唯獨那個叮叮噹噹的音樂吵死人啦！我這輩子還沒聽過那麼會吵的玩意兒！」

「我是為了保險起見啊!手機壞了，我又不知道消息是從哪裡走漏的，只好盡可能裝成是小女孩拍出去的電報。」

麻子姊姊，祝妳生日快樂！

現在我跟爸爸一起開車到岐阜來玩。

今天會到大阪，晚上我們要住飯店。

我明天要去北區買東西。

爸爸說，他要去御堂筋拜訪一家熟識的公司。

這是郁拍出來的電報文。

北區指的是美國總領事館，御堂筋的公司則是指英國總領事館，暗指郁將在美國總領事館一帶發動聲東擊西的擾敵作戰。她相信玄田——隊上的伙伴們一定會來支援。

而伙伴們果然回應了她的信賴。

然後，她最想問卻最不敢問的事，幸虧玄田主動說了出來：

「堂上很平安，只是有一點肺炎，不過已經脫離了危險期，接下來得靜養一陣子。哈哈，反正他的腳傷沒好之前也不能亂跑啦，讓他安分一下也好，誰叫他蠻幹，活該。」

「呃，隊長，這話……堂上教官恐怕最不想聽到你講。」

笑著笑著，郁哭了起來。車內的隊員們都裝作沒聽到。有人若無其事的遞了一條手帕過來，郁感激地接過來擦眼角。

「在狀況確定之前，當麻老師的護衛任務先移交給關西圖書隊，妳就趕快回來吧。我已經請他們直接把妳丟在新大阪。看在妳立大功的份上，特准妳搭豪華車廂！」

說完這些，玄田就逕自掛掉了電話。

「謝謝你。」

她將手機還給物主，並向他道謝，然後一個勁兒的拭淚。

好想快點回去。

「請問，東京到大阪搭新幹線要多少時間？」

「大概兩個半小時。」

那名隊員答道。

短短的兩個半小時，她卻覺得漫長到無法忍受。

因為那是她此刻和堂上的距離。

＊

然而，忍耐了兩個半小時之後，她並沒有在當天就見到堂上。而且第二天、第三天也沒有。

她是全程保護當麻的人，少不得要被各方報告和諸多雜務纏上一陣子。

當麻在英國總領事館尋求政治庇護的消息被大肆報導；同時，當麻公開聲明自己有流亡的意願，全因不願受恐怖攻擊事件而成為國家違憲的犧牲品，更是一舉掀起國際輿論和海外各國撻伐的聲浪。

經常遭受國際恐怖分子覬覦的美國和英國尤其表現得義憤填膺，甚至發出嚴厲的譴責，批評日本懼於恐怖主義而改變國家最高原則，令恐怖分子明白其行為產生了效果，因而助長他們的氣燄，扯國際社會的後腿。

我們都知道，當一個國家屈服於恐怖主義，為了管束人民及社會而扭曲法律，無疑是對抗恐怖主義的下下之策。

據我們的了解，本次向外國尋求政治庇護的作家當麻藏人是一位資深國際謀略研究家，不僅造詣出眾，更在日本的治安維持組織中授課。

日本同屬自由主義世界中的民主國家，其國內的傑出作家卻有投奔友邦的意願，於理不合。身為友邦，我等強烈期盼日本能夠正視此一問題，並向恐怖主義展現堅毅的態度。

此外，關於謀略小說是否遭恐怖行為模仿或參考之爭議，在美國也曾經引發討論，卻是小道消息炒作所造成。既是小道消息，政府當局應該等閒視之，並以賢明自律，不應使反恐對策隨之起舞。

倘若這份聲明未獲日本政府接納，我等將重新審視兩國交誼，檢討是否應繼續視日本為自由主義之友邦。

這份譴責聲明由美國和英國共同發表，隨即獲得大多數民主國家的聯名。

作家當麻藏人的問題已不再只是個國內問題。媒體優質化委員會的權力只能在國內橫行。

一連數日，手塚慧在接力報導節目中擔任解說，詳細地分析情勢。媒體優質化法的黑幕開始在國民面前現形，連帶追溯圖書隊自身在歷史轉捩點時曾經面臨的抉擇。

最後，官邸對策室終於決定撤銷媒體優質化法的最新施行令——也就是暫時允許優質化委員會對表現者、言論者的臨時監督權。這項修訂案與聲明隨即向全世界公布。

得知有此施行令，國際輿論又是一陣抨擊，這且按下不提。

在全世界的祝福聲中，當麻撤回了他向英國總領事館提出的流亡申請。據說英國政府特別高興。同屬自由國家，英國究竟該以流亡名義接納當麻，還是僅以移民案件受理，似乎令這個古老的帝國感到兩難。

每一天都有新的變化。短短的一個星期，情況已大致塵埃落定。

＊

報導完當麻回到東京的消息後，媒體的接力報導戰正式告終。

在當麻的事件之後，媒體優質化法的損失只是失去一條施行令，但對各媒體的監視權並未受到影響，尤其是像電視這樣影響最鉅的大眾傳播工具。接力報導只是一種變則，效應也差不多到了極限。

再過不久，又會回到以前那樣，只剩下週刊誌繼續跟優質化法打游擊戰吧。

「搞了半天還是老樣子——」

在寢室裡看著接力報導結束的電視新聞，郁一面在手裡把玩著新手機。新手機已經由後方支援部加密改裝完畢，和舊機是同一家公司的產品，所以門號可以繼續使用，只是記憶體裡的資料無法復原，她只好重新輸入。工作上的資料可以借柴崎的私人筆記電腦來備份，私人資料則用通訊錄之類的湊和著補齊。

「哪裡是老樣子。」

看著電視裡的手塚慧，柴崎答道：

「人民的表現自由差點兒就要被侵權，現在可守住了自由的堡壘，而且我們還引進了國際輿論的力量，開了先例呀——更何況……」

柴崎頓了頓，繼續說：

「還有最高法院的補充意見。那東西肯定會讓優質化法被重新檢討的。」

「咦，會嗎？」

「那是官方到目前為止對優質化法最嚴厲的批判呀。拿這個當把柄，『未來企畫』跟手塚慧一定會擴增優質化法反對派的勢力，檯面下可有得鬥了。」

「妳怎麼講得好像事不關己？」

「是不關我們的事呀。我們跟『未來企畫』只在當麻老師的案子聯手合作而已，現在他們被優質化法反對派招聘，名義上也已經脫離了圖書隊，算是個中央單位了，以後會更接近一種橋樑性質吧。當然，它們的基本立場還是具有圖書隊的色彩，但我想會漸漸的往法務省轉移，中立色彩就會愈來愈濃厚了。法務省的優質化法反對派也說希望在省內成立一個優質化法研究機構。」

聽著柴崎的說明，郁忍不住大皺眉頭。

「什麼——？那萬一『未來企畫』被優質化法贊成派收買了……」

「依我看，手塚慧若想名留青史，就不會答應這種牆頭草的事情。陣前倒戈不合乎他的哲學嘛。而且他的部下們大概也有受到他的薰陶吧。放心，為了保險起見，我們圖書隊也派人混進『未來企畫』

裡了。」

聽見最後這兩句，郁不禁想起一件事。

「秦野代理館長……好遺憾哦。」

「遺憾歸遺憾，誰教他吃相難看。」

柴崎說得無情。大概她已經在心裡做過一番割捨了。

「手塚慧的器量就不同了。至少在這一點上，我想他是可以信任的。」

想了想，她又補充：

「而且，我不認為他之前的觀點是錯的。引進外國輿論之後，就長期來看，優質化法確實會愈來愈受到侷限，圖書隊的規模也會跟著縮小就是了。反正優質化法消失，圖書隊也沒必要存在了嘛。」

「啊——圖書隊會不見嗎？」

見郁頹然趴在茶几上，柴崎不由得苦笑。

「不會那麼快的啦，一定是一面相抗衡、一面逼對方妥協，大概要花個二十年吧？話說回來，這次我們沒在檢閱對抗權上讓步，把政治性的立場弄穩固了，這是很大的進展。圖書隊現在也在計畫，等到檢閱廢除，天下太平之後，我們要用原有的經費來充實圖書館。只要預算不刪減，那麼圖書隊的縮編就可以使防衛經費轉作圖書館設施費來用了。到那時候，妳也是獨當一面的圖書館員啦。」

趁著電視廣告的空檔，郁打趣地戳了戳柴崎。

「對了，妳為什麼跟手塚換手機啊？」

「要讓手塚慧接我的電話，只好用他老弟的手機去打啦。一個戀弟情結，一個戀兄情結的。」

毫不拖泥帶水的答完，柴崎悶了一會兒，忽地杏眼圓瞪。

「所以人家才把自己的手機借給手塚！結果那個豬頭竟然在三審那天給我弄壞了！裡面資料統統泡湯！我倒要看看他怎麼賠我啦！我的手機可是聯繫各部門人脈的寶貝耶！」

柴崎很少這樣氣到大吼大叫，可見她對情報有多麼執著了。

「那妳要怎麼懲罰他……」

「賠一隻新的手機給我，還要手動幫我輸入一百筆跟圖書隊有關的電話號碼。」

「妳、妳太狠了吧！妳的備份軟體裡不是都有了嗎？」

「所以我只要他輸入圖書隊的啊！」

柴崎滿不在乎的喝了一口茶。

「我的手機裡有超過三百筆電話號碼耶。哎，看他的面子，我才自掏腰包去買了備份軟體，到時還要把他建好的資料抽掉呢。我對他已經手下留情了。」

怎麼搞的，柴崎跟手塚又沒有交往，這話裡怎麼頗有為對方著想的意味？看著她的側臉，郁歪著頭想道。

而且罵歸罵，柴崎看起來好像還挺樂在其中的。

「說到懲罰，妳在人家總領事館前亂開槍，幸好只要寫報告就行了。」

「哇啊，妳從哪裡知道這件事的！」

郁再一次見識到柴崎的情報力有多麼可怕。說起這份報告，其實郁拖到今天才寫完。她得先申請許可，將那兩把槍的使用權限延長到圖書隊設施以外之處，再將許可證明轉由關西圖書隊接管，算是亡羊補牢的善後手續。由於這份報告牽涉到妨礙交通情事，當地警察還得象徵性的送一份抱怨函到圖書隊去。

「對啦，妳怎麼還沒去看堂上教官哪？」

聽得柴崎不經意的問起，郁只覺得全身僵硬。

「人家都已經可以正常會客了。」

「呃、嗯……回來之後就一直在忙嘛。」

「可是明天是定休吧？」

「我知道……」

「本來還以為妳一回基地就會衝去醫院看他呢。沒休假也會硬休。」

夏天的暖爐桌沒有鋪棉被，郁沒法把臉遮起來，只好低著頭躲避柴崎的眼神。

短短的兩個半小時也不能忍，那是在總領事館行動剛結束之後才有的感想。

回來之後被大大小小的工作瑣事追著跑，與堂上臨別時的種種也逐漸浮現腦海，尤其是自己的暴行——

一般女人會去強吻因重傷而動彈不得的心上人嗎！

而且還說什麼回來之後就要去說喜歡他。這不是都說出來了嗎！

更糟糕的是當時是眾目睽睽啊——堂上一定尷尬死了。

「我還聽說他的情緒一天比一天惡劣，不知道怎麼搞的。妳就快點去給他看一下吧？」

完蛋啦——愈來愈不敢去了。可是，階級章跟皮夾總得還他。

「明天，我明天就去。」

新宿書店的店長那兒也得去道謝才行。郁總算為自己找到一個不得不出門的理由。

「哦，那就順便代我問好吧。」

不要送花去，他那裡已經很多花了。送個別的東西去探病可能比較好。

仍舊不著痕跡地，柴崎又送了郁一個情報。

＊

翌日是個大晴天，天氣好得讓人覺得一星期前的颱風似乎是假的。

從中央線的新宿站走出來，郁先到那間書店去拜訪。這件事的心理障礙低，所以她先處理，希望某人能夠體諒——嗯，某人。

帶了一盒點心當作謝禮，郁請書店的店員找店長出來。

「您送給我們的衣物和用品，幫了我們很大的忙。還有我的長官也承蒙您的關照，真的非常感謝您。」

郁深深一鞠躬，然後將點心禮盒交給他。

「哪裡，能幫上當麻老師的忙才是我們的榮幸。要是能有個基準法依據，我們保護書籍的心意和你們也是一樣的。」

在店長的這番答覆中，郁再次體會到書籍保護基準法的重要性。眼前該思考的不是圖書隊存續與否的問題。縱使圖書隊消失，享受閱讀自由的美好未來仍舊會降臨，這才是最重要的。

在那一天來臨之前，圖書隊必須繼續為守護書本而戰。

「當麻老師前天有打電話來。他說媒體都守在他家外面，害他不能出門。」

「他還好嗎？我跟他在大阪分頭行動之後就沒再見到他了。」

「他不錯啊，聽聲音還滿有精神的。」

得了一個令人歡喜的消息，郁踏著輕快的腳步走出書店。

下一站——她的腳步又沉重了。

在店長的指點下，她沒費多少工夫就找到了那間醫院，但在走進玄關前躊躇了一會兒，去櫃臺說明來意又躊躇了一會兒。

接著在進電梯之前又是一陣躊躇。就這麼躊躊躇躇的走到了堂上的病房前。

望著這個名牌，郁大概在門前僵了五分鐘左右。咬一咬牙，她敲響房門。

堂上篤。

「請進。」

聽見他的聲音，她覺得心臟都快爆了。

輕手輕腳的開了一條門縫，郁湊近半個臉去探看，見堂上靠坐在病床上，吊起的右腳打了石膏，而且一看見來者就變了臉色，兇得嚇死人。也許是傷勢種類不同，堂上住的是單人房，不必顧慮別人的眼光。

「這麼晚！」

被他這麼一吼，郁趕緊立正喊道：「對不起！」然後匆匆溜進房裡把門關上。

走到距枕邊一公尺之處，郁站定不動。

「報告，笠原士長……一星期前已完成任務返回基地……」

看著垂頭喪氣的郁，堂上繼續臭著那張臉叫她坐下。意思是坐床邊的椅子？郁忸怩著在那兒磨菇，馬上又被他厲聲命令：「坐下！」驚得她整個人跳起來立刻往那張椅子坐去。

「呃，這是給你吃的。」

她舉起一個紙盒，裡面裝的是起司蛋糕。她和堂上去喝洋甘菊茶時，堂上曾說他喜歡口味清爽的。這盒起司蛋糕雖是在別家店買來的，卻是有點名氣的西點行，應該很好吃。

「放冰箱去。」

等一下，你要說「現在就來吃」啊！這樣我才可以泡泡茶、吃吃蛋糕殺時間！郁在心中激動的抗議，但她當然一個字也不敢說出口。

乖乖的將整盒蛋糕放進冰箱，她又坐回去面對堂上。

「呃——我來醫院之前有去新宿的那間書店一趟。」

「……妳倒是長進了不少。」

那個「倒」字是多餘的。

「店長說當麻老師有打電話給他，老師的精神不錯。」

「哦。那就好。」

嘴裡這麼說，堂上的臉卻還是臭的。
郁撐不下去了。理虧的人本來就是她。
「對不起！你若要罵我，就請快點罵一罵吧！」
她猛然低下頭去，果然聽得堂上大罵：
「罵過了啊！就說妳太晚來啦！」
「那個，因為有很多事——」
「妳也替我想一想，我的腳現在這樣，妳不來我怎麼誇獎妳！」
說時，堂上伸手在郁的頭上亂抓一氣，語調隨即放輕：
「妳做得很好。我在電視新聞都看到了。小牧他們也把事情經過講給我聽了。在聯絡不到部隊的情況下，虧得妳能一個人做到那麼多事。」
沒想到自己會被他誇獎，郁的淚水一下子就衝出了封鎖線。
「你要誇我請不要那麼兇。」
聽得她抽抽噎噎的泣訴，堂上像是難為情的別過頭去。
「我想快點誇獎妳，誰知道妳拖了這麼久才來。」
堂上一面說，一面仍撫摸著郁的頭髮。也許是在承認自己真的太兇吧。
唉，難得我又小小努力打扮了一下，這下子妝要糊了。
還沒從包包裡取出手帕，便見堂上遞出了一盒面紙。
「妳用這個比較好吧。」

對啦，可惡。

忿忿地暗罵一聲，郁一口氣連抽好幾張面紙。

她用力的按乾淚水，用力的擤了擤鼻子，再用力的把紙團扔進垃圾筒。接著又抽了一張，抵在眼角，不讓眼淚流下來。

郁在掉眼淚的時候，堂上始終撫摸著她的頭。被他這麼摸了好一會兒，就在愈來愈感到害羞時，郁總算想起有事要辦。

「教官，這個……」

她從包包裡取出堂上的階級章和皮夾。

「還給你。謝謝你。」

堂上接過兩者，將皮夾擺在床頭桌上，用空著的另一手把玩著那枚階級章。摸頭的手還是照樣摸。

「有派上用場嗎？」

「有。只不過一個小小的士長也敢戴兩朵洋菊，可能有點囂張。」

聽到這裡，堂上忽然不再摸郁的頭。

「妳好像說，把這個還給我的時候要跟我講什麼。我可是做到承諾囉。」

所以你一定要撐著。堂上確實是撐過來了——郁整張臉都紅了。

現、現在非得要提這個嗎。

「那、那個……反正也跟說了沒兩樣。」

「我有做到承諾哦。」

堂上只會講這一句。

「那就等你出院了再還你，現在不算！教官你又還沒有完全康復！」

郁出其不意地想從堂上手裡搶下那枚階級章，堂上卻比她更快一步的舉起手，躲開了她的奇襲，然後把手藏在身後，讓她再也拿不到。

「說、說了以後，你要怎麼回答？」

「那得要我聽過了才曉得。」

救命啦，這人根本是獅子在玩老鼠了。郁窘得要命，遊戲的主控權卻已不在自己手裡。

她做了好幾個深呼吸，只覺得全身都在僵硬的發抖。有幾次想出聲，但知道聲音出來會發抖，只好又閉上嘴巴。

「我喜歡你。」

這句話終於衝口而出，也衝破了感情的堤防。

「不管教官是不是我高中時的白馬王子，我都喜歡你。」

原本要坐直身子的堂上，這時往前傾了一傾，怔了一會兒才恢復坐直，重新轉向郁。

「……等一下，那個王子什麼的是誰跟妳……」

「是手塚慧。他在還餐費給我的那封信裡寫的。」

堂上無力的把頭一垂，咕噥著說「那個傢伙」。郁也聽見了。

「所以那時候我才會對教官用大外割……對不起。」

「不，那件事就算了。」

「不行。」

郁不肯妥協。

「還有，我還不知道你就是當時的那個三正時，還對你講過很過分的話，一天到晚找你吵架，頂撞你，又不尊重你。」

「過去的事就不要提了。」

「不行，請你聽我說！現在的我很尊敬現在的堂上教官。這八年來，教官你的改變，我一樣喜歡。我現才講這種話，會不會太遲了？」

「好了，少囉嗦，閉嘴，別再說了！」

「剛才明明是你教我說的啊——！」

郁放聲大哭起來，忽然驚覺。

好了、少囉嗦、閉嘴、別再說了。

啊，原來如此。她的哭聲突然停了——就是因為太遲了。

「……我懂了。對不起，我不會再說了。」

眼看郁就要起身，堂上慌忙的抓住她的手。

「慢著！妳不懂！妳一定沒弄懂！」

「可是——」

「反正妳給我坐下！我是傷患，不要逼我亂動！」

他拿傷勢出來當擋箭牌，任誰都只好照辦了。郁怯怯地坐回椅子去。

「我叫妳別再說的，是指王子之類的事……」

堂上像是在尋思著要怎麼接下去講，兩隻眼睛不住的朝天花板望，最後自暴自棄的嘆了一聲：

「算了。」

接著，他重新面對郁。

「我有感冒，搞不好會傳染，沒關係吧？」

不等郁回答，堂上便將郁攬了過去，吻上她的嘴唇。

郁吃驚的剎時瞪大了眼睛，渾身緊繃。過了一會兒才明白眼前的情況，終於放鬆了自己，倒在堂上的臂彎裡。

和她單方面強奪人唇的那個吻相比，這個吻完全不同。

他們的唇終於分開，堂上也不再將郁抱得那麼緊，而是與她相望。

「妳懂了嗎？」

郁乖乖的點頭。

「我現在知道沒有太遲了。」

「只懂這個啊？」

堂上的雙肩一頹，郁連忙補充道：

「我亂講的，很多都懂了。」

「那就好。」

堂上向後靠在枕頭上。

「剛才的蛋糕拿來給我吃。我還想喝茶。我要熱紅茶。」

他從來不曾表現出如此的依賴和撒嬌。知道是剛才的那個吻改變了他們倆之間的公私界線，郁不由得傻笑。

小冰箱上面擺著一只電熱壺，保溫燈亮著，所以她知道裡面有熱水，除此之外就沒了。

「有紅茶嗎？」

「那邊的抽屜裡有小牧送我的茶包。」

郁依言打開小抽屜，看見一些茶包、茶壺和兩個塑膠茶杯，此外還有塑膠盤子和叉子各兩副。

「哇——很齊全嘛。」

「都是小牧來看我時帶過來的。其他人每個都只會買蛋糕來，也不考慮要用什麼東西裝。在小牧來之前全都是用手抓著吃。」

言下之意，郁跟那些人也沒兩樣。她心虛地縮了縮頭，便聽得堂上一本正經的調侃她「學著點哪」。

泡好紅茶，將蛋糕裝在盤子上，兩人就邊吃邊聊當麻逃亡時的種種細節。講到當麻的女裝扮相時，堂上笑得差點沒岔氣。

「哇塞，太猛了。大阪調調就是那樣充滿幹勁的嗎？」

「說不定只有我們遇到的那個店員阿姨碰巧是那個調調吧。要是手機沒壞，我真想拍一張照片回來，因為當麻老師真的完全化身成大阪歐巴桑了呢。」

吃完蛋糕，他們又聊了一會兒，醫院那特別早的晚餐時間就到了。

「那我去洗盤子。」

「好，洗手間一出去就看得到。麻煩妳了。」

離開病房，郁很快的洗好餐具，再走回去。

「你這裡沒有抹布，我就先擺在冰箱上面讓它自己乾囉。蓋一張面紙好了。下次來的時候我會帶抹布來。」

「不，我再過幾天就會轉到基地附近的醫院……」

說到這裡，堂上輕輕握住郁的手。

「等我轉院，妳要常來看我。」

「好……對不起，其實我是不敢告白，所以才拖了這麼久。」

郁最後終於坦承。堂上輕輕在她的頭上敲了一下，笑說：「我也知道。」

臨去前，他們再一次相吻，郁就走出了堂上的病房。

終章

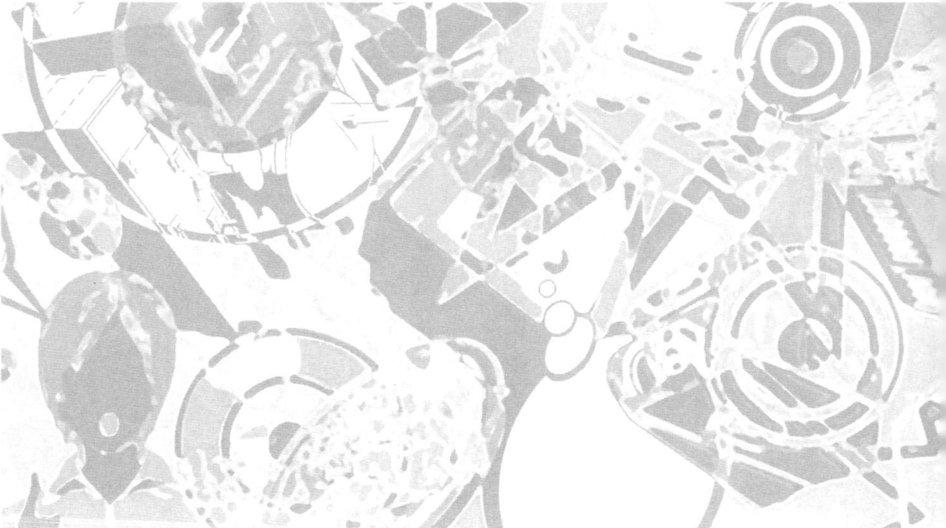

＊

又到了新隊員叫苦連天的季節。

每當正午的鐘聲響起，這些被一上午訓練整得死去活來的新隊員們必定拖著沉重的身軀，走向基地的餐廳。

哪些是未來的圖書館員，哪些被分配為防衛員，從他們的疲憊程度上的差異就看得出來。

有個看似防衛員的男隊員嘴巴可忙了，既要吃東西又要不停的講話：

「可惡——要是早一年入隊，我們在圖書隊就能合法開槍了——」

嘴巴說說不過癮，他還拿筷子摹仿開槍的動作。

就在這時，他身邊的同袍們忽然臉色大變，抬眼看著那名男隊員的後方，一面還用眼色示意他別再說了。當事人卻渾然不知。

「只差一點而已耶？唉，我也好想用用看SIG-P220啊！」

「你白痴啊！」

鐵拳無情，直落那名男隊員的腦門。

「好痛！」

手中的筷子一落，男隊員抱著頭往後一看，立刻發出恐怖的叫聲。

「堂上教官！」

「你以為我們努力了多久，才爭取到檢閱抗爭禁用槍砲！」

「對、對不起！」

「下午第一節課，伏地挺身兩百下！」

「是！」

隊員立正敬禮，看著教官遠去，這才頹然倒在椅子上。

「你們也太不夠意思了，都不告訴我。」

「我們有跟你打pass，是你自己沒注意到。」

「而且堂上教官講的也有道理啊。」

被眾人一陣奚落，聒噪的男隊員遂像變了個人似的，只能乖乖的埋首吃飯。

「妳居然成了『堂上教官』耶。」

看著身旁的手塚歪嘴奸笑，郁厲目朝他瞪去。

「幹嘛，你有意見嗎？」

「沒有，只是作夢也想不到，我們當初也是兩個傻呼呼的新生，現在竟然會接下教官的差事，妳還成了人見人怕的魔鬼教官堂上郁。」

「你敢說堂上一正挑女人的眼光差，我現在就賞你一拳。」

「妳會讀心術啊？」

「好，那就下班後在道場決鬥。現在先找空位啦，不要耍嘴皮子了。」

「決什麼鬥啊，妳老是要這麼老的梗，真是——」

在餐廳角落找到一處空位，兩人對桌而坐。

「你自己還不是。你跟柴崎到底想怎樣啊，搞了半天早就在交往了吧？」

「妳問我，我問誰啊！」

這會兒換成手塚擺撲克臉。

「妳去問柴崎啦。這種事的決定權，從以前就不在我手上。」

「你們到現在都沒怎樣嗎？」

「也不是說都沒怎樣……」

「那你就強勢一點嘛？搞不好她就中箭落馬囉。」

這是郁長年身為柴崎好友的觀察心得。她猜想兩人的關係根本是受限於手塚的裹足不前（畢竟柴崎是不會主動認真倒追男人的），偏偏手塚在戀愛方面的少根筋絲毫不落人後。他當年根本沒把郁當個女人看，卻為了長官的一句「你們有必要相互理解」就傻不隆咚的跑來找郁要求交往，愚蠢程度可想而知。

「我們局外人看了都覺得你們如膠似漆了，你們幹嘛還堅持搞曖昧啊，真是的。」

「這……這話輪不到妳來說啦！妳還敢說？這種話你們堂上夫妻最沒資格說啦！」

「小牧一正都說等毬江大學畢業就要娶人家了唷。到時候你就順水推舟，加把勁如何？再拖下去，小心搞到像玄田隊長跟折口小姐那樣。哎，我看他們兩個是真的打算玩猜心玩到六十歲了。可是你們又跟人家不同，你們連男女朋友都沒當過。媽啊——好脆弱的關係。」

「別講這個了。妳們班的水準怎麼樣？」

眼見情勢不利，手塚忙轉話題。

「哦——剛才那個小鬼就是最麻煩的問題兒童。他是班上的開心果，只是個性太輕率。」

「的確，他剛才說的話是輕率了點。想拿槍的男孩子大概就是那副德性。」

「想開槍就去關島開到爽好了，那個笨蛋。」

當麻藏人的逃亡事件後，「未來企畫」主導的優質化法反對派開始修訂檢閱抗爭中的槍砲使用條例，並在三年後通過法案，正式禁用槍砲。媒體優質化法和「圖書館的自由法」中，原有允許使用槍砲的施行細則，如今都已刪除。

這也是廢除媒體檢閱的第一步。

「我們班倒有個好玩的傢伙。一個女隊員說，她最崇拜的圖書隊員是妳。如果堂上一正是王子，那麼堂上三正就是公主。」

「別——講——啦——！」

郁忍不住捂起耳朵。

想到當年自己懵懂無知，老是衝著如今已是枕邊人的堂上篤嚷嚷著「王子、王子」，郁就好想去撞牆。

「啊——原來我讓篤受過這麼丟臉的恥辱啊——我要反省。」

「……我覺得妳現在反省，根本就彌補不了堂上一正當時所受的恥辱耶。」

「閉嘴啦，一個連喜歡的女人都擺不平的男人還講什麼。」

「什……！」

手塚頓時滿臉通紅。

「誰、誰喜歡……」

「我話說在前頭，明眼人早就看出你們有鬼啦，尤其是你。」

「少囉嗦！」怒吼一聲，手塚狼吞虎嚥的猛扒起飯來。

婚後，他們搬到基地內的家庭宿舍去住。

工作結束後，郁回到特殊部隊辦公室，看見堂上在隊員行動預定表上寫著「回家」二字——他在一年多前還寫著「回宿舍」。郁的嘴角不禁微揚。

兩人都在上班，便約定先到家的人就負責做晚飯。郁回到宿舍時，看見位於二樓的自家窗子是亮的。天色已暗，屋裡的景象都能看得一清二楚了，回到家裡得先拉上窗簾才好。她一面想著，一面走進這棟四層樓高的家庭宿舍。

「我回來了——」

開門進屋，便聽見廚房方向傳來「妳回來啦」的應答。伴隨著飯菜的香味和煮東西的聲響，丈夫就站在流理台前。

「要幫忙嗎？」

她先走去拉上窗簾，一面問道。聽見他說：「不，不用了。」

「衣服快洗好了，不然妳去晾吧。」

「好──」

郁正回答時，洗衣機的警示聲也恰好響起。

晾完了衣服回到廚房，小小的餐桌上已經擺好了晚餐。

「哇，看起來好好吃！」

兩夫妻的廚藝起初都不怎麼樣，漸漸的卻是做丈夫的越來越鑽研，越鑽研也就越專精，現在他做的菜已經比老婆做的要精緻多了。

「站在外頭都看得到家裡面了耶。」

「是哦，那以後回到家要先拉上窗簾了。」

白天沒人在家，他們都會把窗戶關上。若是天氣好，先回家的人則會把窗子全部打開，讓空氣四處流通。

「不過有人在家的感覺好好哦──回家時看到家裡有燈，感覺好開心。」

郁邊說邊笑。

「所以在行動預定表看到你先回家時，我都會忍不住偷笑。」

「哈，這樣啊。」

堂上在餐桌旁坐下，好像也有同感。

「我也是，要是看到妳先回家，我都會高興。」

「不過你比較愛吃你自己煮的菜吧？」

「對啊，就是這一點麻煩。」說這話時的堂上板起了臉孔。這個看起來嚴肅異常的表情，打從郁入隊的那時起就沒有變過。不過，她卻是在兩人開始交往之後才知道，他擺這副臉不是因為擺長官架子，而是本性如此。

fin.

後記

等、等等！冷靜點！別再跑了，休息吧——！

我看就算是喊破了喉嚨，這幫人也不會聽的。

如此這般，這一群橫衝直撞的登場人物拿了麻繩將作者五花大綁，自個兒拔腿狂奔，衝過了終點線，卻不顧後頭的人已經在地上被拖磨成一塊破抹布。死傢伙，下手輕一點。

這部作品當初本來只打算寫成三集，後來是責任編輯不怕死的提議要挑戰四大本，加上我「就算前三本賣不好，也得讓我把故事寫完」的要賴要求下，故事寫成了全四集。

我現在覺得分成四集真是太棒了。編輯大人，感謝啊。

以下換個心情，我有幾點想要聲明。

首先，有不少讀者指責我從未站在優質化委員會陣營的立場去描寫，我其實是刻意不去描寫的。我不打算在此說明原因。

同時，這是我的第一部系列作品——我原以為自己在寫完後會感到寂寥，結果並非如此，讓我十分意外。

故事雖然到此結束，但他們的人生並沒有就此完結。

所以我又何必寂寥呢。

我覺得自己似乎一開始就明白這一點。無論是什麼樣的故事，那些人物的人生是不會在「完」這個字之後就畫上休止符的，因此所有的娛樂性都在於同好們相互談論時繼續滋生，一向如此。我和外子及朋友就常常聊起類似的話題，彷彿在聊一個我們都共同認識的朋友，彼此問著：「你想他們後來會怎麼樣？」

我自己筆下的故事也是如此。終章休止符的記號出現了，接下來呢？在這樂章之外又會譜出什麼樣的曲子呢。這些想像最是有趣。不管作品是不是系列，跟頁數的多少也沒有關係，這樣的樂趣是不會改變的。《圖書館戰爭》系列的他們亦然。在寫完之後，他們仍繼續令我這個作者感受到樂趣，一如我所寫過的其它作品。

不過，你們這幾個傢伙也未免太人來瘋了，一個個不按牌理出牌，又任性的推翻我的設定。我老早就把第四集裡要用的梗想好了，被你們害得現在一個也沒有用到啊啊啊——！

所以，我寫得很開心。

希望這份樂趣也能傳達給喜愛這部作品的讀者。

謝謝各位一路支持與愛護我的人——有川 浩

■關東圖書基地　設施配置圖

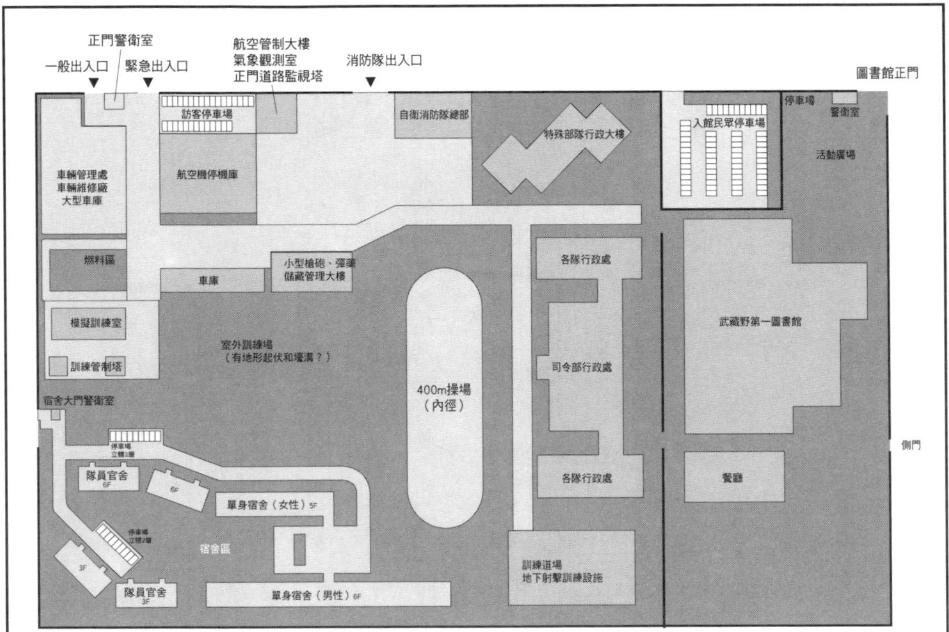

正門警衛室
一般出入口
緊急出入口
航空管制大樓
氣象觀測室
正門道路監視塔
消防隊出入口
圖書館正門
訪客停車場
自衛消防隊總部
特殊部隊行政大樓
入館民眾停車場
停車場
警衛室
活動廣場
車輛管理處
車輛維修廠
大型車庫
航空機停機庫
燃料區
車庫
小型槍砲、彈藥
儲藏管理大樓
各隊行政處
模擬訓練室
室外訓練場
（有地形起伏和壕溝？）
訓練管制塔
武藏野第一圖書館
司令部行政處
400m操場
（內徑）
宿舍大門警衛室
側門
停車場
立體3層
隊員官舍
6F
6F
各隊行政處
餐廳
單身宿舍（女性）5F
停車場
立體2層
宿舍區
3F
訓練道場
地下射擊訓練設施
隊員官舍
3F
單身宿舍（男性）6F
N
關東圖書基地　設施配置圖
關東圖書基地　設施整備部設施課

插畫／白貓

關於圖書隊

■關於圖書隊的職種

職 種	圖書館員	防衛員	後勤人員
部 署	圖書館業務部	防衛部	後勤支援部
主 要 業 務	・一般圖書館業務	・圖書館防衛業務	・藏書的配置 ・戰鬥配備的籌措整備 ・一般物流

※圖書隊總務部除了從圖書館員和防衛員當中起用之外，從行政方面也會派遣人員。
※只有圖書基地設置有總務部人事課，總括管區內的所有人事相關業務。
※因為後勤支援是外包給一般企業，因此正式隊員僅分配至管理職務。

■關於圖書隊員的階級

特等圖書監	一等圖書監	二等圖書監	三等圖書監

	一等圖書正	二等圖書正	三等圖書正

圖書士長	一等圖書士	二等圖書士	三等圖書士

※另外，有臨時圖書士、臨時圖書正、臨時圖書監的階級，這些是對應於後勤支援部的外包人員所有的。臨時隊員的權限限定在後勤支援部裡。

參考文獻

含系列前作所列書目

《テロ対策入門—遍在する危機への対処法—》
（テロ対策を考える会　2006年　亜紀書房）

《日本の危機管理》
（歳川隆雄　2002年　共同通信社）

《ドキュメント　裁判官 —人が人をどう裁くのか—》
（読売新聞社会部　2002年　中央公論新社）

國家圖書館出版品預行編目資料

圖書館革命 / 有川浩作 ; 章澤儀譯. -- 初版.
-- 臺北市 : 臺灣國際角川, 2009.09
面 ;　公分. -- (文學放映所 ; 58)
譯自 : 図書館革命
ISBN 978-986-237-259-3(平裝)

861.57　　98014560

動啦！

有川浩

插畫：徒花スクモ

熱血笨蛋女 笠原郁

堂上篤 傲嬌矮子男

微笑腹黑 小牧幹久

手塚光 頑固少年

柴崎麻子 美女萬事通

吵鬧大叔 玄田龍介

文學放映所058

圖書館革命

原書名＊図書館革命

作　　者＊有川 浩
插　　畫＊徒花スクモ
日版設計＊鎌部善彥
譯　　者＊章澤儀

2009年9月10日　初版第1刷發行
2017年1月6日　初版第6刷發行

發 行 人＊成田聖
總 編 輯＊呂慧君
主　　編＊李維莉
文字編輯＊溫佩蓉
資深設計指導＊黃珮君
美術設計＊宋芳茹
印　　務＊李明修（主任）、張加恩、黎宇凡、潘尚琪

發 行 所＊台灣角川股份有限公司
地　　址＊105 台北市光復北路11巷44號5樓
電　　話＊(02)2747-2433
傳　　真＊(02)2747-2558
網　　址＊http://www.kadokawa.com.tw
劃撥帳戶＊台灣角川股份有限公司
劃撥帳號＊19487412
製　　版＊尚騰印刷事業有限公司
I S B N ＊978-986-237-259-3

香港代理
香港角川有限公司
地　　址＊香港新界葵涌興芳路223號新都會廣場第2座17樓1701-02A室
電　　話＊（852）3653-2888

法律顧問＊寰瀛法律事務所

作者簡介

有川 浩

生長於日本高知縣，已在關西定居十餘年，有一口仍帶著故鄉口音的「偽關西腔」，講起故鄉的事就會有點興奮，算是輕微的國家主義者（縣粹主義者）。以拿下第10屆電擊小說大賞〈大賞〉的《鹽之街》於2004年出道為作家。代表作有俗稱「自衛隊三部曲」的《空之中》、《海之底》、《鹽之街》，以及《圖書館戰爭》系列、《雨林之國》、《クジラの彼》等等。現於各小說誌連載短篇小說等作品，在各方面亦有活躍表現。

插畫家簡介

徒花スクモ

曾以「シイナスクモ」的筆名獲得第10屆電擊插畫大賞〈金賞〉。興趣是逛水族館和少量閱讀，私人癖好是哼歌時故意哼錯好讓身旁的人心情煩躁。同時也是有川浩作品的忠實書迷之一。

譯者簡介

章澤儀

1994年畢業於政治大學資訊管理學系，曾任職於出版社、網路科技公司與廣告綜合代理商。自1993年起從事英日文筆譯。